Scripto

Suzanne Fisher Staples

Le feu de Shiva

Traduit de l'anglais
par Isabelle de Couliboeuf

Gallimard

Ce livre est dédié à ma mère,
Helen Brittain Fisher,
et à mon père, Robert Charles Fisher,
qui m'ont transmis, dès ma plus tendre enfance,
leur enthousiasme et leur curiosité,
et m'ont appris à toujours garder espoir.

Titre original: *Shiva's Fire*
Edition originale publiée aux États-Unis
par Farrar Straus Giroux, New York, 2000

Je remercie tout particulièrement les personnes suivantes qui m'ont aidée, chacune à leur façon, que ce soit en me donnant des informations, en me guidant lors de mes voyages en Inde, en me racontant leur histoire et surtout en passant de longues heures avec moi à discuter de la complexité de l'hindouisme et en répondant à mes questions sur le Bharata Natyam, la forme la plus aboutie de la danse classique indienne. Merci à Perinkulam P. Ramanatham, T.S.K. Lingam, Villy Gandhi, Neelakant et Vasantha Patri, Iqbal Athas, Suma Perumal, Sadhana Gupta, Kala, Mr. Chandrashekar et feu Protima Bedi. Bien qu'il m'eût été impossible d'écrire cette histoire sans leur concours, toute erreur serait entièrement de mon fait.

Mes remerciements vont également à Gregory Maguire pour sa sagesse et son amitié et à Virginia Morgan pour ses critiques toujours pertinentes. Merci aussi à Elaine Chubb, pour ses conseils, ses qualités éditoriales et sa patience. Enfin, ma gratitude et toute mon affection à Frank Foster pour sa clairvoyance et sa grande sagacité.

Note de l'auteur

Le village d'Anandanagar et l'État du Nandipuram sont des lieux fictifs situés dans le sud de l'Inde.

Les mots tamoul, hindi et sanskrit sont présentés en italique lorsqu'ils apparaissent pour la première fois, et ils font l'objet d'un glossaire page 277.

Note

Comprendre la spiritualité indienne c'est comprendre l'Inde. Pour les Hindous, il n'y a qu'un dieu, ou principe divin, mais ses manifestations sont multiples. Celui qui rencontre de graves problèmes se tourne vers *Ganesh*, le dieu à tête d'éléphant qui a le « pouvoir d'ôter les obstacles », l'étudiant qui prépare ses examens implore Sarasvati, la déesse du Savoir, tandis que l'homme d'affaires s'en remet à Lakshmi, la pourvoyeuse de richesse, et ainsi de suite.

Shiva, l'invisible ordonnateur du monde, exécute sa danse cosmique dans le cœur de tout homme. Il danse le monde à l'intérieur et à l'extérieur de chaque être; son feu consume les égos démesurés, la cupidité, la colère, la jalousie, la luxure et toute la part d'ombre qui est en chacun de nous. Il danse au milieu des enfants qui jouent, il danse au milieu des bombes qui tombent, au milieu de la voie lactée, dans les tremblements de terre, au cœur des explosions, sous les pluies torrentielles et dans le flot tourbillonnant des fleuves; danser avec Shiva c'est être libre, libéré du cycle de la vie et de la mort.

Perinkulam P. Ramanathan
Attaché culturel de la Fondation culturelle et
religieuse indo-américaine

. 1

Le jour où Parvati vint au monde, Minakshi se réveilla tôt, car l'enfant l'avait empêchée de dormir toute la nuit. Ses petits pieds et ses petits bras martelaient les flancs de sa mère sur un rythme étrange et langoureux : *tai-tayia-tai, tai-tayia-tai.*

La jeune femme ignorait que sa fille naîtrait en plein bouleversement du cours naturel des choses, que les poissons voleraient au milieu des étoiles et que les oiseaux plongeraient en eau profonde.

Minakshi bâilla et noua son *sari* autour de son ventre rebondi. Elle sortit sur la pointe des pieds pour laisser dormir son mari, Sundar, et ses fils, tandis qu'elle irait faire ses offrandes au temple. Des mouches volaient paresseusement dans la chaleur moite du matin, et une goutte de sueur perla à sa tempe. Sur un plateau en métal, elle disposa une noix de coco, des bananes et une fleur de frangipanier dont le parfum était aussi délicat que la légère teinte rose qui perçait à la base de chaque pétale. Elle déposa une autre fleur aux pieds de la statue de *Shiva* dansant que Sundar avait sculptée dans du bois de santal et placée dans une petite niche du mur. Minakshi se cambra pour soulager son dos et sentit deux mains qui l'enlaçaient par-derrière, essayant de calmer les martèlements des pieds minuscules.

– Tu crois qu'il va naître aujourd'hui ? demanda Sundar.

Minakshi se retourna et posa un doigt sur la bouche de son mari.

– Chuuuttt, tu vas réveiller les garçons ! murmura-t-elle.

Puis elle le repoussa et sourit :

– Je t'ai déjà dit que cette fois ce serait une fille !

– Mais comment peux-tu en être aussi sûre ?

Minakshi sourit de nouveau et lui caressa la joue. Sundar soupira et empoigna l'anse du seau. Il allait traire la bufflonne tandis qu'elle se rendrait au temple.

Pendant ses autres grossesses, Minakshi s'était sentie nauséeuse et incapable de manger durant de longues semaines mais, cette fois, tout lui paraissait bon et sucré et elle se sentait très bien. Elle se surprenait même à rêver en plein jour quand elle travaillait aux champs avec les autres femmes du village d'Anandanagar, à repiquer le riz ou planter de la canne à sucre. Ses yeux s'emplissaient de larmes à la vue d'une fleur particulièrement belle ou d'un coucher de soleil. Sundar lui demandait souvent pourquoi elle souriait ainsi, mais la plupart du temps elle ignorait qu'elle était en train de sourire. Elle ressentait un bonheur inexplicable.

Minakshi se hâta vers le temple, situé à l'autre bout du village. Elle voulait être de retour à temps pour servir le petit déjeuner, avant que Sundar ne parte s'occuper des éléphants. C'était un jour de fête, mais son mari, qui était le chef des cornacs du *maharajah*, devait veiller sur les éléphants durant les festivités.

Aujourd'hui, on fêtait l'anniversaire du maharajah Narasimha Deva. La plupart des gens ne connaissaient pas la date de leur naissance, mais celle du maharajah était un événement que l'on célébrait en grande pompe. Cette année, la fête serait particulièrement joyeuse car la *maharani*, sa femme, attendait un enfant et les prêtres avaient prédit un fils. Minakshi ne voulait pas rater les festivités, mais elle sentait que son enfant était sur le point de naître. Il avait recommencé ses petits martèlements : *tai-tayia-tai, tai-tayia-tai*.

Avant l'indépendance de l'Inde, une quarantaine d'années auparavant, le père du *rajah* possédait toutes les forêts de teck et de santal qui couvraient la province de Nandipuram. À présent que le règne des maharajahs était révolu, ces forêts appartenaient au gouvernement, qui avait choisi Narasimha Deva comme agent responsable de l'exploitation du bois. En tant que chef religieux et employeur de beaucoup des anciens sujets de son père, il occupait une place privilégiée dans le cœur de son peuple.

Chaque année, les villageois se rassemblaient sur une colline non loin du palais tandis que les flûtes et que les *mridangam* au son guttural se répondaient de part et d'autre de la vallée boisée. Le rajah, vêtu de sa robe de cérémonie, était pesé, et l'équivalent de son poids en or était distribué aux pauvres, aux écoles et aux temples de la région. La légende veut que le premier coup de tonnerre de la mousson soit le signal envoyé par les dieux pour annoncer que l'or a été bien pesé et qu'ils sont satisfaits de la générosité du rajah. Le sud de l'Inde, exténué par une interminable saison sèche, peut alors commencer à revivre et à prospérer grâce à quatre mois de pluies ininterrompues.

Minakshi avançait péniblement, portant les offrandes devant elle. Elle sourit en pensant qu'elle devait avoir l'air aussi ronde que le buffle d'eau qu'elle venait de croiser. Des singes gambadaient derrière elle en se chamaillant.

Elle arriva au temple juste au moment où le prêtre, M. Balaraman, sonnait la cloche. Il portait un *dhoti* de coton écru autour des hanches et trois cordons sacrés sur l'épaule gauche. Trois traits de cendres sacrées barraient son front, et ses cheveux gris étaient noués en une sorte de chignon au-dessus de la tête. Il se tenait debout devant la pierre de Nandi, le taureau aux yeux doux qui transporte Shiva, les jambes aussi noueuses et plissées que le tronc du *pipal* sacré traditionnellement planté à l'entrée du temple. L'encens qui brûlait dans une coupe en argent embaumait l'intérieur du sanctuaire.

Le prêtre prit les offrandes de Minakshi et les disposa devant la statue de *Nandi*, puis il plongea un doigt dans un pot de poudre rouge et l'appliqua délicatement son doigt sur le front de la jeune femme, laissant un petit point rouge juste entre les deux yeux, ce troisième œil qui permet de saisir la vie avec plus de clairvoyance. Minakshi mit les mains au-dessus de la fumée qui s'échappait de l'encensoir et se frotta le visage. Puis elle pressa le pas sur le chemin bordé de cocotiers, impatiente de rejoindre sa maison de torchis, située à l'autre bout du village.

De retour chez elle, elle remplit trois tasses de babeurre qu'elle puisa dans la cruche de terre entreposée dans la cour et ajouta une pincée de sel dans chacune d'elles. Venu, qui était né deux ans auparavant, juste au moment où la mousson commençait à s'abattre sur le sud de l'Inde, et Venkat, qui avait vu le jour à peu près à la même époque deux moussons plus tôt, émergèrent de l'obscurité de leur chambre en se frottant les yeux, encore tout moites de chaleur et de sommeil.

– Quand commence la fête ? demanda Venkat en scrutant le ciel, où les nuages qui glissaient doucement avaient viré du gris perle au gris foncé. Un short propre mais froissé couvrait ses hanches minces. Son plus jeune frère, lui, était nu, à l'exception d'un cordon noir noué autour de la taille, au bout duquel se balançait un médaillon argenté en forme de tête de Ganesh, le dieu éléphant qui porte chance.

– Ne t'inquiète pas, elle commencera bien assez tôt ! répondit sa mère, sans intention de le blesser.

La chaleur qui précède la mousson est si accablante, parfois, que les mères indiennes énervées doivent se faire violence pour ne pas se laisser aller à réprimander leurs enfants pour un oui ou pour un non. Certaines sont même tentées de répondre à leur mari...

L'air était chaud et humide, ce matin-là. Les minces filets de fumée qui s'échappaient d'une centaine de foyers domestiques allumés par les femmes pour préparer le premier repas de la journée formaient d'élégantes volutes suspendues au-dessus du village. La bonne odeur de l'*idly* en train de bouillir et le fumet épicé du *sambhar* se mêlaient délicieusement à la brume, à la douceur du jasmin et du santal, et à la moiteur de l'atmosphère saturée d'humidité. Dehors, dans le bosquet d'acacias qui séparait le village des champs où les femmes travaillaient chaque jour, un coucou épervier laissa échapper son cri perçant tandis qu'il prenait de l'altitude : *sweeeip-sweeeip-sweeeip-sweeeip-sweeeip-sweip-swip-swip* ! Minakshi s'assit en face du feu où elle faisait frire le *puri* et repoussa les cheveux qui tombaient sur son front. La pâte gonflait et grésillait dans l'huile bouillante. Sundar, qui se nettoyait les dents avec un morceau de bois de réglisse, s'accroupit derrière elle et cracha dans le feu.

Pendant que les enfants mangeaient, Minakshi se dépêcha de nourrir la bufflonne qui paressait dans la cour. Puis elle alla au puits où elle remplit d'eau deux cruches en argile rouge, se penchant avec précaution car Parvati, sa fille, s'était retournée dans son ventre et se trouvait à présent la tête en bas.

À son retour, Minakshi trouva Sundar qui discutait avec ses deux fils tout en sculptant un petit Ganesh dans du santal. Il tournait et retournait le morceau de bois blond dans ses mains, dégageant de minces copeaux avec sa gouge à mesure que la forme du dieu apparaissait.

– Vous assisterez aux festivités avec votre oncle Sathya, dit Sundar. Je ne serai pas de retour avant votre coucher, et quand vous vous réveillerez, vous aurez une petite sœur.

– Tu vas la ramener à la maison ? demanda Venkat.

Sundar rit à gorge déployée.

– Non, mon fils. Ta mère restera là et la mettra au monde.

– Mais pourquoi ne peux-tu venir avec nous, alors ? demanda Venkat.

– Parce que quelqu'un doit veiller sur les éléphants du maharajah. Je le fais, comme mon père l'a fait naguère et comme tu le feras plus tard, toi aussi.

– Est-ce que je devrai également manquer la fête ?

Sundar rit de nouveau.

– Pas avant longtemps, rassure-toi.

Sundar éprouvait une profonde tendresse pour les éléphants, qui le lui rendaient bien en devinant précisément ce qu'il attendait d'eux et en accomplissant toujours leurs tâches à la perfection. Il avait hérité ce don de son père, qui lui avait également enseigné la sculpture, un art pour lequel il avait un talent véritable.

Sundar, chaque jour, se réveillait très tôt pour travailler à la ferme familiale avant d'aller s'occuper des éléphants. Leur tâche consistait à haler les troncs de santal abattus à la hache par les bûcherons jusqu'à la rivière. Le soir venu, quand leur travail était terminé, Sundar s'asseyait au milieu d'eux pendant de longues heures en surveillant le feu. Les éléphants étaient entravés par de lourdes chaînes qui limitaient leurs déplacements.

Les tigres étaient menacés d'extinction dans toute l'Inde et dans le monde entier; mais, à Nandipuram, les félins continuaient à rôder en lisière de forêt, ombres chatoyantes et dorées tapies dans l'obscurité, à l'affût permanent d'une proie. Sundar avait déjà aperçu à travers les flammes du campement leurs yeux et leurs longues incisives briller dans la pénombre. Aussi, pour ne plus penser à eux, il s'occupait à sculpter des statuettes de Ganesh, de Shiva, de Nandi ou d'autres divinités indiennes, qu'il vendait aux pèlerins en visite au temple sacré de Nandipuram. Ses sculptures étaient gracieuses et élégantes et il devint vite célèbre, particulièrement pour ses statues de *Natarajah*, le Shiva dansant.

On racontait que certains avaient vu, au cœur de la nuit, dans la niche d'un mur du village, un Natarajah danser au milieu de flammes vacillantes. Mais quand ils s'arrêtaient pour regarder de plus près, ils s'apercevaient que la statue – sculptée par Sundar – était inerte et que les flammes n'étaient probablement que le reflet sur le bois d'une lanterne brillant quelque part dans la ruelle. Flammes ou pas, les statues sculptées par Sundar avaient quelque chose de particulier, difficile à définir même pour ceux qui ne croyaient pas qu'une statue puisse danser, et la demande pour ses Shiva dansant ne cessait d'augmenter.

En voyant Minakshi, Sundar interrompit son travail. Il enveloppa le Ganesh en santal dans un morceau de tissu, épousseta ses outils qu'il rangea dans une pochette, les attacha ensemble à l'aide d'une ficelle et les plaça dans un sac de toile.

– Priya sera là si tu as besoin d'elle, dit-il en jetant son sac sur l'épaule.

La vieille *ayah* était une femme dévouée, tous deux le savaient. Il attira Minakshi à l'intérieur de la petite maison de torchis et l'enlaça tendrement.

– Je vais emmener les garçons chez Sathya, lui dit-il en écartant doucement les cheveux qui cachaient son front et en la regardant droit dans les yeux. Ce sera bien pour toi d'avoir une fille qui puisse t'aider.

Minakshi le vit s'éloigner en direction de la maison de son frère, à l'autre bout du village, tenant ses fils par la main, son sac de toile sur le dos. Elle versa de l'eau dans une bassine en plastique pour laver la vaisselle du petit déjeuner et balaya la cour. Puis elle entreprit une longue marche à travers champs dans l'espoir d'accélérer la venue du bébé ; elle aurait tant aimé qu'ils puissent tous deux assister à la cérémonie rituelle de pesée du maharajah. N'était-ce pas merveilleux que son enfant naisse un jour aussi propice ?

Minakshi marchait dans la chaleur accablante, sous un ciel menaçant. Elle chantait en se tenant les reins et marchait, marchait. Elle entendait à travers les arbres la foule bruyante qui se pressait sur le sentier terreux pour assister aux cérémonies, les voix joyeuses et le cliquettement des bracelets en argent aux poignets et aux chevilles des femmes. Parvati ne se décidait toujours pas à venir et Minakshi pleurait de désespoir tout en continuant à marcher.

Au milieu de la matinée, la chaleur blanche, moite et étouffante était à son comble. Un corbeau se posa sur un palmier, en bordure d'un champ. Ces arbres, qui marquaient bien souvent la frontière des lopins familiaux, se balançaient au gré du vent dont on percevait le bruissement léger dans les feuilles. Des singes y avaient élu domicile et savouraient des bananes chapardées un peu plus loin. Minakshi s'adossa au tronc du palmier pour soulager son dos de plus en plus douloureux, et c'est alors que l'oiseau lui parla.

– Une petite graine pour un vieux mendiant ? demanda-t-il en la regardant d'un air dubitatif, du haut de son perchoir.

Au même moment, Minakshi ressentit la douleur de sa première contraction, signe que la venue du bébé était imminente.

– Va-t'en ! lui répondit-elle en se couvrant le visage avec le pan de son sari pour se protéger du soleil.

Les nuages commençaient à dériver dans le ciel en une ronde effrénée. Minakshi s'immobilisa un instant et se frotta de nouveau le dos.

– Et puis, de toute façon, ce n'est pas l'époque des semailles. Je n'ai pas de graines.

Elle replaça le pan de son sari sur son épaule et reprit sa marche. Il lui fallait absolument trouver un endroit tranquille où mettre Parvati au monde. Le corbeau voleta jusqu'à terre et sautilla jusqu'à la jeune femme d'une démarche titubante et maladroite, à travers les larges sillons creusés dans la terre rouge.

– Mais je meurs de faim ! croassa-t-il en penchant la tête de la façon la plus séduisante qui soit pour un corbeau.

Le soleil fit une brève apparition, donnant l'espace d'un instant à son triste plumage noir une belle teinte bleutée aux reflets brillants.

– Tu sais ce que cela signifie !

Minakshi s'arrêta net ; une nouvelle éclaircie illumina son visage et ses yeux sombres devinrent fixes. Le corbeau pensa qu'elle avait reconsidéré la question et qu'elle était prête à lui donner ne seraitce qu'une miette, pour qu'il la laisse en paix.

Au lieu de ça, Minakshi tomba à genoux et se pencha en arrière, prenant appui sur ses bras.

– Va-t'en ! gémit-elle

– Affamé ! insista le corbeau. Tu ne peux ignorer un pauvre...

– J'ai d'autres soucis...

Minakshi ne put finir sa phrase à cause de la douleur. Le corbeau croassa avec insolence et se percha sur son épaule.

– Qu'y a-t-il de plus important qu'un frère affamé ? continua l'oiseau de sa voix rauque en lui picorant les mains. Puis il s'envola de nouveau et se posa sur sa tête.

Minakshi essaya de se relever, mais la douleur la tenaillait. Affolée, elle s'allongea. Les naissances de ses deux fils n'avaient pas été aussi soudaines, ni aussi intenses. Le corbeau continuait de lui donner de petits coups de bec. Elle l'ignora et rampa jusqu'à un jacaranda en fleur, à la lisière du champ ; là, elle s'adossa contre le tronc lisse et gris. Le corbeau battit des ailes et se percha sur une branche juste au-dessus de sa tête, tout en continuant de croasser bruyamment.

Une pluie torrentielle et un violent grondement de tonnerre annoncèrent que l'or du maharajah avait été bien pesé. C'est le moment que choisit l'enfant de Minakshi pour venir au monde.

Minakshi raconta souvent à Parvati l'histoire de sa naissance. Quand elle arrivait à ce point de l'histoire, elle s'exclamait immanquablement :

– Ah ! Parvati, je ne sais pas si le corbeau fut la cause de tous nos soucis. En tout cas, tu étais née, parfaite, belle et en bonne santé !

Parvati s'était toujours demandé si sa mère ne lui cachait pas certaines choses. Peut-être Minakshi pensait-elle que tous ses ennuis étaient dus au refus de Parvati de naître à temps pour assister à la cérémonie d'anniversaire du rajah ? Quoi qu'il en soit, sa mère n'avait jamais incriminé personne d'autre que le maudit oiseau...

Ce qui était certain, malheureusement, c'est que la naissance de Parvati avait coïncidé avec la plus grande catastrophe que les éléments aient infligée, de mémoire d'homme, à Nandipuram.

. 2

Minakshi s'assit et essuya l'enfant avec un coin de son sari. La pluie avait commencé à tomber, de grosses gouttes qui soulevaient de petits nuages de poussière rouge en éclatant sur le sol desséché. Minakshi eut le souffle coupé par son premier face-à-face avec sa fille. L'enfant la regardait droit dans les yeux, avec un regard d'une intensité qu'elle n'avait encore jamais rencontrée. Elle était merveilleusement belle : un visage rond, des cheveux noirs et bouclés, et une fossette profonde juste au milieu de son menton délicat.

Minakshi se reposa un peu. Des murs d'eau se déversaient à présent du ciel. Elle enveloppa Parvati dans son sari, s'abrita sous une large feuille de bananier et courut jusqu'à un bosquet de palmiers où quelques singes avaient déjà trouvé refuge. Ensemble, ils regardèrent la terre desséchée s'imbiber d'eau et se transformer en une boue épaisse et gluante.

La jeune femme pleurait. Était-ce le soulagement d'avoir surmonté cet accouchement difficile et d'avoir mis au monde un bébé parfaitement constitué, ou était-ce une prémonition de ce qui allait suivre ? Ces larmes étaient les premières d'un intarissable torrent qui allait faire déborder la rivière et inonder les champs...

Minakshi coupa une autre feuille de bananier avec son couteau et reprit le chemin du village, son enfant serré dans ses bras, à l'abri de son parapluie de fortune. La pluie se transforma en déluge et, à mi-chemin, la feuille de bananier n'était plus qu'un lambeau de bandelettes vertes et luisantes. Minakshi ne distinguait rien à plus de deux pas. Elle pressa Parvati contre sa poitrine pour protéger la peau délicate du bébé et courut le long du sentier, car ses pieds, même sans l'assistance de ses yeux, connaissaient le chemin par cœur. Elle atteignit le village en fin d'après-midi, au milieu d'une foule de familles affolées qui couraient en tous sens, leurs chatoyants habits de fête plaqués sur le corps.

Priya, la vieille ayah, s'affairait déjà dans la cour de la maison pour mettre à l'abri les jarres de farine de blé, de lentilles, de riz et les fagots de bois.

– Quelque chose ne tourne pas rond, lança-t-elle d'une voix qui trahissait sa peur, tout en prenant l'enfant des bras de Minakshi. Regarde le ciel ! ajouta-t-elle en désignant de son vieux doigt tout ridé la teinte verdâtre qui avait envahi la voûte céleste et qui s'assombrit encore juste au moment où Minakshi pénétra dans la maison.

C'est vrai, pensa Minakshi, le ciel n'avait pas cette teinte d'encre violette dont il se pare généralement au début de la mousson.

Priya s'assit au bord du lit et commença à examiner Parvati. Minakshi, qui cherchait une serviette propre sur l'étagère, se retourna en entendant le soupir de la vieille ayah, laquelle, aussi immobile qu'une statue de santal, fixait l'enfant.

– Elle est si belle, dit-elle doucement. Naître un tel jour...

L'ayah regarda Minakshi derrière ses paupières aussi fines que du parchemin. Des torrents de larmes coulaient toujours des yeux de la jeune femme.

– Elle aura une vie merveilleuse... ou terrible, murmura la vieille femme en rendant l'enfant à sa mère.

La pluie ne semblait pas effrayer Parvati. Ses bras étaient dodus pour un nouveau-né, et elle agitait son petit poing devant son visage en regardant les larmes qui coulaient des yeux de sa mère.

Venkat et Venu rentrèrent juste après le départ de Priya.

– *Amma* ! cria Venkat d'une voix inquiète.

Venu, qui tenait l'ourlet du short de son frère serré dans une main et s'essuyait les yeux de l'autre, arriva juste derrière lui en trébuchant.

– Je suis là, les enfants ! répondit Minakshi qui sortit Parvati de son berceau pour la montrer à ses frères.

Venkat dévisagea sa petite sœur puis regarda les yeux ruisselant de larmes de sa mère.

– Elle me voit ? cria-t-il, stupéfait.

– Bien sûr, répondit Minakshi en s'essuyant les yeux du revers de la main.

Malgré le martèlement sourd de la pluie, Minakshi entendait des cris au-dehors. Ce n'étaient pas les clameurs de joie qui accueillaient habituellement la mousson. La plupart du temps, les gens étaient soulagés que la saison chaude et sèche, celle où l'eau des canaux et des citernes devient fétide, touchait à sa fin : les enfants dansaient et les femmes chantaient, les yeux rivés au ciel. C'étaient des cris de frayeur qui retentirent quand l'orage redoubla de violence.

Sathya, le frère de Sundar, passa la tête dans l'embrasure de la porte et vit l'enfant dans les bras de sa belle-sœur.

– Elle s'appelle Parvati, lui dit-elle.

Sathya hocha la tête.

– Je dois rentrer. Dis à Venkat de venir me chercher si tu as besoin d'aide.

– Ça va aller, répondit Minakshi.

Sathya repartit.

La jeune femme posa le bébé sur le dos dans son lit de corde et donna une serviette à Venkat pour qu'il se sèche.

– Il faut dormir, maintenant, dit Minakshi en attrapant une autre serviette pour frictionner Venu. Quand nous nous réveillerons, la tempête sera finie.

– Amma ! C'était une fête merveilleuse ! dit Venkat. Ils ont distribué une feuille de bananier remplie de riz sucré à tout le monde. Mais quand il a commencé à pleuvoir, les gens ont jeté la nourriture par terre et se sont mis à courir partout car ils n'avaient jamais vu de pluie aussi forte.

– Va te coucher à présent, lui répondit Minakshi en essuyant les larmes sur son visage.

– Mais, Amma, pourquoi pleures-tu ? demanda Venkat.

Minakshi n'en savait rien elle-même. Elle se sentait submergée par une angoisse inexplicable. Venkat essaya de lui raconter le reste de la fête ; Venu, qui avait lui aussi très envie de parler, l'interrompait sans cesse. Mais Minakshi, trop épuisée pour en entendre davantage, les coucha sans plus tarder et alla s'allonger sur le lit à côté du bébé.

Cet après-midi-là, au moment où les fils de Minakshi rentraient à la maison, Sundar et ses compagnons avaient emmené les éléphants dans la forêt, derrière les baraquements où le bois coupé était entreposé pour le séchage, afin de récolter l'herbe et les buissons nécessaires au fourrage. Les cornacs s'étaient arrêtés au bord de la rivière. Ils avaient brossé la peau épaisse et croûteuse de leurs géants tranquilles, puis les avaient laissés folâtrer sous la pluie, une pluie bienfaisante que les éléphants accueillaient toujours joyeusement en levant leurs trompes.

Sundar fut troublé par l'étrange teinte verdâtre qui avait envahi le ciel et ordonna aux autres de conduire les éléphants dans un vieux fort où ils avaient l'habitude de se réfugier les jours de mauvais temps. Les murs du fort, construits avec de gros blocs de granit argenté provenant du plateau du Deccan, avaient résisté à plusieurs siècles d'intempéries et Sundar pensa que les éléphants y seraient à l'abri. Les hommes soupèrent de riz et de sambhar préparés par les cuisines du palais et se couchèrent tôt, au milieu des éléphants qui somnolaient. Certains ronflaient comme de gigantesques bébés, d'autres dormaient debout en dodelinant de la tête, leurs petits blottis sous leur ventre.

C'est peu après le coucher du soleil que Sundar eut le pressentiment que quelque chose d'anormal se passait. Les éléphants s'étaient mis à tirer sur leurs entraves et à tourner en rond nerveusement, ronflant et tremblant, réveillant Sundar, pourtant profondément endormi après une rude journée de travail. C'est alors seulement qu'il entendit le bruit du vent, non plus un sifflement mais une plainte aiguë.

Il ouvrit l'une des portes de bois pour voir ce qui se passait dehors. Des éclairs violacés déchiraient le ciel, illuminant d'une manière saccadée le spectacle apocalyptique d'arbres plusieurs fois centenaires tombant les uns sur les autres à mesure que leurs troncs se déchiraient dans un bruit fracassant. La terre tremblait sous le choc de ces géants abattus.

Le cœur de Sundar se mit à battre plus vite. Il referma la porte et s'adossa contre elle. Les murs de granit résistaient, mais les arbres, eux, tombaient comme des allumettes échappées d'une boîte.

Une imposante femelle, qui grognait et s'agitait nerveusement, souleva le tronc auquel elle était attachée et barrit pour appeler son petit. Sundar n'y prêta pas attention, car tous les éléphants, effrayés, s'étaient mis à barrir. Il se rendit auprès d'eux pour essayer de les calmer. Comme le petit égaré ne répondait pas, la mère fut prise de panique.

L'affolement gagna les autres éléphants qui, un à un, brisèrent alors leurs entraves et piétinèrent Sundar, tombé au sol, jusqu'à ce qu'il ne reste plus de lui que des débris d'os et des lambeaux de son dhoti et de son turban bleu pâle. Les autres cornacs, qui avaient réussi à s'enfuir, revinrent sur leurs pas car il était impossible de retourner au village avec une pareille tempête. Ils ramassèrent ce qui restait des corps de Sundar, le disposèrent sur un lit de camp et le recouvrirent de son dhoti. Un peu plus tard, le vent se calma quelques instants avant de reprendre de la vigueur pour un nouvel assaut ; ils portèrent alors Sundar chez son frère, au village.

Minakshi s'allongea sur son lit, pressa Parvati contre son sein, se couvrit d'un châle et sombra dans un profond sommeil. Elle n'entendit pas les hurlements du vent, ni le fracas des palmiers arrachés à la terre et ballottés par le vent à travers le village. Elle n'entendit pas le toit de paille et le mur du fond de sa chambre s'effondrer.

La jeune femme ne se réveilla pas avant que Sathya ne vienne les chercher pour les mettre à l'abri de la tempête dans sa propre maison. À lui revenait la terrible mission de lui annoncer ce qui était arrivé à son mari.

De face, la maison de Minakshi paraissait intacte et Sathya ne pouvait pas voir le mur et le toit effondrés à l'arrière de la bâtisse. Venkat et Venu dormaient serrés l'un contre l'autre sur un petit lit, Minakshi et Parvati étaient allongées sur l'autre lit. Sathya tambourina à la porte en criant :

– Mina, ma sœur, Minakshi, réveille-toi !

Mais la jeune femme dormait si profondément dans la rumeur du vent qu'elle n'entendit pas Sathya frapper.

Ce fut finalement Venkat qui, tenant son jeune frère dans les bras, s'approcha du lit où sa mère dormait et lui secoua l'épaule. Quand elle émergea enfin de son sommeil, elle vit les yeux de son fils, exorbités par la peur. Et, derrière lui, elle aperçut les éclairs et la pluie, là où autrefois se dressait un mur.

– Amma, oncle Sathya est là, réveille-toi !

Minakshi sortit aussitôt de sa torpeur, ce que le bébé ressentit très bien ; son petit cœur se mit à battre au même rythme que celui de sa mère. Minakshi se leva, couvrit ses épaules d'un châle et pataugea jusqu'à la porte. La pluie ruisselait des cheveux et des moustaches de Sathya, et il faillit tomber à l'intérieur.

– Mina, gémit-il, il est arrivé quelque chose d'affreux.

Minakshi, effrayée, porta la main à son visage ; son cœur avait compris instinctivement ce que son beau-frère était venu lui annoncer. Soudain, elle vit clairement son avenir, un avenir dans lequel la réalité n'était autre que l'horreur de penser qu'elle ne reverrait jamais plus Sundar, qu'il ne porterait jamais Parvati dans ses bras et que ses enfants grandiraient sans père.

. 3

Sans dire un mot, Minakshi se détourna et saisit un vieux dhoti de son mari suspendu à une patère, derrière le lit de l'enfant. Elle le froissa entre ses doigts, le porta à son visage un court instant, puis en enveloppa Parvati et le noua autour de son cou afin de maintenir la fillette bien serrée contre sa poitrine. Ses gestes étaient lents, très lents ; Sathya essaya de réprimer son impatience. Il avait apporté une lanterne dont le vent avait soufflé la flamme. Les mouvements de Minakshi paraissaient encore plus saccadés à la lueur des éclairs qui zébraient le ciel.

– Dépêche-toi, Minakshi, dit-il d'une voix tremblante. Il faut faire vite.

Minakshi agissait comme si elle n'avait rien entendu : elle attacha Venu dans le dos de Venkat à l'aide d'un vieux châle de Sundar et emballa un sac de riz et la moitié d'un sac de lentilles.

– Nous devons faire vite si nous ne voulons pas y rester, marmonna Sathya entre ses dents.

Mais Minakshi ne réagissait pas à ses propos et continuait d'agir avec une lenteur délibérée.

Toujours silencieusement, elle accrocha les sacs sur le dos de la bufflonne, dont les yeux terrifiés roulaient dans leurs orbites. Sathya comprit qu'il était vain de convaincre Minakshi d'abandonner l'animal et l'aida. Il ouvrit deux larges parapluies, en tendit un à sa belle-sœur et abrita Venu et Venkat sous le sien. La jeune femme refusa le parapluie qu'il lui tendait et se précipita vers la porte de sa maison en ruine. Sathya la suivit.

– As-tu perdu l'esprit ? lui demanda-t-il. Il faut partir tout de suite !

Mais Minakshi courut jusqu'au lit, prit dans la petite niche du mur la statuette en santal du Shiva dansant que Sundar avait sculptée et la fourra dans le dhoti où elle avait installé Parvati. La pluie leur cinglait le visage. Des éclairs déchiraient régulièrement le ciel de leurs lueurs violacées, leur laissant entrevoir les vagues sur la rivière qui roulait son flot tumultueux là où, quelques heures auparavant, il n'y avait que la rue principale du village avec ses boutiques à l'ombre des arcades et ses étals de mangues convoitées par des essaims de mouches.

Vacillant dans l'eau boueuse qui leur arrivait aux genoux, ils se dirigèrent vers la maison de Sathya, perchée sur les hauteurs d'une petite colline, de l'autre côté du village. À chaque seconde, une rafale de vent les obligeait à reculer d'un pas. Autour d'eux, les gens couraient en sens inverse, fuyant le bazar et la rivière qui avait envahi la rue principale, tirant sur les longes d'animaux terrifiés qui beuglaient.

Heureusement, l'eau n'avait pas atteint la maison de Sathya. Sa femme les accueillit sur le seuil de la porte ; Minakshi, que le malheur venait de frapper, tenait Parvati serrée contre elle et ses deux fils pleuraient, car la détresse de leur mère les affolait au moins autant que la tempête. Sathya, lui, avait l'air sombre. Leurs vêtements, trempés par la pluie, leur collaient à la peau et leurs cheveux ruisselaient.

Tatie, qui tenait dans ses bras un enfant enveloppé d'un châle, les fit entrer. Elle jeta un coup d'œil à Parvati, emmitouflée dans son dhoti. L'enfant la fixa avec une telle intensité que cela la frappa. Sa propre enfant, qui s'appelait Chitra, était une petite fille chétive, faiblesse qu'elle attribuait à son sexe. Ses trois fils, quand ils étaient bébés, avaient agité leurs bras vigoureusement, tandis que Chitra restait couchée, presque inerte. Elle était difficile à réveiller, même pour téter, et quand enfin elle émergeait, son regard restait vague. Parvati, elle, l'avait regardée droit dans les yeux et la jeune femme avait eu l'étrange sensation qu'elle pouvait lire dans ses pensées.

– Oh ! s'exclama-t-elle.

Puis elle demeura songeuse un bon moment. Il n'était pas normal qu'une enfant de quelques heures fixe quelqu'un avec une telle intensité, pensa-t-elle. C'est à cet instant précis, à cause de ce premier regard, que germa en elle l'étrange idée que Parvati était la cause des terribles événements qui avaient déjà coûté la vie à Sundar et allaient affecter non seulement sa propre famille et le village, mais toute la population du Nandipuram.

Sathya, l'aîné des deux frères, était considéré comme le plus intelligent. Quant à Sundar, il était fort, calme et inspirait confiance. Enfant, Sathya avait résolu des équations mathématiques complexes et le maître d'école en avait été si impressionné qu'il avait obtenu une bourse du gouvernement pour que le jeune homme puisse aller étudier à l'université. Par la suite, Sathya avait intégré l'administration et obtenu un poste très loin du village, à Bangalore, où il vivait dans un confortable *bungalow*. Sa femme, qui venait de la campagne, n'avait jamais pu se faire à la vie de la ville. Aussi son mari lui avait-il fait construire une maison en pierre du Deccan dans son village natal, au milieu des maisons de torchis aux toits de chaume. La pierre des hautes terres était mouchetée de petites taches noires et d'éclats de mica qui scintillaient dans le soleil. C'était une demeure robuste, la seule qui ait un peu d'allure dans le village, dont les habitants nourrissaient à l'égard de Sathya des sentiments de jalousie mêlés de fierté ; il était l'un des leurs, après tout.

Sathya vivait à Bangalore et venait voir sa famille au village chaque fin de semaine. Mais Tatie souffrait de la solitude. Sathya n'aimait pas non plus la vie urbaine et se languissait de sa famille, de son village et de la ferme dont lui et Sundar avaient hérité à la mort de leur père. Il décida donc de prendre une retraite anticipée avec une modeste pension et revint vivre au village, pour travailler à la ferme familiale.

Tatie installa Venu et Venkat avec ses trois garçons sur un grand lit de corde, puis enveloppa sa fille dans un châle de laine gris avant de la déposer dans un berceau à bascule, placé derrière le muret que Sathya avait érigé en hâte dans l'espoir de protéger le feu qu'il avait allumé pour défier l'obscurité de la tempête. Minakshi sortit Parvati de son dhoti et l'emmena près du feu, dans la partie la plus abritée de la cour. Les trombes d'eau tambourinaient sur le pavé. Le vent, en forcissant, éloignait la pluie, mais la tempête ne semblait pas vouloir finir. Au moins, pour l'instant, étaient-ils au sec.

Tatie prit Parvati dans ses bras et l'examina avec une extrême attention. Elle avait de bonnes joues rebondies – rien à voir avec celles de Chitra. Ses petits yeux sombres cherchèrent ceux de sa tante et y restèrent plongés jusqu'à ce que la femme détourne son regard. Cet épisode renforça la première impression de Tatie : cette fillette n'était pas une enfant ordinaire. Si seulement elle avait su que Parvati percevait tout ce qui se passait autour d'elle avec une acuité parfaite, insoupçonnable chez une enfant de cet âge, elle aurait été encore plus déconcertée.

La pauvre Parvati ne pouvait pas savoir que sa perception des choses était beaucoup plus développée que celle des autres enfants de son âge. Tout ce qu'elle comprit ce jour-là, c'est que les événements qui s'étaient déroulés au moment de sa naissance avaient engendré de terribles bouleversements dans son univers familial et que, d'une façon ou d'une autre, sa tante la tenait pour responsable.

Sathya conduisit Minakshi dans un angle de la cour. Là, sur un étroit lit de sangles, sous un vieux châle élimé et les lambeaux d'un dhoti, reposait un tas de chair informe : c'était tout ce qui restait du corps du malheureux Sundar. Les reflets rougeoyants des flammes jouaient sur son linceul de fortune. Un bouquet de soucis était posé à côté de ces pitoyables restes.

— Les cornacs nous l'ont ramené, dit Sathya le plus doucement possible.

Minakshi s'agenouilla à côté du lit et couvrit de ses bras le corps sans vie de son mari. La bufflonne s'approcha d'eux. Sathya s'éclipsa et alla s'asseoir à côté de sa femme, qui tenait toujours Parvati sur ses genoux et berçait du pied le petit lit à bascule de Chitra. En criant pour couvrir le bruit de la tempête, il lui raconta les ravages qu'il avait constatés en allant chercher la famille de son frère à l'autre bout du village.

– De véritables torrents s'échappaient des portes des boutiques, comme si...

Il s'interrompit soudain, alerté par le fracas des tuiles qui s'écrasaient sur le sol de la cour, se précipita à l'intérieur et tira les garçons du lit où ils dormaient, tandis que les tuiles se brisaient tout autour d'eux. Puis il se dirigea vers un foyer profondément creusé, au milieu de la cour, dans lequel sa femme avait fait du feu pour préparer le savon avant la célébration de l'anniversaire du rajah. Tatie prit les deux bébés dans ses bras, courut chercher Minakshi et lui tendit le sien. Mais Minakshi refusait de quitter le chevet de son mari défunt.

– Viens, Mina ! cria Tatie dans le vent.

Elle poussa sa belle-sœur jusqu'au foyer, qu'elle avait pris soin, avant de partir assister aux festivités, de couvrir de nattes d'herbes tressées pour éviter qu'il se remplisse d'eau de pluie. Minakshi se laissa faire bien malgré elle, se retournant pour regarder une dernière fois le corps mutilé de son époux, drapé dans son piteux linceul. Sathya et Tatie poussèrent tout le monde à l'intérieur du trou, où régnait une odeur âcre de feu éteint et de cendres humides, et se couvrirent la tête avec les nattes.

À cet instant, la tempête atteignit son paroxysme. Le vent souleva la boue et la poussière, les arbres et l'eau, l'air et les nuages, le feu et les ténèbres, pour les mêler en un seul tourbillon féroce et dévastateur – un cyclone. Tous crurent leur dernière heure arrivée. Leurs cheveux se dressèrent sur leurs têtes, leurs oreilles bourdonnèrent et leur respiration s'interrompit. La force du vent était telle qu'elle maintenait les nattes au-dessus du trou aussi fermement qu'un couvercle sur une jarre de *pickles*. Minakshi protégeait Parvati de tout son corps. Ils ressentirent plus qu'ils n'entendirent la chute des dernières tuiles. Les murs se disloquèrent un à un.

Il est difficile de dire s'ils avaient dormi ou si leurs sens, soumis à un tel traumatisme, avaient été comme anesthésiés. Aucun d'eux, en tout cas, n'aurait su dire combien de temps ils avaient passé dans ce trou, ni à quel moment précis la tempête s'était calmée. Ils s'étaient progressivement rendu compte que le vent avait faibli jusqu'à se réduire à un gémissement plaintif, quand ils entendirent distinctement le bruit de la pluie sur les nattes au-dessus de leurs têtes. Ce n'était pas le bruit du vent dans les arbres, ou dans les toits de chaume, ce n'était pas non plus la tempête s'engouffrant dans les ruelles du village, mais le sifflement d'une forte brise qui balaye une plaine sans obstacle. Comparé à la férocité du cyclone, ce vent-là leur sembla bénin.

Ils se hissèrent hors du trou, réalisant avec peine qu'ils avaient survécu à un tel cataclysme. Les enfants pleuraient et les adultes les consolaient. Le soleil, bien que caché derrière d'épaisses couches de nuages gris et menaçants, tentait une timide percée. Pour une raison inexplicable, un angle de la maison de Sathya était resté debout : deux pans du mur extérieur, surmontés d'un petit triangle de toit. La cour était jonchée de poutres et de pierres, et quand Sathya écarta un madrier pour se frayer un passage parmi les débris, une partie du toit s'effondra juste à côté de lui.

À l'abri du petit triangle de toit qui avait résisté à la fureur des éléments, le corps disloqué de Sundar gisait toujours sur son lit de sangles, intact, comme par miracle, la bufflonne toujours debout à ses côtés pour le veiller.

Sathya, qui redoutait que nul n'ait survécu, se disait que si l'animal avait résisté à la tempête, d'autres êtres humains étaient peut-être dans le même cas. Le paysage était méconnaissable : pas un arbre, pas une maison, pas une barrière, pas âme qui vive. Depuis la colline de Sathya, on ne voyait qu'une mer de boue, à perte de vue.

La tempête avait tout détruit sur son passage : le village, les champs, les forêts et les récoltes. Des familles entières, des troupeaux de moutons et de vaches avaient disparu, emportés par le souffle du vent. Nandipuram n'ayant jamais connu de cyclone, les habitants avaient été pris par surprise. Mais qu'auraient-ils pu faire contre un tel déchaînement des éléments ?

La pluie continuait à tomber et Sathya craignit d'être rattrapé par les eaux s'il ne trouvait pas un endroit plus en hauteur. Il se dirigea vers Tatie qui s'affairait à regrouper les enfants pour les mettre à l'abri sous le pan de toit avec Sundar et la bufflonne. Elle protesta avec véhémence, et il fit demi-tour sans ajouter un mot.

La pluie tombait à présent comme une pluie de mousson habituelle. Une fois de plus, ils avaient perdu la notion du temps et n'auraient su dire combien d'heures ils étaient restés à l'abri de ce morceau de toit. L'air était saturé d'humidité et l'eau qui tombait du ciel en épais rideaux remontait en nuages brunâtres, si lourds que chaque respiration ressemblait à une petite noyade.

À plusieurs reprises, dans la journée, Minakshi donna le sein à Parvati. L'enfant but goulûment. Tatie regardait sa belle-sœur avec suspicion. Comment cette femme en état de choc – frêle, n'ayant rien avalé depuis plus d'une journée et traumatisée par le décès soudain de son mari – pouvait-elle avoir suffisamment de lait pour satisfaire l'appétit vorace d'un nourrisson ? Les autres enfants pleurnichaient et se plaignaient de la faim. Mais à part le riz et les lentilles que Minakshi avait pris soin de mettre dans les sacs, il n'y avait rien à manger. De toute façon, il n'y avait pas d'endroit assez sec et pas de bois pour faire du feu et les cuire.

Sathya revint au bout d'un moment, trempé, couvert de boue et les yeux las.

– La pluie s'est un peu calmée et l'eau n'est pas si profonde, dit-il. Le village a été entièrement détruit, mais il y a d'autres survivants. Il y a aussi un abri et de la nourriture sur une colline près du palais. Je pense que nous devrions y aller.

– Et les enfants ? objecta Tatie.

– Nous pouvons porter les deux petits et mettre les autres sur le dos de la bufflonne, dit Sathya. Mohan et moi transporterons la couche de Sundar. Mais il faut faire vite, car si la pluie se remet à tomber, l'eau pourrait bien emporter la colline et nous avec !

Sathya installa Venu, Venkat et ses deux cadets sur le dos de la bufflonne et les attacha au milieu des sacs de nourriture et des casseroles. Sathya et son fils aîné transportèrent à bout de bras le lit de sangles où reposait Sundar. Minakshi portait Parvati et Tatie se chargea de Chitra. Ils entamèrent la descente, une marche lente, triste et difficile. En bas de la colline, l'eau leur arrivait à la taille. La boue épaisse et gluante rendait leur marche éprouvante.

Une branche d'arbre, sur laquelle était perché un poulet, flottait au milieu des troncs et des débris – un panier rempli de puri, couvert d'un torchon blanc, une poupée de paille avec deux graines noires en guise d'yeux, un foulard orange, une cuvette en plastique bleue. Un petit lit s'était échoué contre un tronc déchiqueté, ses draps flottants comme une traîne dans le courant.

Ils progressaient lentement, à contre-courant de la rivière en crue qui se répandait au pied de la grande colline sur laquelle se dressait le palais d'Opal et la forteresse du maharajah Narashima Deva. Ils levèrent les yeux en direction des murs de marbre blanc crénelés, si beaux avec leurs dômes délicats et leurs tourelles à arcades. Le palais et la forteresse paraissaient intacts, plus majestueux que jamais, comme protégés par les dieux qui n'avaient pas épargné grand-chose d'autre. Au-dessus d'eux, le ciel était déjà plein de vautours au plumage sombre qui tournoyaient inlassablement, à l'affût d'une proie. Ces grands rapaces malveillants étaient perchés sur les parapets du palais et sur les piquets qui supportaient le dais de toile que les soldats du rajah avaient installé la veille sur l'esplanade, en vue des festivités d'anniversaire. L'un deux guettait avidement un groupe d'enfants. Une femme poussa un grand cri pour effrayer l'oiseau qui s'envola paresseusement, comme pour signifier qu'il avait tout son temps.

Un abri de fortune avait été hâtivement édifié avec les tentes rouges, bleues et jaunes brodées, ou *pandal*, que l'on réservait habituellement aux grandes occasions. Leurs couleurs vives tranchaient étrangement sur les eaux bourbeuses et le ciel de plomb. Le pandal fut vite envahi de survivants trempés et épuisés. Quand Sathya et les siens arrivèrent enfin, ils eurent bien du mal à trouver une place suffisante pour s'installer avec le lit sur lequel reposait la dépouille de Sundar.

Les hommes soulevaient régulièrement la toile du pandal avec des bâtons en bambou pour évacuer l'eau qui s'accumulait et éviter qu'elle coule à l'intérieur. Cependant l'eau s'infiltrait partout. Ainsi, durant les premières semaines de sa vie, Parvati ne sut pas ce que c'était que d'être au sec.

Depuis le moment où elle avait appris la mort de son mari, Minakshi n'avait pas prononcé un mot ; elle s'était murée dans un silence que même ses larmes n'avaient pas rompu. La jeune femme, pâle, les traits tirés, se déplaçait dans le campement comme un fantôme ; ses pieds ne semblaient pas toucher le sol. Elle nourrit Parvati et l'emmaillota de nouveau dans son châle, tira le lait de la bufflonne et cuisina du riz et des lentilles à l'abri du pandal, tout cela sans prononcer une parole. Elle donna à manger à ses deux fils, collecta de l'eau de pluie et regarda en direction du lit de Sundar, auprès duquel elle avait hâte d'aller se recueillir.

Mais l'heure n'était pas au recueillement et Minakshi était comme tout le monde : affairée à trouver le moyen de survivre à la catastrophe. Elle était l'une des seules à avoir eu la présence d'esprit, malgré son chagrin, d'emmener un peu de nourriture dans sa fuite. La plupart des survivants qui s'étaient abrités sous le pandal étaient affamés, car ils n'avaient pas mangé depuis l'avant-veille, jour de la célébration de l'anniversaire du rajah.

Minakshi cuisinait casserole de riz après casserole de riz. Elle plongeait inlassablement sa dose métallique dans le sac brunâtre qu'elle avait chargé sur le dos de la bufflonne, en versait le contenu dans un récipient rempli d'eau de pluie, qu'elle faisait cuire sur un réchaud grâce au pétrole fourni par le palais, puis y ajoutait quelques lentilles. Une fois le mélange à point, elle y plongeait une grosse cuillère et remplissait les coupelles, les bols, les assiettes et les mains qui se tendaient vers elle. Minakshi ne se demanda même pas comment elle avait pu cuire autant de nourriture avec seulement un demi-sac de riz et un demi-sac de lentilles. Chaque fois qu'elle remplissait une nouvelle casserole, il lui restait toujours la même quantité de riz. Il en fut ainsi toute la journée.

Dans l'affolement de ce lendemain de tempête, nul ne songea à faire de commentaires sur les ressources inépuisables dont semblait disposer Minakshi. Par la suite, cette profusion apparut comme le premier des nombreux petits miracles qui se produisirent pendant ces jours tragiques.

Durant toute cette journée, le regard de Minakshi resta fixé sur un point invisible. Elle ne cillait pas. Ses yeux semblaient n'être que des fontaines de larmes.

En temps normal, le corps de Sundar aurait été brûlé le jour même de sa mort et ses cendres répandues dans la rivière. Après s'être assuré que toute la famille était en sécurité sous le pandal, Sathya se dirigea vers la foule entassée dans le camp, dans l'espoir de reconnaître quelques visages familiers. Il revint en compagnie de M. Balaraman, le prêtre du temple où Minakshi était allée faire ses dévotions la veille. Celui-ci s'entretint avec la jeune femme pendant un long moment.

– Il faut immerger le corps avant la tombée de la nuit, dit-il.

Minakshi ne répondit pas. Elle restait immobile devant lui en silence, tête baissée. M. Balaraman décida alors d'aller chercher le prêtre qui avait réussi à s'enfuir du temple avec lui, et tous deux conduisirent la petite procession qui descendit dignement la colline sous la pluie, jusqu'à l'eau. Ce fut une courte marche : quelques dizaines de mètres à peine séparaient le sommet de la colline des flots bourbeux et calmes qui avaient, à perte de vue, submergé le paysage.

Sathya, Mohan et deux hommes du village d'Anandanagar portaient en silence le lit sur lequel reposait le père de Parvati. Venkat et Venu marchaient derrière eux, l'air courageux et solennel. Minakshi, qui pleurait en silence, les suivait, soutenue par quelques femmes du village, dont l'une tenait Parvati dans ses bras. Derrière Tatie, qui portait sa propre fille, marchaient ses fils et un groupe de cornacs et de sculpteurs qui avaient connu Sundar et avaient entendu dire que l'on s'apprêtait à libérer son âme.

Le bois sec étant introuvable, il n'était pas question de procéder à une crémation. Quelqu'un roula un bout de papier en forme de bougie et on poussa Venkat en avant pour qu'il l'allume. Sathya guida la petite main du garçon qui approcha la maigre flamme jaune du dhoti détrempé qui servait de linceul à son père, comme s'il allait mettre le feu à un bûcher. La flammèche purificatrice crépita et s'éteignit aussitôt au contact du vêtement humide. Tandis qu'il tentait en vain de libérer le corps de son père, Venkat, de ses grands yeux bruns pleins de gravité, regardait sa mère qui s'était effondrée entre les bras des autres femmes, la tête enfouie dans son sari. Mais Minakshi se dégagea soudain, avec un gémissement violent qui venait du plus profond de ses entrailles, et se jeta sur le lit pour embrasser le corps déchiqueté de son pauvre mari, jusqu'à ce que les femmes la tirent doucement en arrière. Cette scène devait rester gravée à jamais dans la mémoire de Parvati.

M. Balaraman se tenait près du corps, chauve, le torse nu, à l'exception des trois fils torsadés de coton suspendus à son épaule droite, mouillée et luisante, les cordons sacrées des hautes castes brahmanes. Une traînée de cendres sacrées lui barrait le front. L'autre prêtre faisait face au cortège funèbre dont les voix montaient et descendaient en une incantation rythmée tandis qu'ils récitaient les vers sacrés qui accompagnent le départ des défunts pour la sombre vallée de la mort.

M. Balaraman fit un signe de tête à Sathya qui, avec l'aide de Mohan, inclina le lit. Le corps de Sundar glissa et fut emporté par le flot bourbeux. D'autres groupes s'étaient rassemblés au bord de l'eau pour immerger des membres de leurs familles ; les hommes priaient et chantaient pendant que les femmes pleuraient et se lamentaient sur le mort.

La rivière charria de nombreux corps ce jour-là ; des cadavres de vaches, de singes, de moutons et d'êtres humains flottaient au milieu des troncs d'arbres, des poutres et des carrioles auxquelles des chevaux étaient encore attelés. C'était comme si Sundar se joignait à un cortège plus joyeux que celui qu'il laissait derrière lui. Parents et amis le regardèrent s'éloigner et tous se sentirent petits et seuls, comme d'infimes particules égarées dans le tourbillon de l'univers.

Le soir des funérailles de Sundar, Minakshi revint à la vie. Elle s'assit par terre et se mit à pétrir des galettes de farine de blé pour les cuire sur le feu. Le flot de larmes qui avait coulé de ses yeux depuis que la pluie avait commencé à tomber cessa. Au même instant, la pluie s'interrompit momentanément. Jusque-là, Parvati n'avait entendu que le bruit de la pluie et les pleurs de sa mère. Le lendemain matin, Minakshi prit sa fille dans ses bras et lui sourit. Le regard de l'enfant était si intense et si profond que Minakshi ne put retenir un rire. Parvati, elle aussi, sourit à sa mère, et soudain l'avenir parut plus radieux que les noirs moments qu'ils venaient de traverser. Il leur sembla que le futur valait la peine d'être vécu.

. 4

Une rumeur se répandit à travers le camp : durant la tempête, la femme du maharajah avait donné naissance à un garçon maladif, dont les chances de survie étaient faibles. Le maharajah n'ayant que des filles, la naissance d'un héritier mâle, capable d'assurer la succession et de perpétuer les traditions, aurait, dans d'autres circonstances, donné lieu à de grandes manifestations de liesse. Mais la naissance d'un enfant dont la vie ne tenait qu'à un fil, en ces temps de désespoir, était une idée presque intolérable pour les habitants de Nandipuram, qui avaient déjà plus que leur compte de malheurs et de catastrophes. Aussi la nouvelle de la naissance de *yuvarajah* passa-t-elle inaperçue au milieu du chagrin et de la souffrance de tous.

Le rajah ordonna que l'on distribue du riz, des pois chiches, des lentilles, de la farine et du bois aux réfugiés, qui constituaient tout ce qui restait de son peuple. Les femmes sortirent marmites et casseroles pour recueillir de l'eau de pluie afin de pouvoir faire la cuisine, boire et se laver. Rares étaient ceux qui, comme la mère de Parvati, étaient parvenus à sauver un buffle, aussi le lait fut-il partagé entre tous les survivants. La vie du camp ne tarda pas à s'organiser. En guise de cuisine commune, on alluma un grand feu au centre du campement, autour duquel les réfugiés se relayaient pour préparer la nourriture. On remplissait gamelles et casseroles de ragoûts fortement étendus d'eau, que l'on distribuait ensuite à chaque famille. Assis en cercles, tous mangeaient goulûment mais avec dignité. Ceux qui n'avaient pas de gamelles puisaient à même les casseroles.

Tatie tentait de nourrir sa fille. Elle garda Chitra longtemps contre son sein après qu'elle se fut endormie, essayant de la réveiller pour la faire téter encore un peu. En vain. L'enfant s'affaiblissait de jour en jour. Tatie l'encouragea encore une fois à boire et se mit à pleurer devant son refus. Minakshi avait un lait abondant et sucré mais, quand elle tendait les bras pour prendre Chitra et la faire boire à son sein, Tatie pinçait les lèvres et lui signifiait son refus en secouant la tête.

Le crépitement de la pluie sur le pandal, pour Parvati, était devenu un bruit familier. Des moisissures bleutées avaient fait leur apparition sur les piquets de la tente et des taches noirâtres s'étaient formées sur la toile. L'odeur de moisi et d'humidité qui régnait dans le camp lui paraissait tout à fait normale. Le soir, quand tout le monde dormait, Minakshi lavait le bébé avec l'eau qui restait après la préparation du dîner. Elle laissait l'enfant nue pendant quelques instants, libre d'agiter ses jambes et ses bras menus, libre de gigoter à loisir, et admirait la perfection de son petit corps.

– Nous n'avons personne pour prendre des décisions ou veiller sur nous, murmura Minakshi à l'oreille de sa fille, et pourtant je suis confiante. Je sais que les dieux nous protégeront.

La nuit, Minakshi entonnait des chansons douces pour Parvati. Elle chantonnait des mélodies de *Krishna*, l'aimable dieu à la peau bleue qui charme les jeunes bergères du village au son de sa flûte. Elle lui conta l'histoire de Shiva ; comment les flots du Gange étaient nés de son épaisse chevelure, comment il avait terrassé le démon de l'obscurité et gardé la terre en vie en exécutant son éternelle danse de la création et de la destruction. Elle raconta aussi à Parvati combien Sundar avait été bon pour elle et combien elle l'avait aimé. Nuit après nuit, mère et fille restaient étendues côte à côte. Parvati fixait les triangles rouges, bleus et jaunes de la toile de tente au-dessus d'elle. De son père, elle ne connaissait que la masse informe et sans vie qu'ils avaient jetée dans le fleuve pendant que les prêtres chantaient.

Plus Tatie observait Minakshi et Parvati, plus la suspicion qu'elle nourrissait à leur égard grandissait. Tatie pensait qu'il n'était pas normal qu'une veuve ait l'air aussi sereine si peu de temps après le décès de son mari, que sa peau soit éclatante et ses yeux brillants, comme ceux d'une jeune mariée et non d'une veuve. Cela la peinait que Minakshi se montre aussi peu respectueuse de la mémoire de son mari défunt.

Chaque fois qu'elle regardait Parvati, elle avait l'étrange sensation que l'enfant pouvait lire dans ses pensées. Minakshi avait la même impression, mais, contrairement à sa belle-sœur, elle ne redoutait pas d'être devinée. C'était quelque peu déconcertant mais, une fois qu'elle fut habituée à l'enfant et à son regard scrutateur, elle se réjouit d'avoir mis au monde un être aussi étonnant et sa douleur s'en trouva apaisée.

Plusieurs jours après les funérailles de Sundar, Minakshi apporta du riz cuit à la famille Wisvanathan qui avait, elle aussi, trouvé refuge dans le camp. Ils étaient assis tous ensemble et devisaient tranquillement tandis que deux des plus jeunes enfants se poursuivaient en jouant autour du cercle familial.

– *Namaskar*, dit Minakshi en joignant les mains et en inclinant la tête pour saluer les Wisvanathan, qui avaient toujours été bons pour elle.

Personne ne répondit.

– Il nous restait un peu de riz, commença-t-elle, et j'ai pensé que...

Mme Wisvanathan se voila la face avec le pan de son sari et détourna le regard. L'une après l'autre, les filles et les belles-filles en firent autant. Minakshi se pencha de nouveau pour leur offrir le riz mais, cette fois, Mme Wisvanathan lui tourna ostensiblement le dos.

Personne ne voulait regarder Minakshi qui, incapable de comprendre la cause d'un comportement aussi étrange, se retira. Elle remarqua alors que, chaque fois qu'elle croisait quelques voisins ou quelques connaissances d'Anandanagar, ils dévisageaient Parvati comme une bête curieuse, puis détournaient les yeux et pressaient le pas. On cessa de lui offrir nourriture et consolation et Minakshi ne tarda pas à se sentir mal à l'aise au milieu d'eux. Non seulement la plupart des gens l'évitaient, mais les femmes cachaient leur visage et celui de leurs enfants quand elles ne pouvaient s'écarter. Tatie, elle, se taisait. Quand Minakshi lui adressait la parole, elle répondait par des grognements incompréhensibles. Seul Sathya faisait encore preuve d'un peu de gentillesse à son égard, même s'il semblait gêné en présence de la veuve de son frère.

Au moment où chacun croyait que plus rien ne pouvait arriver aux habitants d'Anandanagar, la maladie frappa. Tout d'abord, certains des réfugiés les plus âgés cessèrent de s'alimenter. Il devint vite évident que quelque chose de plus grave couvait quand les enfants commencèrent à s'affaiblir et à devenir apathiques.

Venu tomba malade le premier. Il se tordait de douleur sur le lit de sangles en se tenant le ventre, incapable d'avaler la moindre nourriture. Minakshi le veilla tard dans la nuit, essayant de lui faire boire un peu d'eau à l'aide une cuillère qu'elle introduisait le plus délicatement possible entre ses lèvres gonflées.

Puis ce fut l'un des fils de Sathya, le cadet, Satish, dont l'état se dégrada. Sathya s'assit au bord du lit de son garçon pour le veiller. Satish maigrit et s'affaiblit jusqu'au jour où il mourut. Tatie passa la nuit à se frapper la poitrine en hurlant de douleur.

– Pourquoi mon fils ? criait-elle, pourquoi le mien, pourquoi moi ?

Minakshi essaya de la prendre dans ses bras pour la consoler, mais Tatie la repoussa violemment. Elle laissa donc sa belle-sœur seule avec son chagrin, mais resta à proximité au cas où elle aurait besoin de quelque chose. Tatie était submergée par la douleur d'avoir perdu son fils cadet, un garçon si gentil, si drôle et si plein de vie, le soleil de son existence. Sathya, lui, restait assis en silence, la tête enfouie dans ses bras.

Chitra mourut à son tour. Le matin qui suivit la mort de son frère, la pauvre enfant si frêle, avec son visage ridé comme celui d'une vieille femme et ses grands yeux noirs, ne se réveilla pas.

– Toi ! cria Tatie en pointant du doigt Minakshi qui, assise, allaitait Parvati, toi, tu as respiré son air, tu as donné à cette enfant tout ce qu'il y avait à manger. Tu as pris la vie de mes enfants ! mes enfants ! hurla-t-elle avant de s'effondrer en sanglots dans les bras de son mari.

– Elle ne le pense pas, bafouilla Sathya dont les joues ruisselaient de larmes, elle ne sait plus ce qu'elle dit.

– Je comprends, répondit Minakshi.

Pour la première fois, Parvati resta seule avec ses deux frères et ses cousins, allongée sur une couverture, à l'emplacement qui leur avait été attribué dans le camp. Sathya, Tatie et Minakshi emmenèrent Chitra, enveloppée dans un châle. Quand ils furent de retour, Tatie s'assit par terre et se mit à pleurer en se balançant d'avant en arrière, sa tête roulant au rythme du mouvement de son corps. En la voyant ainsi, Minakshi réalisa que Chitra aussi était partie, que ses grands yeux noirs s'étaient eux aussi fermés pour toujours. Ce soir-là, Parvati était couchée sur le dos et agitait en rythme ses petits bras et ses petites jambes; avec cette intuition qu'ont parfois les très jeunes enfants, elle commença à redouter qu'ils l'emmènent elle aussi, comme Chitra, et l'abandonnent quelque part, enveloppée dans un châle, inerte et sans vie.

Les provisions diminuaient de jour en jour. Les os et les muscles se dessinaient de plus en plus nettement sous la peau ligneuse des réfugiés et, on devinait la faim sur les visages creusés. Seule Parvati avait de quoi manger, car sa mère continuait à avoir un lait épais et sucré sans que personne sût par quel miracle il ne tarissait pas. Des vivres que le maharajah Narasimha Devi avait distribués, il ne restait presque plus rien, et le souverain envoya un de ses hommes pour annoncer que les réserves du palais étaient épuisées. Les maigres ressources de Sathya avaient fondu, elles aussi, et il n'y avait rien à acheter à des kilomètres à la ronde pour nourrir toutes ces familles affamées.

La rumeur se répandit bientôt que la faim et la maladie avaient également touché le palais. Le jeune fils du maharajah était tombé malade à son tour ; il souffrait de maux de ventre et perdait du poids, aussi la cour commença-t-elle à redouter que l'héritier de leur souverain bien-aimé ne survécût pas.

Puis, comme par miracle, Venu commença à se rétablir. Son estomac cessa de rejeter tout ce qu'il ingérait, la fièvre tomba et il demanda à jouer avec ses cousins. Le jour où le garçon se leva pour la première fois, les trois adultes discutèrent jusque tard dans la nuit. Tatie pleurait. Sathya et Minakshi avaient décidé contre son avis que, dès qu'il serait possible de quitter le camp, ils mettraient en commun leurs maigres économies pour reconstruire la maison en pierre du Deccan où ils vivraient tous ensemble.

Les eaux finirent par se retirer, la rivière regagna son lit et reprit son cours normal. Les habitants d'Anandanagar retournèrent au village pour voir si quelque chose pouvait être sauvé de leur ancienne vie. Sathya, Tatie, Minakshi et les enfants quittèrent le camp.

Ils crurent tout d'abord s'être trompés de route. Là où naguère s'élevaient les maisons en torchis au toit de chaume, le sol était jonché de cadavres putrides d'hommes et de femmes, de vaches, de chèvres, de chiens, de poulets, de singes et d'ânes, que le flot avait engloutis dans son tumulte assassin. Ils ne reposaient pas sur l'herbe verte des pâturages qui, peu de temps auparavant, entouraient encore le village, ni sous les frondaisons des palmiers qui ombrageaient les maisons et marquaient les limites des terrains; ils gisaient sous une épaisse couche de boue qui commençait à sécher et à se craqueler sous l'effet du soleil.

La première tâche fut de ramasser les cadavres pour les brûler. Le rajah envoya ses hommes, avec les éléphants de Sundar, ramasser le bois que la tempête avait dispersé un peu partout. Les pachydermes revinrent, peinant sous le poids de leurs lourds chargements, soulevant d'épais nuages de poussière sur leur passage. Les villageois édifièrent d'immenses bûchers funéraires sur lesquels ils déposèrent les corps décomposés de leurs parents et de leurs amis. Ces grands bûchers, dont la fumée s'élevait dans l'air en larges volutes noires, brûlèrent pendant des jours, jusqu'à ce que la pluie se remît à tomber et éteignît les braises, laissant certains cadavres à moitié consumés. La poussière et la terre se transformèrent de nouveau en boue et une puissante odeur de cendres et de chair carbonisée flotta sur les villages du Nandipuram pendant des semaines.

Grâce à l'aide qui commençait à arriver des régions voisines, le rajah put de nouveau distribuer des vivres aux habitants d'Anandanagar et des autres villages sinistrés. Ses hommes distribuèrent également des outils, des paniers et des ballots de paille et de bouses de vache pour que les villageois reconstruisent les murs en torchis de leurs maisons. En l'absence de chaume, il fallut se résoudre à faire les toits en boue, eux aussi. Les femmes transportaient le torchis préparé par les hommes sur de grands paniers plats posés sur leurs têtes, dont elles vidaient ensuite le contenu à l'emplacement de leurs anciennes maisons.

Peu à peu, le village fut reconstruit. Mais le nouveau village n'avait rien à voir avec l'ancien, car la crue avait tout emporté sur son passage, arrachant chaque arbre, chaque buisson, et dévastant les terres agricoles au point que plus rien ne pouvait y pousser. En l'absence de toute végétation, le vent, qui balayait naguère les maisons en laissant derrière lui de délicats effluves de bois de santal et de jasmin, charriait à présent l'épaisse couche de poussière qui recouvrait le sol bourbeux, une poussière qui pénétrait chaque pore de la peau des villageois, au point que même leurs dents en avaient pris la couleur grisâtre.

Des cousins de Sathya et de Sundar, qui vivaient hors de la zone sinistrée, vinrent avec des ânes, des outils et des ballots de paille pour aider Sathya et ses fils à reconstruire leur maison en pierre de Deccan. Quand ils eurent terminé, ils édifièrent une petite pièce en torchis à l'arrière de la maison, qui devait servir de chambre à Minakshi, Venu, Venkat et Parvati.

La nouvelle pièce ne résista pas longtemps aux pluies de mousson qui avaient repris de plus belle et commença à s'effondrer. Mais il n'y avait pas assez de bouse de buffle pour faire le ciment nécessaire à sa réfection, car le peu d'excréments que produisait leur animal servait à allumer le feu de la cuisine. Durant de longues semaines, Minakshi et Parvati durent, chaque nuit, se blottir contre le mur en pierre de la maison de Sathya pour tenter de rester au sec. Venu et Venkat allèrent dormir à l'intérieur, dans un grand lit, avec leurs cousins.

La nuit, Parvati et Minakshi entendaient Tatie déverser sa rancœur de l'autre côté du mur.

– Cette misérable enfant est si goulue – c'est la seule d'entre nous qui soit en bonne santé. Mais où Minakshi trouve-t-elle donc son lait, elle qui ne mange rien ? Ses seins sont aussi plats que les miens. J'ai encore perdu une autre dent. Et les bras de Mahesh sont si maigres que je peux en faire le tour avec deux doigts... Nous nourrissons notre belle-sœur et son rejeton pendant que les nôtres crèvent de faim !

Sathya tentait de la calmer, mais Tatie se lamentait souvent ainsi pendant des heures entières. Ces nuits-là, Minakshi serrait Parvati contre elle et lui couvrait les oreilles pour qu'elle ne pût rien percevoir des propos de sa tante. Cependant, Parvati écoutait et se souvenait très bien de ce qu'elle entendait. Quand Tatie s'endormait enfin, Parvati et Minakshi pouvaient prendre un peu de repos, mais le bruit de la pluie les réveillait souvent.

Sur le mur en face du lit, à côté du trou qui s'agrandissait chaque jour un peu plus sous l'effet de la pluie, Minakshi avait creusé une niche. Elle y avait déposé ce qu'elle avait de plus précieux : la statuette de Shiva en bois de santal sculptée par Sundar, avec sa jambe gauche levée gracieusement devant lui tandis qu'il danse dans le halo du feu éternel qui a engendré la terre.

Une nuit – Minakshi s'était endormie – Parvati se mit à regarder fixement Shiva dansant au milieu de son cercle de feu. Les pieds de la statuette commencèrent à bouger de plus en plus vite et la terre à tournoyer sous eux. Les flammes aussi se mirent à danser, reflétant ses quatre bras levés. Un cobra était enroulé autour de son avant-bras droit, dont la main tenait un petit tambourin ; une autre tenait un disque de feu tandis que sur la paume de la troisième apparaissait l'œil de l'illumination, la quatrième dessinant un mouvement gracieux. La fillette ignorait la signification de la symbolique de Shiva – cette divinité qui détruit la création pour la recréer, ici représentée en Natarajah, roi de la danse – tout comme elle ignorait qu'une statuette en bois de santal ne peut pas danser. Pelotonnée contre sa mère, elle admira longtemps la danse énigmatique au milieu des flammes.

Sathya tentait de persuader Tatie de ravaler sa rancune et il se montrait gentil et prévenant avec Minakshi et ses enfants. Sa femme et lui partageaient avec leur belle-sœur l'eau et la nourriture, mais Tatie ne le faisait que par sens du devoir. Quand elle travaillait aux côtés de Minakshi, elle pinçait les lèvres et restait silencieuse, n'adressant que très rarement la parole à la jeune femme, l'évitant le plus possible et refusait de l'aider de quelque façon que ce fût.

La nourriture était frugale : à part le riz et les lentilles séchées, on ne trouvait rien dans le village car tout avait disparu dans la tempête. Le service postal était suspendu, et avec lui le paiement du traitement de l'oncle Sathya. Sans argent, il était impossible de se rendre dans un bazar des environs pour acheter ce qui leur manquait. Il n'y avait donc ni légumes, ni fruits frais, ni sel, ni sucre, ni épices. La bufflonne se nourrissait d'un peu de paille et des bouts de paniers brisés que les garçons ramenaient de leurs expéditions, toujours plus lointaines, dans les environs du village. Finalement, quelques touffes d'herbes émergèrent de la boue, mais l'animal les brouta avec une telle rapidité qu'elles n'eurent pas le temps de prospérer. La bufflonne maigrissait de jour en jour et pourtant, comme Minakshi, elle continuait à produire du lait sucré en grande quantité, ce qui permettait à la famille de survivre.

Durant la tempête, les animaux de la forêt étaient morts ou avaient été chassés par l'inondation. Ceux que l'on voyait revenir étaient affamés et moribonds. La nuit, les villageois entendaient souvent les cris plaintifs des cerfs que les tigres dévoraient. Un soir, un jeune garçon fut tué à son tour.

Quelques semaines après leur retour au village, Sathya se rendit au chef-lieu du district pour trouver un travail, car il était devenu évident que sa pension ne suffirait pas à reconstruire la ferme familiale et qu'il leur fallait un revenu supplémentaire. Minakshi et Tatie avaient allumé un feu de bouse pour faire bouillir l'eau de cuisson du riz, alors que le soleil baissait à l'horizon, où il formait comme une grosse bulle opalescente dont la luminosité était filtrée par le brouillard de poussière encore en suspension dans l'air. Parvati était couchée par terre, sur le vieux dhoti de son père et battait l'air de ses jambes et de ses bras potelés. Soudain, les deux femmes entendirent des bruits de pas et un cri provenant de l'endroit où se dressait la forêt avant la tempête.

– Subash ! Subash s'est fait prendre ! criait une voix aiguë.

La sœur de Subash se tenait debout au milieu d'un attroupement, au pied de la colline sur laquelle était bâtie la maison de Sathya.

– Il revenait de la rivière où il était allé chercher de l'eau, racontait la jeune fille, hors d'haleine. Le tigre a jailli comme une étincelle, dit-elle avant de se mettre à sangloter. Il a attaqué Subash par-derrière avec une telle rapidité et une telle force que sa jarre d'eau a volé en l'air avant qu'ils ne s'effondrent tous deux à terre... Le tigre a saisi Subash par la nuque, comme un chat attrape une souris, et l'a entraîné. Il hurlait et se débattait, mais l'animal n'a pas lâché prise !

Les hommes du village se munirent de torches, de bâtons et d'outils, les seules armes dont ils disposaient, et partirent à la recherche du jeune garçon. Quand ils revinrent, tard dans la nuit, ils racontèrent qu'ils avaient vu des traînées de sang et des lambeaux de dhoti, mais n'avaient retrouvé aucune trace du tigre ni de l'infortuné Subash.

Deux jours plus tard, un autre enfant fut emporté.

. 5

Les tigres s'approchèrent de plus en plus du village. Toutes les nuits, Sathya, Tatie, Minakshi et les enfants étaient réveillés par les rugissements des félins affamés. Minakshi avait peur de s'endormir, car le trou dans le mur de sa chambre les rendait vulnérables, elle et Parvati. Durant la journée, elle rapportait toutes sortes de choses pour colmater la brèche, un morceau de berceau, une branche d'arbre ou des feuilles de palmier, tout en sachant fort bien au fond d'elle-même que tout cela ne serait pas d'une grande utilité contre l'assaut d'un tigre.

Une nuit, une tigresse se tapit à l'angle de la maison de l'oncle Sathya, guettant le passage d'un villageois insouciant. Mais nul ne s'aventurait plus dehors la nuit, et elle resta longtemps à attendre, de plus en plus frustrée. De leur lit, Parvati et Minakshi percevaient très distinctement la respiration du fauve. Affaiblie par la faim, la tigresse toussa, et le bruit du craquement de ses os résonna dans la poitrine de Minakshi comme si l'animal s'était insinué dans son propre corps.

La peur des fauves poussa les villageois au bord du désespoir. Le maharajah Narasimha Deva décida alors de rendre visite au préfet du district pour obtenir la permission d'organiser une chasse aux tigres mangeurs d'enfants. Au temps de la splendeur des maharajahs, la *shikar* était l'occasion de divertissements somptueux, mais à présent que la législation indienne protégeait ces félins et en interdisait la chasse, il fallait une situation exceptionnelle, comme celle-ci, pour obtenir la permission de les tuer. Le préfet demanda au rajah d'inviter quelques hôtes de marque à se joindre aux tireurs d'élite de l'armée en poste près de Bangalore. Mais là où, autrefois, on aurait dressé une multitude de pandals aux couleurs chatoyantes tout autour du palais, on se contenta de monter quelques tentes militaires au pied de la colline pour héberger les invités qui résidaient trop loin pour repartir avant la nuit.

Les chasseurs commencèrent à arriver en une interminable procession silencieuse. Tous étaient choqués et réduits au silence par le chaos qu'ils découvraient en traversant l'État du Nandipuram. Beaucoup d'entre eux avaient connu des inondations sur leurs territoires, mais rien de comparable au spectacle de désolation qui s'offrait à eux aujourd'hui. Certains arrivèrent en voiture, d'autres à dos d'éléphant, qui devaient, eux aussi, participer à la traque. Pour rejoindre Anandanagar, ils durent se frayer un chemin à travers les étranges ravins que l'inondation récente avait creusés dans ce vaste plateau désertique que recouvrait autrefois une forêt luxuriante et où seuls pouvaient survivre aujourd'hui les tigres et les scorpions. Au lieu d'habitants aux visages souriants, les invités découvraient des hommes et des femmes décharnés, aux yeux inexpressifs et vitreux.

Tôt le matin de la chasse, les cornacs emmenèrent les éléphants jusqu'aux plates-formes surélevées où les chasseurs attendaient en bavardant à voix basse. Les éléphants s'agenouillèrent devant les plates-formes et les cornacs s'installèrent sur leurs cous, tandis que les tireurs en turbans kaki et les invités du maharajah, tous coiffés de chapeaux pour se protéger du soleil, prenaient place dans les nacelles. Les porteurs leur tendirent des fusils, des paniers à provisions et des bouteilles d'eau.

Le départ se fit dans le fracas des broussailles écrasées, le crissement du cuir des harnais, la voix feutrée des cornacs et le barrissement des éléphants. Les rabatteurs se dispersèrent en silence dans les vestiges de l'ancienne forêt, tissant une véritable toile d'araignée humaine, tandis que la chaleur montait par vagues à travers un épais brouillard qui annonçait la pluie. Les rabatteurs portaient des turbans blancs et des masques de visages humains terrifiants dans le dos pour décourager le tigre mangeur d'hommes de les attaquer par-derrière, comme il en a la fâcheuse habitude. Quand ils eurent investi une surface d'environ un hectare, ils commencèrent à agiter leurs cymbales, à frapper sur leurs tambours et à souffler dans leurs sifflets de bambou pour effrayer le tigre et le faire sortir de sa cachette. Mais à la fin de la journée, le buffle que l'on avait posté en guise d'appât dormait toujours au soleil, en agitant mécaniquement sa queue pour disperser les mouches qui bourdonnaient autour de son dos noir et luisant.

Le deuxième jour, les rabatteurs se dispersèrent à travers la campagne, au sud d'Anandanagar. Quand ils eurent rétréci leur cercle, un rugissement terrifiant emplit l'air d'un grondement de tonnerre, suivi d'un profond silence. Les cornacs plantèrent leurs orteils dans la peau des éléphants, juste derrière les oreilles, pour les faire accélérer, et s'enfoncèrent plus avant dans la forêt dévastée jusqu'à ce qu'ils rencontrent, au fond d'un ravin, un amas de troncs enchevêtrés. Un second rugissement en émana. Les éléphants se mirent à trembler et leurs passagers purent croire un instant à un séisme, tant les rugissements du tigre et les violents frissons de leurs montures vibraient jusque dans leurs os.

En tête, l'éléphant qui transportait le maharajah enroula sa trompe et se mit à se balancer d'avant en arrière, effrayé. Le rajah chuchota quelques mots à l'oreille du cornac, qui tapota la tête de l'animal avec sa longue badine incurvée pour lui intimer l'ordre de reculer. Il obéit et fit marche arrière, toujours tremblant de peur, offrant au tigre trois appâts parfaits, lui, le cornac et le maharajah, mais ses pattes avant se raidirent quand le fauve surgit de l'amas de bois et s'agrippa à sa trompe. Le rajah de Rajpipla, qui se trouvait sur l'éléphant voisin, posa la crosse de son fusil anglais contre sa joue, visa le tigre avec soin et tira une balle dans la tête du somptueux animal à fourrure orange rayée de noir, qui fut stoppé net dans son élan. Le maharajah tira une deuxième fois.

Le tigre tomba en arrière juste au moment où il allait atteindre la tête de l'éléphant et se retrouver face à face avec le cornac. Dans un dernier sursaut, il enfonça ses griffes dans la trompe, avant de s'effondrer raide mort aux pieds du pachyderme. L'assistance resta figée quelques instants, après quoi l'éléphant déroula sa trompe, poussa un profond soupir de soulagement et cessa de trembler.

Pour descendre, le cornac posa son pied nu sur la trompe de l'éléphant et la caressa doucement avant de partir, touchant les blessures sanguinolentes que le tigre lui avait infligées, comme si ses doigts avaient possédé un pouvoir curatif.

Au terme du deuxième jour de chasse, un seul tigre avait été tué. Les rabatteurs repartirent avec l'animal que l'on avait suspendu par les pattes de derrière à de larges bâtons portés par une dizaine d'hommes. La grosse tête du fauve heurtait le sol en se balançant. Du sang coulait de sa truffe rose, sa fourrure était rougie autour du trou que la balle avait fait à son cou, et il était tellement amaigri par le jeûne que l'on distinguait très nettement ses côtes sous son pelage épais.

Le jour suivant, la chaleur était revenue et une brume humide montait de la terre craquelée. Les gros nuages de mouches indisposaient tout le monde. L'après-midi, une pluie diluvienne contraignit les chasseurs à se réfugier dans le palais et la chasse fut annulée. Ce soir-là, les invités repartirent aussi discrètement qu'ils étaient venus ; il n'y eut pas de réjouissances, pas de musique, pas de danse.

Durant les longues nuits et les longues journées qui suivirent, le village s'efforça de retrouver une vie normale, mais ses habitants restaient comme enveloppés dans un voile de douleur, gris et morne. Quand les villageois parcouraient les ruelles sinueuses pour rentrer chez eux, le soir, après avoir travaillé dans les champs ou après avoir creusé un nouveau puits, ils entendaient les sanglots des femmes. Les enfants jouaient tranquillement, seuls ou par deux, mais le bonheur était devenu un inconnu dans ces villages du Nandipuram, ravagés par le cyclone.

Chaque matin, Minakshi donnait le sein à Parvati et mangeait un peu de gâteau de riz moisi avant de nourrir ses fils. N'ayant ni fleurs ni fruits pour les offrandes, la jeune femme ne voyait pas la nécessité de se rendre au temple. Mais elle réservait toujours un peu du riz de son petit déjeuner pour l'offrir à la statuette du Shiva Natarajah qu'elle conservait dans sa chambre. Après quoi elle enveloppait Parvati dans le vieux dhoti de son défunt mari et partait avec Tatie rejoindre les hommes et les femmes du village, qui se retrouvaient tous les matins au centre de la petite agglomération. Tandis qu'elle marchait aux côtés de sa belle-sœur, Minakshi repensait aux temps bénis d'avant la catastrophe, et il lui semblait qu'il y avait de cela des siècles, et non des semaines. Elle se rappelait que l'air était chaud, humide, et que son cœur était plein d'espoir ; que des centaines de colonnes de fumée montaient des maisons à l'heure des repas. Elle se rappelait que la vie était simple, mais bonne. Chaque jour, elle se rendait aux champs à pied avec les autres femmes du village, la binette sur l'épaule, en chantant. On aurait dit un champ de fleurs avec leurs saris de couleurs vives qui leur couvraient la tête quand elles se baissaient pour planter et repiquer. Le soir, Minakshi se hâtait de rentrer et attendait avec impatience le retour de Sundar. Parfois, après dîner, il emmenait Venu et Venkat avec lui pour nourrir les éléphants à la lisière de la forêt.

À présent, les femmes portaient toujours le même sari, celui qu'elles avaient revêtu le matin de la célébration de l'anniversaire du maharajah, et leurs ornements avaient la couleur de la boue et de la poussière qui s'étaient insinuées dans leur peau, dans leurs cheveux et jusque sous leurs ongles. Les vestiges loqueteux de leur ancienne garde-robe pendaient désormais sur leurs poitrines et leurs hanches décharnées.

Autrefois, elles travaillaient en bavardant, et le bruit de leurs conversations et de leurs rires enveloppait les champs comme un brouillard. Aujourd'hui, elles travaillaient en silence, et le seul son que l'on entendait était celui des binettes frappant la terre desséchée. Autrefois, deux d'entre elles s'éclipsaient aux environs de midi pour préparer du riz, des lentilles, des légumes et du thé, qu'elles ramenaient dans des gamelles en fer-blanc fumantes, suspendues en chapelet sur des piquets de bambous. Aujourd'hui, elles ne s'arrêtaient plus pour manger et retournaient chez elles en silence, mortes de fatigue et de faim, le soir venu. Il était rare qu'il y ait de quoi faire deux repas par jour.

Chaque matin, Minakshi laissait Parvati enveloppée dans le dhoti de son père sur un petit lit de sangles à l'ombre d'un mur écroulé, derrière le champ, et disposait la statuette de Shiva de façon à ce que l'enfant puisse l'admirer à loisir. Elle attelait ensuite la bufflonne à la charrue avec l'aide de Tatie et la guidait pour retourner la terre sèche, tout en surveillant Parvati de loin. La fillette passait ses journées les yeux rivés sur la statuette de Shiva, dans l'espoir de le voir danser. Mais le Shiva Natarajah ne semblait pas vouloir s'animer pendant la journée. Quand sa mère revenait, Parvati avait généralement réussi à libérer ses bras et ses jambes du dhoti et battait l'air de ses pieds tout en esquissant des postures complexes avec les mains, dans l'espoir d'inciter le dieu à danser.

Un soir, alors que les deux jeunes femmes rentraient des champs, quelqu'un lança une boule de terre séchée dans le dos de Minakshi en la traitant de sorcière. Elle se retourna vivement, mais son agresseur s'était caché derrière un des murs récemment construits qui bordaient la ruelle. Tatie poussa un grognement de satisfaction et fixa le sol. Cela avait peu d'importance de savoir qui avait fait cela, pensa Minakshi, puisque sa propre belle-sœur en ferait autant si elle en avait l'occasion.

Un autre jour, de bon matin, une femme que Minakshi connaissait depuis qu'elle était venue vivre au village, après son mariage, l'accosta tandis qu'elle revenait de chercher l'eau de sa toilette dans un pot en étain.

– On devrait te chasser du village ! lui cria la femme, crachant sa haine à chaque mot.

– Pourquoi ? Qu'est-ce que j'ai fait ?

– Ton enfant est la cause de toutes ces destructions ! Toi et ton enfant, vous volez la nourriture de vos proches. Vous êtes le Mal. Depuis que cette enfant est née, nous n'avons connu que des malheurs ! cria la femme qui cracha aux pieds de Minakshi et tourna les talons.

La jeune femme se demanda combien de temps sa fille et elle pourraient survivre dans le village au milieu d'une telle haine.

Puis, au milieu de la douleur, du chagrin et de la colère qui avaient submergé Nandipuram, la famille de

Sathya connut un regain de fortune. Bien que ce dernier n'ait pu réintégrer son ancien poste, on lui offrit un travail d'employé de bureau dans l'administration de la capitale du district, à quarante kilomètres de là.

Tous les matins, il chaussait ses lunettes après les avoir soigneusement nettoyées, prenait son cartable, suspendait son parapluie à son avant-bras, saluait les siens et marchait jusqu'à l'arrêt de bus dans un dhoti flambant neuf et des sandales encore toutes raides, qu'il avait achetées à crédit dans un nouveau magasin. Il devait marcher pendant une bonne heure avant d'atteindre la route principale où passait le bus. Le trajet pour rejoindre la capitale durait encore une heure, et là, il lui fallait attraper un autre bus qui l'amenait jusqu'à son bureau. Quand il rentrait le soir, il rapportait du riz, des légumes et parfois des fruits.

Les habitants du village labourèrent les étendues de boue séchée, creusèrent des canaux pour acheminer l'eau du fleuve et des réservoirs pour la stocker. Ils ouvrirent les vannes pour inonder les champs et planter les semences de riz que leur avait données le maharajah. Après des semaines de dur labeur, le riz germa et la terre se métamorphosa en un vaste patchwork brun et vert.

Les villageois firent deux bonnes récoltes la première année. Les plumets violets des cannes à sucre flottèrent de nouveau sur le village et il y eut suffisamment de riz pour nourrir tout le monde.

. 6

Anandanagar commença à ressembler à n'importe quel autre village rural pauvre du sud de l'Inde. La terre dénudée était divisée en champs dans lesquels hommes et femmes s'échinaient au moment des semailles et des récoltes ; sur les chemins, des fermiers menaient leurs bêtes.

Quand revint la mousson, les habitants du Nandipuram avaient récolté suffisamment de riz et de sucre pour en vendre une partie. Avec l'argent, ils achetèrent des légumes et des fruits, des épices et des lentilles, ainsi que des bufflonnes qui donnaient un lait sucré et riche. Ils étaient impatients de goûter de nouveau un curry de légumes épicé à la noix de coco ou des beignets, et leur santé s'améliora.

La deuxième année qui suivit le drame, Sathya acheta deux palmiers qu'il planta devant sa maison et un pied de jasmin qu'il installa à côté de la grille. Le jasmin fleurit dès le premier mois, exhalant un délicieux parfum qui ravit tout le village.

Parvati était désormais une fillette radieuse, en bonne santé, pleine d'intelligence et de charme, qui faisait le bonheur de Minakshi. Mais, à cause des circonstances tragiques qui avaient entouré sa naissance, les gens du village continuaient de les considérer, elle et sa mère, avec peur et suspicion et interdisaient à leurs enfants de jouer avec Parvati. Ses propres cousins n'étaient pas autorisés à la fréquenter. Aussi la petite fille s'accrochait-elle à ses deux frères qui la toléraient, comme des frères supportent une petite sœur. Quand certains de leurs camarades refusaient de jouer au cricket avec eux en sa présence, ils renvoyaient Parvati, qui allait s'asseoir plus loin pour les regarder jouer.

La fillette s'occupait assez bien toute seule. Dès qu'elle sut se tenir debout, elle essaya de reproduire la posture de la statuette qu'elle avait tant de fois observée, en levant une jambe jusqu'à ce que sa cuisse soit parallèle au sol. Tel le Shiva dansant, elle levait le menton et fixait l'horizon comme si elle pouvait voir dans l'Au-delà, mais le feu ne se matérialisait jamais, et son équilibre étant encore précaire, comme il est normal chez un enfant de deux ans, elle finissait généralement par tomber, le nez dans la poussière de la cour.

Minakshi étant la seule personne à prendre Parvati dans ses bras pour la consoler, la fillette, en son absence, se relevait seule, essuyait la poussière de ses genoux et essayait de nouveau. Ses frères riaient de son inlassable ténacité. Quand les autres enfants s'amusaient à courir derrière les animaux de la ferme ou à imiter les gestes des grandes personnes, Parvati, elle, tentait durant de longues heures de tenir debout sur une jambe en prenant des postures comiques avec ses bras. Mohan et Mahesh, ses cousins, se joignaient aux autres enfants du village pour se moquer d'elle et lui piquaient les jambes avec des roseaux pointus qu'ils cueillaient au bord de la rivière en lui criant :

– Allez, montre-nous comment tu danses !

Venkat ne supportait pas de voir les garçons agacer ainsi sa petite sœur. Mais quand il essayait de s'interposer, les autres le menaçaient de leurs bâtons en l'insultant.

Un soir que les garçons étaient assis dans la cour avec Sathya, Venkat se décida à parler. Parvati était en train de jouer dans la cour pendant que sa mère et Tatie lavaient la vaisselle du dîner.

– Nous sommes cousins, dit doucement Venkat à Mohan en le regardant droit dans les yeux. Alors tu devrais empêcher les autres garçons de ridiculiser Parvati au lieu de t'allier avec eux !

La voix de Venkat trahissait son émotion, mais il ne détourna pas le regard.

– Est-ce vrai ? demanda l'oncle Sathya en regardant Mohan et Mahesh à tour de rôle.

Mohan soupira.

– Alors ? répéta Sathya.

Mohan, à contrecœur, fit oui de la tête. Sathya remua la poussière de la cour avec un bout de bois et s'assit un moment pour réfléchir.

– Il est de votre devoir de veiller sur votre cousine, dit-il. Vous comprenez ?

Mohan hocha de nouveau la tête en signe d'approbation. Sathya regarda son plus jeune fils, qui imitait toujours son aîné.

– Et toi, Mahesh ?

Mahesh acquiesça à son tour.

À partir de ce jour, les cousins ne se moquèrent plus jamais de Parvati, mais ils ne la défendirent pas non plus contre les railleries des autres garçons du village.

La fillette s'asseyait souvent derrière la haie pour jouer avec les singes, qui la traitaient comme une des leurs. Une des femelles l'autorisait même à prendre son petit dans ses bras et Parvati restait ainsi assise pendant des heures au bord du chemin, tenant le bébé singe sur ses genoux, comme une poupée, attendant ses frères pour rentrer à la maison. L'enfant ayant souvent un comportement assez inhabituel, nul ne s'en étonna.

Par un bel après-midi d'automne, cinq moussons après la naissance de Parvati, Minakshi emmena ses enfants jusqu'à la grand-route pour regarder passer la procession qui allait de village en village à l'occasion de la fête de *Dussehra*. Des milliers de gens s'étaient rassemblés pour assister aux festivités. Depuis le cyclone, le maharajah Narasimha Deva et sa famille n'avaient célébré ni l'anniversaire du souverain ni la fête de Dussehra. Il donnait ce qu'il pouvait aux temples, aux écoles et aux pauvres, mais avait déclaré qu'il ne se joindrait à la procession de Dussehra que le jour où son fils serait guéri. Les habitants du Nandipuram pensèrent donc tout naturellement que si la famille royale participait aux festivités cette année-là, cela signifiait que la santé du yuvarajah était bonne et ils y virent l'annonce de temps meilleurs.

Tandis que le soleil déclinait, des milliers de petites lampes à huile en terre cuite s'allumèrent le long de la route, formant une haie vacillante quand l'obscurité de la nuit fut totale. L'air était aussi doux qu'un voile de mousseline. On entendait au loin le bruit des pétards qui éclataient au-dessus de la tête des badauds en laissant une pluie scintillante et colorée dans le ciel. Les anciens tambours de la maison de Narasimha Deva retentissaient et la foule devenait de plus en plus nerveuse à mesure que le cortège approchait. Venkat installa Parvati sur ses épaules pour qu'elle puisse le voir passer.

Une rangée de chameaux en grand apparat, aux selles ornées de pompons bleu et or qui ballottaient au rythme de leur démarche chaloupée, marchait en tête. Derrière eux venaient les fantassins de la garde d'honneur, vêtus de pantalons blancs et de longues tuniques d'un bleu brillant, des hommes sur des échasses et quelques dignitaires nonchalamment installés dans des palanquins de bambous portés par des hommes. En dernier venait l'éléphant du rajah, coiffé d'une têtière d'or et d'argent incrustée de pierres précieuses. Au bout de ses défenses gainées d'or, qui étaient aussi longues que Venkat était grand, se balançaient des pompons faits de branches de jasmin. Son corps sombre, huilé, luisait dans l'obscurité et une guirlande de fleurs peintes grimpait sur sa trompe. L'éléphant, qui saluait la foule en enroulant et déroulant sa trompe, portait le rajah sur son dos, dans une nacelle festonnée de velours, sous une ombrelle en soie. Devant lui se tenait le yuvarajah, vêtu d'une longue veste de brocart et arborant une émeraude de la taille d'un œuf sur son turban. C'était la première apparition en public du jeune garçon. Il était pâle et solennel. Ses yeux, que l'on avait soulignés pour l'occasion d'un trait noir de khôl, semblaient immenses. Le rajah et son fils, saluant de la main, souriaient aux badauds. Dans la foule, les pères étreignaient leur fils et les gens pleuraient de joie. La vision de ces éléphants en livrée d'apparat, des bijoux royaux et du petit yuvarajah assis aux côtés de son père faisait presque oublier aux habitants du Nandipuram toutes les souffrances qu'ils avaient endurées.

Pour l'occasion, le palais du maharajah, qui trônait au sommet de la colline, avait été éclairé par des centaines d'ampoules électriques qui soulignaient chaque tourelle, chaque dôme et chaque voûte. Venu, Venkat et leurs cousins parlèrent longuement du spectacle qu'ils avaient vu ce soir-là sur l'esplanade du palais, notamment de l'effigie du démon Mahishasura, qui avait été brûlée au milieu d'une multitude de fusées de toutes les couleurs. Ce qui avait le plus frappé Parvati, c'était la tristesse du jeune yuvarajah, assis sur l'éléphant royal aux côtés de son père. Mais elle se rappelait aussi très distinctement qu'après le passage de la procession, elle avait entendu, à travers la foule de dhoti et de saris multicolores qui se pressait autour d'elle, le son plaintif d'un harmonium. Son cœur s'était mis à battre plus fort. Puis il y avait eu le roucoulement magique des cordes de la *vina* qui bruissaient comme l'eau qui ruisselle dans le bassin, à l'autre bout du village. Elle mourait d'envie de voir d'où provenaient ses sons magiques, mais il y avait bien trop de jambes, de hanches et de tailles pour qu'elle puisse apercevoir les musiciens en train d'accorder leurs instruments. Parvati essaya de dégager sa main de celle de sa mère, mais celle-ci la tenait bien serrée par le poignet, de peur de la perdre. Tandis qu'elle trottait dans le sillage de Minakshi, elle entendit soudain la musique, juste derrière elle. Un désir irrépressible s'empara de la petite fille qui essaya à nouveau de libérer son bras de l'emprise maternelle ; juste à ce moment-là, il y eut un mouvement de foule et elle se retrouva libre. Minakshi poussa un cri déchirant, mais sa fille avait déjà disparu, attirée par la musique.

– Parvati !

Minakshi hurlait d'une voix que la panique rendait stridente.

– Parvati, où es-tu ? Venkat, Venu, cherchez votre sœur, vite, dépêchez-vous !

Parvati était désolée de causer un tel désarroi, mais quand elle entendit de nouveau l'ondulation magique d'un autre instrument à cordes qui s'élevait dans la douceur du soir, elle oublia tout, la fête, sa mère, ses frères, et plongea tête la première dans la foule. Elle se faufila entre les jambes en direction de la musique et le son de la voix de Minakshi se perdit dans le brouhaha ambiant.

Quatre musiciens étaient assis à l'extérieur du temple où Minakshi et Tatie se rendaient chaque matin pour faire leur *puja*. Un des hommes faisait courir ses doigts sur un mridangam d'où s'échappait un son aussi gai que des voix d'enfants en train de jouer. Un autre homme, plus âgé, était assis en tailleur derrière une vina, un gros instrument semblable à une énorme gourde, deux fois plus grosse que sa tête, sur laquelle étaient tendues des cordes. Un troisième musicien tenait une flûte en bambou entre ses lèvres et produisait des notes si aériennes qu'elles semblaient danser sur la musique des autres instruments.

Une femme dont le visage était caché par le pan de son sari jouait de l'harmonium. De temps à autre, elle se mettait à fredonner, puis entonnait une mélodie que Parvati avait l'impression de connaître, même si elle ne se souvenait pas où et quand elle l'avait déjà entendue. À la fin de chaque phrase, la voix de la femme vibrait avant de redescendre dans les graves, d'une façon qui faisait frissonner la fillette. Mais la personne la plus extraordinaire était une jeune femme qui dansait exactement la danse du Shiva de santal.

La danseuse portait un sari vert jade gansé d'argent. Un pan de tissu passait entre les jambes, sur son épaule, puis se nouait autour de la taille, retombant gracieusement sur ses hanches. L'extrémité de ses doigts et de ses orteils, ainsi que ses pieds et les paumes de ses mains étaient peints d'un rouge cramoisi qui scintillait à chacun de ses mouvements. Son épaisse chevelure noire, tressée et mêlée de fleurs de jasmin, lui tombait jusqu'aux genoux et exhalait un parfum délicat. Quand elle virevoltait, ses tresses claquaient derrière elle, laissant comme des baisers de jasmin dans l'air. Autour des chevilles, elle portait des rangées de petites clochettes en étain brillant sur des bracelets de cuir. Le bruit des clochettes marquait le stacatto de ses pieds quand elle frappait le sol dur et poussiéreux et ses yeux tournoyaient comme s'ils regardaient l'Au-delà, exactement comme le Shiva dansant.

Ce n'est que beaucoup plus tard que Minakshi découvrit Parvati, absorbée dans sa contemplation. La fillette elle-même n'aurait su dire combien de temps elle était restée là, en marge de la foule, à regarder les musiciens et la danseuse.

– Parvati ! chuchota Minakshi dans un soupir d'exaspération à l'oreille de sa fille. Ne refais jamais ça, tu m'entends !

Puis, d'une voix qui trahissait l'inquiétude, elle s'exclama :

– Mais qu'est-ce qui t'arrive, mon enfant ? Tu es aussi bleue que Krishna !

Elle secoua la fillette par les épaules jusqu'à ce qu'elle revienne à elle. Parvati avait été tellement captivée par la musique qu'elle en avait oublié de respirer.

Minakshi ramena les enfants à la maison, contre l'avis des garçons qui auraient bien aimé rester un peu plus longtemps, notamment pour voir les danseurs d'épées. Elle tenait fermement Parvati d'une main et Venkat de l'autre. Venu, qui marchait derrière en traînant les pieds, s'assit au milieu de la route et se mit à pleurer. Minakshi le prit dans ses bras et le porta, mais l'enfant continuait à pleurnicher et à gigoter. Dès qu'ils furent arrivés, la jeune femme envoya les deux garçons dormir avec leurs cousins. Elle alluma la lampe à huile qui se trouvait sur la petite table, près du lit, regarda sa fille avec une étrange expression qui effraya l'enfant encore plus que ses cris et, baissant la voix pour ne pas réveiller Tatie et Sathya, elle dit :

– Tu ne dois pas t'enfuir comme ça, Parvati. Quelqu'un pourrait t'emmener et te vendre au bazar. Tu sais, ces choses-là arrivent, parfois.

L'enfant ne disait mot. Minakshi la supplia de lui promettre qu'elle ne recommencerait plus. Parvati refusa tout d'abord, puis, devant l'air désespéré de sa mère, finit par céder.

– Je te le promets, Amma, dit-elle.

Mais le lendemain, ainsi que les autres jours, Minakshi posa souvent sur la fillette le même regard préoccupé.

Durant les jours et les semaines qui suivirent la fête de Dussehra, une idée se fit jour chez Parvati, comme une bulle d'air remonte à la surface de l'eau d'un bassin, jusqu'à devenir une véritable obsession. Elle était née avec la musique dans le sang, un don aussi vital pour elle que le fait de respirer ou de boire, et elle pensait qu'il en était de même pour les musiciens et la danseuse qu'elle avait vus ce jour-là. Son désir le plus cher était d'évoluer au milieu des flammes comme Shiva Natarajah, celui qui danse pour détruire l'univers et le faire renaître en même temps. Elle savait par instinct que la musique pouvait accomplir des miracles et était de ce fait persuadée qu'elle pouvait les libérer, elle, sa mère et ses frères, de la pauvreté.

Quelque temps plus tard, peut-être au cours de sa sixième année, Parvati décida de tester sa foi en la musique. Un jour, sa mère et sa tante avaient cassé des noix de coco et en avaient pressé la pulpe dans un linge blanc afin d'en extraire le lait, utilisé pour parfumer les plats épicés qu'elles préparaient chaque soir pour le dîner. Quand elles eurent terminé, elles laissèrent le feu brûler pendant que Minakshi se rendait au bazar pour acheter de la farine de lentilles, et que Tatie allait rendre visite à l'autre bout du village à une de ses cousines qui avait donné naissance à un enfant le matin même.

Parvati était dehors avec ses frères qui jouaient au cricket près du puits du village. Cela faisait longtemps que la fillette attendait une telle occasion. Elle guetta le passage de sa mère et de Tatie et, quand les deux femmes se furent un peu éloignées, elle s'éclipsa sans attirer l'attention, ce qui ne fut pas difficile car les garçons étaient absorbés par le jeu. Lorsqu'elle arriva dans la cour, où le feu brûlait toujours, elle enleva le foulard qu'elle portait et le posa par terre. C'était un beau morceau d'étoffe rose, cousu de fil d'argent, dont les bords étaient ornés de paillettes argentées. L'oncle Sathya le lui avait rapporté un jour du marché, et elle ne voulait pas prendre le risque de l'abîmer au cas où ses convictions à propos de la musique se révéleraient erronées.

Elle regarda autour d'elle pour s'assurer que personne ne la surveillait et sauta dans le feu. Une musique aussi puissante et enjouée que celle qu'elle avait entendue le jour de la procession de Dussehra emplit l'air à l'instant même où les flammes l'enveloppèrent. Cela commença par une cascade de notes jouées à la vina, un son qui lui rappelait les ondulations qui agitaient le bassin à la tombée du jour, puis la musique devint si forte qu'elle couvrit tous les autres bruits ; elle n'entendait plus le chien aboyer sur le chemin, les perroquets se disputer les baies dans les buissons de la cour ni les cigales chanter dans les champs de canne à sucre. Les flammes caressaient ses pieds qui bougeaient de plus en plus vite sous l'effet de la chaleur, ses jambes et ses bras s'élevaient et tournoyaient gracieusement. Elle savait que, cette fois, elle ressemblait au Shiva qui dansait tous les soirs dans la niche du mur de sa chambre. Le feu l'avait métamorphosée et le monde s'était rempli de possibilités infinies.

Soudain, elle se sentit soulevée dans les airs. C'était Minakshi, qui l'avait saisie aux épaules. La musique fut interrompue en plein milieu d'un accord, comme si un géant l'avait coupée en son milieu avec un grand couteau, et elle n'entendit plus que les cris de sa mère qui tapait sur ses jambes pour éteindre les flammes. Minakshi étreignit sa fille dans un sanglot, puis posa l'enfant sur ses genoux pour inspecter ses pieds.

– Qu'est-ce que tu faisais ? cria Minakshi, que la peur avait rendue hystérique.

– Je dansais comme Shiva, murmura doucement la fillette effrayée par les larmes de sa mère.

– Quoi ? s'écria la jeune femme qui, voyant la pâleur de l'enfant, continua plus doucement : qu'est-ce que tu dis ?

– Je dansais comme Shiva, répéta Parvati.

Minakshi tint sa fille contre sa poitrine un long moment et pleura dans sa chevelure.

– Parvati, Parvati ! Tu sais que tu aurais pu mourir !

Sa voix était étranglée par la peur, mais elle sentait la colère monter en elle. Elle regarda de nouveau les pieds et les jambes de l'enfant : il n'y avait aucune trace de brûlures. La peau n'était même pas rougie, elle était parfaitement normale, brune et douce. Les habits de Parvati n'avaient pas non plus pris feu. Visiblement, l'enfant ne souffrait pas, d'ailleurs elle riait en dansant quand sa mère l'avait surprise au milieu des flammes. Minakshi n'en fut que plus furieuse.

– Tu penses que notre vie n'est pas assez difficile comme ça pour te jeter ainsi dans le feu ? lui demanda-t-elle.

Elle s'en voulait à elle-même d'avoir laissé sa fille sans surveillance. Respirant avec difficulté, elle fixa Parvati et sur son visage passa cette étrange expression que la fillette avait déjà remarquée.

À partir de ce jour, il fut interdit à l'enfant de danser ou de s'approcher du feu et, pire encore, Minakshi retira la statuette de Shiva de sa niche, afin que la fillette ne le voie plus danser pendant la nuit. Elle entendait ainsi ôter de la tête de Parvati toutes ses idées absurdes. Comme sa tante l'avait souligné, il n'était que temps.

Minakshi voulait que Parvati lui promît qu'elle ne s'approcherait plus du feu, qu'elle ne danserait plus et qu'elle cesserait de penser à Shiva. Émue par la détresse de sa mère, l'enfant fit la promesse demandée. Elle avait l'intention de la tenir.

. 7

L'incident fut très vite connu de tous et, durant les mois qui suivirent, les hommes et les femmes du village, quand ils croisaient la fillette, regardaient ses pieds et ses jambes avec une curiosité gênante. Dès qu'elle sortait de la cour, un attroupement se formait aussitôt autour d'elle, si bien que Minakshi la gardait à la maison, même aux heures les plus chaudes de la journée.

Parvati s'ennuyait et s'accrochait à sa mère, qui, comme elle avait besoin d'aide pour les travaux ménagers, finit par l'envoyer chercher de l'eau et du bois pour le feu et l'autorisa à jouer de nouveau avec ses frères hors de la cour. La vie sembla reprendre peu à peu son cours normal.

Un matin, la jeune femme descendit à la rivière pour laver du linge et, tandis que sa mère frottait énergiquement les vêtements savonneux sur la berge, Parvati observait les poissons qui nageaient. Leurs silhouettes sombres avançaient lentement dans l'eau trouble et verdâtre, jusqu'au méandre que formait le courant un peu plus loin pour contourner la colline sur laquelle se dressait le palais du maharajah.

Soudain, les femmes cessèrent leur bavardage. Intriguée, Minakshi regarda dans leur direction pour voir ce qui avait bien pu retenir leur attention. Parvati était assise sur un gros rocher à moitié immergé, en train de scruter l'eau. Une nuée d'oiseaux s'était posée autour d'elle : des mouettes de rivière, des colombes qui roucoulaient doucement, des bécasseaux qui sautillaient, des grues timides perchées sur leurs longues pattes et des pélicans hautains; des centaines de poissons s'étaient rassemblés devant le rocher, gobant à la surface ou sautant hors de l'eau; des serpents d'eau s'étaient immobilisés dans l'onde, tête dressée, et une foule d'autres animaux faisaient cercle autour de l'enfant qui semblait leur parler. Minakshi courut jusqu'à Parvati et la releva, mais il était trop tard.

Les femmes terminèrent leur lessive à la hâte et retournèrent au village en silence. Durant le repas de midi, elles décrivirent à leur mari et au reste de leur famille le spectacle de la petite fille assise au milieu des animaux. L'histoire se répandit comme une traînée de poudre, s'enrichissant chaque fois de détails de plus en plus fantaisistes, jusqu'au soir où Sathya rentra à la maison et rapporta ce qu'il avait entendu dire ; on racontait qu'une enfant du Nandipuram avait fait voler les poissons dans les airs et nager les oiseaux en eau profonde.

Tatie et Minakshi vivaient et travaillaient ensemble, mais leur entente était précaire. Elles se parlaient rarement et le moindre incident, tel que celui qui était survenu au bord de la rivière ce matin-là, était susceptible de mettre en péril le fragile équilibre familial.

Un jour, Tatie rapporta du marché un superbe poisson argenté qu'elle vida, lava et cuisina avec des graines de moutarde, des feuilles de curry et du lait de noix de coco, une recette dont l'oncle Sathya était particulièrement friand. Tout le monde la complimenta pour ce délicieux plat, sauf Parvati, qui ne disait mot. Sa part était restée intacte dans son assiette.

– Mange ton poisson, lui dit Tatie avec douceur, mais fermeté.

Que la fillette refusât de manger un plat qu'elle avait préparé l'offensait.

Parvati regarda sa tante, puis sa mère.

– Qu'est-ce que ça peut faire, dit Sathya. Elle n'aime pas le poisson, voilà tout !

– C'était cher et je me suis donné beaucoup de mal pour le cuisiner, répliqua sa femme. Elle le mangera !

Parvati baissa les yeux et fronça les sourcils.

– J'aime regarder les poissons dans la rivière. J'adore les regarder nager. Je ne veux pas les manger...

Tatie se pencha et pinça les joues de Parvati d'une main pour lui faire ouvrir la bouche, tandis que de l'autre elle prenait un morceau de poisson pour le lui introduire de force entre les lèvres. Les yeux de l'enfant se mirent à rouler, ses lèvres s'agitèrent, puis elle tomba sur le côté et se mit à frétiller exactement comme un poisson que l'on vient de sortir de l'eau.

– Ça suffit ! s'écria Minakshi en se précipitant vers sa fille.

Oncle Sathya aida l'enfant à se rasseoir, mais celle-ci continuait à ouvrir et à fermer la bouche comme un poisson agonisant sur l'herbe ; Minakshi l'emmena se coucher.

Pendant les deux années qui suivirent, Minakshi dut se faire à l'idée que sa fille n'était pas comme les autres. Cela ne l'empêchait pas de l'aimer ; bien au contraire, elle la chérissait plus encore que ses fils. La jeune femme restait à l'écart des autres villageois et ne s'occupait que de ses enfants. Elle demanda à Venu et Venkat de veiller sur leur sœur avec une attention particulière et de ne jamais la laisser seule, sous aucun prétexte. Ils avaient le droit de jouer avec les autres enfants à condition de garder toujours un œil sur elle. L'indépendance et la solitude de Minakshi ulcéraient Tatie, qui racontait dans tout le village que sa belle-sœur était une ingrate. Mais Minakshi s'en moquait. Tout ce qu'elle désirait, c'était qu'on la laisse élever ses enfants en paix.

Parvati, qui allait sur ses huit ans et était devenue grande et mince, comme son père, se languissait de sa statue de Shiva Natarajah. Il ne s'était pas passé un seul jour, depuis que sa mère l'avait retirée de la niche, sans qu'elle rêve de caresser son bois odorant ou de regarder le cercle de feu s'animer. Mais elle pouvait voir la danse dans sa tête. Il lui arrivait de s'amuser ainsi pendant des heures, le regard perdu dans le vide, ne se trahissant que par le mouvement d'un doigt ou d'un pied, avant que sa mère ne s'aperçût de quelque chose.

– Ma fille ! lui criait alors Minakshi pour la tirer de sa rêverie, mais il lui fallait parfois répéter son nom à plusieurs reprises avant qu'elle réalise que sa mère lui parlait.

– Tu rêves tout éveillée, ma parole ! soupirait la jeune femme.

C'est alors qu'un autre miracle se produisit, un miracle qui changea la destinée de Parvati et celle de toute sa famille.

Un soir, Minakshi avait délaissé les tâches ménagères, comme à l'accoutumée, pour préparer le repas du soir, environ une heure avant le retour de Sathya. Elle appela Venu et Parvati qui jouaient dehors, donna la cruche remplie d'eau à son fils pour qu'il la mette à bouillir et lui demanda d'aller avec Parvati chercher des fagots sur le tas de bois communal, près du puits du village. Le fioul étant rare depuis le cyclone, le rajah envoyait régulièrement ses hommes chercher le bois que les autres districts lui donnaient pour son peuple, et les éléphants déposaient leurs lourds chargements à l'entrée de chaque village.

Parvati marchait lentement en fredonnant une chanson qui lui trottait dans la tête. C'était un air étrange et obsédant ; elle aurait été incapable de dire où elle l'avait entendu. Un groupe de garçons jouait au cricket derrière le tas de bois. L'aîné de ses cousins, Mohan, lançait la balle et son frère Venkat tenait la batte.

– Ne t'approche pas du tas de bois ! cria l'un des garçons.

Parvati resta droite comme un piquet, les mains sur les hanches, le défiant du regard.

– Et pourquoi ça ?

– Viens, Parvati, ne fais pas d'histoires, lui dit Venu en la tirant par le bras.

Mais Parvati l'ignora. Elle voulait savoir pourquoi elle n'avait pas le droit de s'approcher du tas de bois et resta plantée là à attendre que l'un d'entre eux se décide à parler. Finalement, l'un des garçons lui répondit :

– Parce qu'un gros cobra y a élu domicile et qu'il demande la vie d'un enfant avant de laisser quelqu'un prendre du bois de nouveau...

Les garçons riaient.

– À moins que tu ne veuilles être cet enfant-là, tu ferais mieux de déguerpir !

– Allez ! Parvati, viens, répéta Venu en cherchant de nouveau à l'entraîner.

Mais elle dégagea son bras et s'approcha du tas de bois. Personne ne l'empêcherait de rapporter ce que sa mère lui avait demandé.

– C'est vrai, Parvati ! lui cria Venkat en s'avançant vers elle. Sois raisonnable pour une fois, ne t'approche pas ! Il y a un autre tas là-bas, lui dit-il en désignant du doigt un amas de brindilles et de branches de palmiers cassées qui n'auraient pas brûlé assez longtemps pour faire chauffer la casserole.

Parvati se retourna vers le tas de bois qui était devant elle et étala son châle sur le sol. Venu lui prit la main et la supplia de s'arrêter mais elle lui demanda de se taire ; il recula et alla se mettre derrière Venkat, Mohan et les autres garçons. Quand Parvati prit une branche sur le tas, les garçons se mirent à crier :

– Tu es folle. Tu ne nous crois pas ? On a vu le cobra tout à l'heure, il était énorme !

Venu se mit à pleurer. Venkat posa son bras sur les épaules de son jeune frère pour le rassurer.

Il ne vint pas à l'esprit de Parvati que le cobra pourrait lui faire du mal. Elle était même certaine qu'il ne lui ferait rien. Au moment où elle s'apprêtait à prendre un deuxième morceau de bois sur le tas, qui était deux fois plus grand qu'elle, le plus beau serpent brun qu'elle ait jamais vu sortit doucement de sous les branchages et la regarda droit dans les yeux. Venu éclata en sanglots et Venkat cria à Parvati de se sauver, mais les deux garçons étaient bien trop effrayés pour lui venir en aide.

Le cobra était énorme. Il se dirigea vers les pieds nus de Parvati qui ne bougea pas d'un pouce, et ondula lentement jusqu'à ce qu'il se retrouve entre la fillette et le tas de bois. Venkat s'éloigna de Venu et leva tout doucement sa batte de cricket au-dessus de sa tête, prêt à écraser l'animal pour sauver la vie de sa petite sœur.

– Attends ! dit tout doucement Parvati à son frère.

Les yeux de la fillette fixaient ceux du serpent tandis qu'il s'enroulait lentement sur lui-même pour se hisser à sa hauteur. Venkat, qui était juste derrière lui, pouvait voir les lunettes dessinées à l'arrière de sa tête. Le garçon laissa tomber sa batte. Les autres enfants, qui étaient venus pour voir le serpent dévorer la sœur de Venkat, prirent peur et reculèrent. Incapable de bouger, Venu se cachait les yeux avec son bras pour ne pas assister à cet horrible spectacle.

– Sauve-toi, Venkat ! cria l'un des garçons avant de suivre ses propres conseils et de détaler.

Mais Venkat était figé sur place. Les garçons se mirent à hurler et s'enfuirent comme un troupeau affolé, pour aller chercher de l'aide. Au village, certains riaient de la mésaventure de Parvati. Mohan avait laissé les autres filer sans lui car il voulait assister à l'issue de ce face à face. Il fut déçu, comme l'auraient été les autres garçons s'ils étaient restés pour assister à la mise à mort de la cousine. Parvati entendit la première note de cette musique qui lui était devenue si familière. Elle leva les bras et les jambes et commença à danser. La tête du cobra se mit à se balancer comme s'il accompagnait chacun de ses mouvements, et Parvati dansa jusqu'à la fin du morceau, qui s'acheva dans un vibrato de la vina.

Venu, Venkat et Mohan étaient restés cloués sur place, comme hypnotisés. Quand la danse prit fin, la mâchoire de Venkat claqua et il lui sembla revenir à la vie. Le cobra baissa la tête et retourna lentement sous le tas de branchages, tandis que Parvati se penchait et ramassait autant de bois qu'elle pouvait en porter dans son châle. Venkat l'aida à soulever son fardeau et, au lieu de la laisser le porter, le mit sur sa tête. Ils retournèrent à la maison sans échanger un seul mot. Mohan marchait derrière eux. Les garçons ne mentionnèrent jamais l'incident du cobra devant Minakshi et Tatie, car ils savaient que ce genre d'événement provoquait immanquablement des avalanches de reproches dont ils se passaient bien volontiers. Parvati interpréta leur silence comme un signe de complicité. Mais, le soir même, l'oncle Sathya évoqua le tête-à-tête de Parvati et du cobra au cours du dîner. L'histoire s'était propagée très vite dans tous les villages du Nandipuram et Sathya en avait eu connaissance dès qu'il avait posé le pied hors du bus pour rentrer chez lui. Le visage de Minakshi se crispa de nouveau. Et il ne fallut pas longtemps pour que les histoires sur les miracles de Parvati ne soient exagérées et enrichies d'une telle multitude de détails extravagants qu'elles tenaient du récit épique.

Un jour, le célèbre *guru* Pazhayanur Muthu Kumara Pillai fit le voyage depuis Madras pour rencontrer Parvati. Le guru était un petit homme svelte, avec un visage d'enfant si rond, si doux et si lisse qu'il semblait avoir été posé sur le mauvais corps. Ses longs cheveux blancs formaient une sorte de halo autour de sa tête. Ses épaules et ses grandes jambes pliaient sous le poids de l'âge et ses genoux craquaient à chacun de ses pas. Ses mains fines bougeaient avec une légèreté et une grâce irréelles. Il arriva au village en traînant les pieds, sous un large parapluie noir, par une de ces chaudes journées trop calmes qui précèdent la mousson, saison durant laquelle Parvati était venue au monde douze ans auparavant. Il portait un dhoti et un *jibba* de coton tissé à la main, d'un blanc immaculé, et avait la tête nue. Ses lunettes épaisses déformaient ses yeux. Dans un petit sac de toile qu'il portait à l'épaule, il avait mis sa jarre à eau et son bol. Il demanda où vivait Parvati et se dirigea vers la maison de Sathya, qui dominait Anandanagar du haut de la colline.

Tatie était assise dans la cour, occupée à nettoyer un poisson. Des mèches de cheveux gris lui barraient le visage et les écailles de poisson qui couvraient ses avant-bras brillaient dans le soleil. Le guru regarda timidement par-dessus le muret et frappa doucement sur la barrière ouverte. Sans même regarder qui avait frappé, Tatie répondit d'une voix impatiente :

– Entrez, ne restez donc pas planté là !

Tatie n'avait pas l'habitude de traiter les autres villageois avec beaucoup d'égards car elle se sentait supérieure, par sa naissance, à tous les habitants d'Anandanagar. Le guru frappa encore une fois. Ne recevant pas de réponse, Tatie finit par lever les yeux et vit le vieil homme debout au milieu d'une foule de garnements qui cherchaient à savoir pourquoi le maître était venu jusqu'au village.

Le guru, un disciple du *Mahatma* Gandhi, était bien connu à Nandipuram. Lui et son ancienne femme, Lakshmi, faisaient partie d'un groupe de maîtres qui avaient fait renaître le *Bharata Natyam,* une danse classique de l'Inde tombée en désuétude durant la colonisation anglaise. Il était considéré comme un des héros qui avaient sauvé cet art sacré et continuait à l'enseigner de façon traditionnelle. Lakshmi, qui avait été l'une des plus grandes danseuses indiennes de tous les temps, était célèbre et très aimée. Ses élèves étaient des *devadasi,* les servantes des dieux, dont la vie était entièrement dédiée à l'art de la danse, qu'elles pratiquaient et enseignaient dans tout le sud de l'Inde. Il est vrai que le guru était facilement reconnaissable à cause de cette célèbre différence entre son visage enfantin et son corps de vieillard, et réputé pour voyager à travers tout le pays, à la recherche de nouveaux disciples. Beaucoup de familles souhaitaient voir leurs filles devenir danseuses, mais le maître n'en sélectionnait que quelques-unes chaque année, pour venir étudier dans son *gurukulam,* près de Madras.

– Je suis désolé de vous déranger, dit-il.

Sa voix était légère et jeune comme son visage et ses mains.

Tatie mit un peu d'ordre dans ses cheveux, se dirigea vers lui et se pencha pour lui toucher les pieds, en signe de respect.

– Excusez-moi, dit-elle un peu inquiète, car cette fois elle avait conscience d'être en présence d'un personnage digne de respect. Entrez, je vous en prie. Entrez. Minakshi ! Miiiina, apporte du café ! cria-t-elle par la porte ouverte. Dépêche-toi !

– Merci, merci, mais je suis venu voir la jeune Parvati, je ne veux pas vous déranger.

– Mais non, pensez-vous! répliqua Tatie qui essayait d'enlever les écailles de poisson qui lui collaient aux bras et au visage.

– Minakshiii! cria-t-elle de nouveau.

Minakshi arriva en courant, tout en essuyant ses mains avec un chiffon. Elle aussi avait l'air inquiète, comme si elle avait peur que Parvati ait encore fait quelque chose d'inexplicable et d'effrayant. Quand elle aperçut le guru, son visage se figea de nouveau dans cette expression de peur qui avait crispé ses traits quand elle avait arraché Parvati des flammes, quand elle avait appris l'épisode du cobra et toutes les autres choses, vraies ou pas, que l'on colportait sur le compte de sa fille.

– Bienvenue, dit-elle simplement, puis elle invita le maître à s'asseoir en lui indiquant le petit lit de sangles que Tatie était allée chercher de l'autre côté de la cour et avait placé près du feu.

Tatie remplit une épaisse tasse en céramique de café chaud et de lait; elle l'offrit au guru, qui l'accepta sans la boire. Minakshi était assise en face de lui sur un petit tabouret de bois, quand Parvati arriva en courant dans la cour pour voir ce qui se passait de si important.

– Parvati, va couvrir les...

Le guru interrompit Tatie.

– Non, il faut qu'elle reste et qu'elle écoute ce que j'ai à dire. Cela la concerne. C'est de son avenir qu'il s'agit, et je veux qu'elle comprenne ce que j'attends de vous.

Il se poussa pour faire une place à l'enfant sur le lit de sangle, à côté de lui. Elle hésita un instant, mais le vieil homme insista. Parvati n'avait pas l'habitude d'être traitée avec autant de politesse et de déférence. La fillette regarda sa mère, puis sa tante ; la visite d'un étranger était déjà une chose rare, particulièrement la visite d'un étranger aussi célèbre que le guru, mais qu'on laisse une enfant écouter ses propos... Elle finit par s'asseoir à ses côtés, essayant de dissimuler ses pieds poussiéreux. Minakshi regardait fixement le feu.

– J'ai entendu parler de votre fille pour la première fois il y a deux ans, dit-il, mais je voulais la rencontrer.

Il demanda à Parvati de se lever et de traverser la cour dans les deux sens.

– Elle a un corps de danseuse parfait. Elle est agile et souple et bouge avec une grâce inhabituelle. Son visage est expressif. Elle est intelligente et je crois savoir qu'elle a un don inné pour la danse.

Minakshi ne dit rien. Elle s'agitait sur son tabouret et se concentrait pour ne pas avoir l'air effrayée.

– Bien sûr, bien sûr ! répondit Tatie, enthousiaste.

Mais le guru continua à parler comme si elle n'avait rien dit.

– Un enfant change en grandissant. Il semble que votre Parvati ait ce que l'on peut appeler un don naturel et qu'elle ait développé quelque chose qui est difficile à définir, quelque chose qui est du domaine du spirituel, qui transcende la vision qu'ont la plupart des gens de ce monde et leur façon d'y prendre part.

Minakshi se taisait toujours. Mais elle pliait et dépliait ses doigts nerveusement, pinçait ses lèvres et une expression de plus en plus étrange envahissait ses yeux.

– Comprenez-moi bien, je pense que ce serait honteux – voire contre nature – de laisser gâcher un talent pareil. Je sais que ce que je vous demande, à vous, et à elle surtout, est difficile. Et je ne vous cacherai pas la vérité : cela changera votre vie et la sienne du tout au tout.

Comme personne ne disait mot, il continua.

– Je voudrais l'emmener avec moi au gurukulam de Madras pour qu'elle y étudie la danse et devienne une devadasi.

Tatie eut le souffle coupé par la surprise, mais le guru leva la main :

Ce n'est pas ce que vous croyez, dit-il. Une devadasi est une danseuse pour les dieux. Même si après le départ des Anglais elles étaient considérées comme de vulgaires prostituées, aujourd'hui être une devadasi est à nouveau une chose sacrée, comme dans l'ancien temps. Pour une devadasi, la danse requiert une dévotion totale, car ce n'est pas seulement un art, c'est aussi une forme de prière. Si Parvati accepte de devenir devadasi, elle doit le faire en totale connaissance de cause. Je souhaiterais qu'elle vienne rapidement au gurukulam, car son apprentissage doit suivre son évolution physique et elle a beaucoup à apprendre.

– Quelle merveilleuse nouvelle ! s'exclama Tatie.

– Mais elle n'a aucune instruction, elle n'est jamais allée à l'école, elle ne sait même pas...

Le guru interrompit Minakshi :

– Au gurukulam, il y a des étudiants qui viennent de toute l'Inde. Elle apprendra le tamoul, la langue de la poésie du Bharata Natyam. Mais on y parle aussi le kannada, la langue du Nandipuram. Elle apprendra à lire et à écrire dans sa langue maternelle et, très vite, elle vous écrira des lettres. Elle étudiera aussi le sanskrit, la langue des textes sacrés.

Il se tourna vers Parvati et lui demanda :

– Veux-tu devenir une devadasi, mon enfant ?

Parvati, silencieuse, continuait à fixer ses pieds poussiéreux.

– Ce qui veut dire... (Il souleva son menton pour la regarder dans les yeux.)... cela signifie que tu te dévoueras complètement à l'étude de la danse et de la musique classique, le *Natya Shastra* et le *Shiva purana*.

Minakshi se redressa et éclaircit sa voix.

– Cela veut-il dire que vous allez nous l'enlever pour... pour toujours ?

Le guru regarda autour de lui. Des poulets picoraient çà et là. Du linge séchait sur une corde. Une vieille pompe à main hors d'usage rouillait dans un coin de la cour et deux chèvres broutaient le sol poussiéreux.

– Elle aura une vie stricte, mais une bonne vie. Elle sera bien nourrie, bien éduquée et nous prendrons soin d'elle. Vous n'aurez pas à payer pour organiser son mariage, dans quelques années et, qui plus est, nous vous donnerons une belle somme d'argent pour que vous la laissiez venir avec nous. Mais si elle accepte, sa dévotion devra être totale. Elle ne devra pas se marier tant qu'elle sera avec nous ; certaines devadasi choisissent de rester au gurukulam toute leur vie. Elle lavera le linge, cuisinera et nettoiera les toilettes, comme tout le monde. Elle sera respectée et admirée. Mais, tant qu'elle sera élève, elle devra être entièrement dévouée à la danse et aux dieux.

– Mais...

Les yeux de Minakshi se remplirent de larmes. Elle avala sa salive et poursuivit :

– Est-ce que je pourrai la voir ?

– Non, les élèves ne sont pas autorisées à voir leur famille. Nous exigeons d'elles une dévotion absolue, ce qui signifie qu'elles doivent rompre tous les liens qui les unissent à leur ancienne vie…

Il leva la main comme Minakshi se penchait pour formuler une objection.

– Je pense qu'elle a les qualités requises, le pouvoir physique, mental et spirituel de devenir une danseuse et un professeur de premier ordre, ce qui signifie qu'elle sera très demandée et que vous et votre famille aurez largement de quoi vivre jusqu'à la fin de vos jours.

Tatie s'assit, yeux écarquillés et bouche grande ouverte. Des larmes coulaient des yeux de Minakshi.

– Vous n'êtes pas obligée de répondre aujourd'hui, dit le guru, mais si c'est ce que vous désirez, il faut que Parvati commence ses études sans plus tarder.

Minakshi, la main devant sa bouche, pleurait en silence.

Parvati, elle, tenait à peine en place. Les idées se bousculaient dans sa tête. Tout d'abord elle se vit en train de danser. Non seulement elle serait autorisée à danser, mais elle y serait obligée ! Elle se voyait déjà en train d'étudier et de travailler dur pour être la meilleure danseuse de toute l'Inde, et pourquoi pas du monde ! Elle s'imaginait dans un sari vert jade gansé d'argent, avec des fleurs de jasmin tressées dans ses cheveux et de précieuses parures.

Puis, soudain, elle se demanda si elle serait capable de laisser sa mère, ses frères et ses cousins sans avoir le cœur brisé. Et sa mère, que deviendrait-elle ? Elle qui ne chantait et riait que quand elle lui donnait son bain dans la cour, ou quand elles marchaient toutes les deux pour aller aux champs ou à la rivière… Sa mère l'aimait plus que tout au monde, et elle aussi aimait sa mère plus que tout. Parvati était déchirée entre son désir d'apprendre à danser et son amour pour sa mère.

– Avez-vous des questions ? demanda le guru.

– Combien nous donnerez-vous exactement, *guruji*? demanda Tatie.

– Cela dépend.

– De quoi ?

– De son aptitude à apprendre, de sa maturité, de sa dévotion, du fait qu'elle soit très demandée ou non. Cela dépend d'un tas de choses. Mais vous pouvez être assurée que sa vie et la vie de toute votre famille seront meilleures, même si elle réussit médiocrement. Et je suis sûr, pour ma part, qu'elle sera une danseuse hors du commun.

Parvati brûlait de poser nombre de questions, mais elle était trop timide. Quand commencerait-elle ? Aurait-elle un lit pour elle toute seule ? Serait-elle autorisée à parler de la danse de Shiva au gurukulam – ce qu'on lui interdisait de faire à la maison ? Ne pourrait-elle jamais revoir sa mère ni retourner visiter les siens ?

. 8

Quand Sathya rentra ce soir-là, Minakshi et Parvati étaient assises, silencieuses. Tatie lui raconta la visite du guru.

– Mais c'est merveilleux ! s'exclama-t-il en souriant à Parvati. As-tu envie d'y aller ?

– Bien sûr qu'elle a envie d'y aller, répondit Tatie.

D'un geste de la main, oncle Sathya lui intima l'ordre de se taire et ajouta :

– Laisse-la répondre elle-même. En as-tu envie, Parvati ?

Parvati regarda sa mère. Elle voulait, de toutes ses forces, aller vers son destin : la danse coulait en elle comme le sang dans ses veines ou l'air dans ses poumons, mais jamais elle n'aurait imaginé que ce choix l'obligerait à renoncer à l'être qu'elle aimait le plus au monde.

– Il est temps que Parvati donne quelque chose à la famille, dit Tatie, au lieu de prendre, toujours prendre. Cet argent ne sera pas de trop !

Minakshi ne put réprimer un profond soupir. Parvati prit la main de sa mère. Depuis le départ du guru, elle n'avait pratiquement rien dit. Comme après la mort de Sundar, ses yeux fixaient l'horizon avec un regard inexpressif qui ne laissait rien deviner de ses sentiments. Mais toutes deux savaient que son départ au gurukulam était, pour Minakshi, la seule chance d'échapper à Tatie.

Deux semaines plus tard, elles partirent pour Madras, où Parvati allait désormais vivre et étudier auprès du guru Pazhayanur Muthu Pillai. Entre-temps, le guru était revenu au village. Il avait donné à Minakshi un peu d'argent qu'elle avait aussitôt remis à son beau-frère, et avait confié à l'oncle Sathya une feuille de papier sur laquelle étaient notées les indications pour aller de la gare de Madras au gurukulam, avec une lettre écrite en tamoul que les deux femmes devaient remettre au chauffeur du taxi. Il leur confirma qu'ils recevraient une somme plus importante sous peu. Parvati était fière.

Minakshi empaqueta les affaires de sa fille dans un nouveau châle qu'oncle Sathya lui avait ramené du marché : une jupe et une tunique, sa vieille robe, un pain de savon tout neuf dont les bouts étaient durs et pointus. Elle n'avait pas le droit d'emporter grand-chose, en dehors de quelques vêtements. Puis Minakshi enveloppa le tout dans un vieux tissu élimé que Parvati reconnut tout de suite : c'était le vieux dhoti de son père.

– N'oublie jamais ton père, lui dit Minakshi à cet instant, comme si elle pouvait lire dans les pensées de sa fille. C'était un homme merveilleux. Il pensait que si l'on travaille dur pour accomplir son devoir – son *dharma* – on atteint un état de bonté. Il est important de faire le Bien, pour remplir le rôle qui t'est dévolu dans l'ordre naturel des choses. Tu ne dois rien attendre en retour.

C'est à peu près le seul conseil que lui donna sa mère avant que Parvati quitte la maison pour aller vivre au gurukulam de Madras. Mais la jeune fille comprit parfaitement ce qu'elle avait voulu dire, car c'était ainsi que Minakshi avait toujours vécu.

Parvati se tenait debout devant sa mère pendant que celle-ci lui tressait les cheveux qu'elle avait soigneusement huilés au préalable. Minakshi avait des gestes délicats, et Parvati sentit sa gorge se serrer en pensant combien sa mère et ses frères allaient lui manquer.

La jeune fille avait conscience que sa vie ne serait plus jamais la même, mais elle chassait cette idée de son esprit en pensant à tout ce qui l'attendait : la danse, la ville – même si elle ne savait pas exactement ce qu'était une ville, elle qui n'avait jamais quitté son village natal. Elle enfila sa nouvelle robe, une robe blanche avec de grosses fleurs rouges et un large col en dentelle dans lequel passait un ruban. Sa mère insista pour qu'elle porte aussi ses nouvelles sandales qui étaient trop larges pour elle et lui blessaient les pieds. Parvati, qui n'avait jamais porté de chaussures, eut très vite des ampoules aux orteils.

– Il te faudra prendre soin de toi toute seule à présent, lui fit remarquer Tatie avec perfidie.

Elle cueillait des mangues vertes pour faire un pickle, de l'autre côté de la cour, tout en examinant la jeune fille d'un air critique. « Je regretterai les pickles épicés de Tatie, pensa Parvati, mais pas Tatie ! »

L'oncle Sathya avait loué un *jatka* pour conduire Minakshi et Parvati à la gare et l'on entendit le cliquetis de la carriole de l'autre bout du village. Parvati dit au revoir à ses frères, à ses cousins, à sa tante, aux chèvres et aux poules, dans une sorte de brouillard dont elle ne garda qu'un souvenir confus. Oncle Sathya grimpa dans l'attelage et prit place à côté du conducteur. Parvati et Minakshi s'assirent à l'arrière. Elles virent le village disparaître derrière le nuage de poussière que soulevait la carriole en s'éloignant. Le jatka suivait la route de la procession, la seule qui traversait le village.

Le poney était petit, mais avait l'air bien nourri. Le conducteur faisait claquer sa langue et ses rênes pour faire avancer l'animal qui trottait à vive allure. Les voyageuses étaient ballottées dans tous les sens. Minakshi posa sa main sur le bras de sa fille, mais Parvati eut du mal à rester en place durant le reste du trajet.

L'attelage traversa le petit barrage sur la rivière et s'engagea sur la grand-route. Parvati n'était jamais allée aussi loin de chez elle. La carriole faillit verser quand un troupeau de chèvres déboula sur la route, effrayant le poney qui se cabra. Des voitures les doublaient à vive allure en les obligeant à se pousser sur le bas-côté. Des bus bondés passaient en ahanant et des camions chargés de cannes à sucre et de bois fonçaient en klaxonnant de façon continue.

Soudain, le monde extérieur parut imprévisible et dangereux à la jeune fille qui savait qu'elle regretterait la tranquillité rassurante du village où elle connaissait tout le monde depuis sa naissance.

Les frondaisons des acacias formaient une voûte audessus de cette route bruyante et encombrée de charrettes chargées d'agrumes, de légumes ou de bambous, de chars à grosses roues en bois tirés par des attelages de bœufs blancs aux flancs décharnés, aux yeux doux, qui se léchaient les narines avec leurs longues langues rose pâle. En chemin, l'attelage croisa une douzaine d'autres jatkas, ainsi que des essaims de bicyclettes – certaines transportant jusqu'à trois ou quatre personnes –, qui soulevaient des nuages de poussière sur leur passage.

L'esprit de Parvati vagabondait ; elle pensait à la danse. Elle allait délivrer Minakshi de la pauvreté et de la rancune de Tatie, mais elle ne reverrait pas le visage de sa mère avant longtemps, peut-être plusieurs années – sa mère avec qui elle ne partagerait plus son lit, sa mère dont elle n'entendrait plus la voix, sa mère qui serait malheureuse sans elle, elle le savait. Puis Parvati songea au plaisir d'avoir un lit et une chambre pour elle toute seule, un endroit où elle pourrait rêver à loisir sans être dérangée et dormir tranquille sans avoir à se lever pour consoler quelqu'un durant la nuit. Elle sentit sa gorge se serrer et se pinça l'intérieur du bras pour contenir ses larmes.

Quand ils arrivèrent près de la gare, l'oncle Sathya souleva Parvati de son siège et la tint un moment contre lui. Il l'embrassa sur les deux joues.

– Sois une bonne petite mangue !

Ce fut tout ce qu'il lui dit avant de la reposer et de remonter dans la carriole. Le poney fit demi-tour et le conducteur donna un léger coup de fouet sur la croupe de l'animal qui se mit à trotter. Oncle Sathya ne se retourna pas, mais Parvati resta un long moment debout au milieu de la route à le regarder s'éloigner en se protégeant du soleil avec son bras, au cas où il voudrait les saluer une dernière fois. Au bout d'un moment, Minakshi lui prit la main, lui tendit son baluchon et elles se dirigèrent vers la gare.

Chittoor était une petite ville où se tenait un marché animé, et Parvati se demandait si c'était une vraie ville. Des dizaines d'étals de nourriture s'alignaient le long de la rue. De délicieuses odeurs montaient des casseroles fumantes, et des beignets rissolaient sur des feux de bois. Minakshi et Parvati s'installèrent à l'ombre d'un gigantesque banian, non loin du quai, en attendant le train pour Madras. La jeune fille tenait la main de sa mère, assise à côté d'elle sous la voûte immense que formaient les grosses branches au feuillage sombre et brillant de l'arbre, dont les racines aériennes plongeaient dans le sol, formant une infinité de troncs. Parvati n'avait jamais rien vu de pareil. Des vendeurs s'étaient installés dans les alcôves naturelles qui s'étaient formées entre les troncs. Dans l'une pendaient des dizaines de marionnettes; dans une autre, une femme proposait des guirlandes de fleurs pour les offrandes aux temples; derrière elle, un homme aux dents rougies par le *bétel* vendait des cigarettes et du *paan*, et un garçon fluet, vêtu d'une chemise déchirée, des cartes postales. Les perroquets jacassaient au-dessus de leurs têtes et le cri perçant d'un paon déchira l'air. Parvati n'aurait jamais pu imaginer qu'un seul arbre puisse procurer autant d'ombre et d'abri à lui tout seul.

Quand le train fut annoncé, les vendeurs se dirigèrent vers les quais avec leurs charrettes. Un marchand de mangues dorées qui portait un dhoti d'un blanc sale s'éventait énergiquement. À ses côtés, un homme pressait des tiges de cannes à sucre dont il extrayait un liquide brunâtre qu'il versait ensuite dans de petits verres sales et ébréchés. Les mouches tournoyaient autour des étals en bourdonnant paresseusement dans le soleil. Un autre marchand tenait un plateau suspendu à son cou par des lanières en cuir ; il était chargé de beignets agrémentés d'oignons, de morceaux de piments rouges et d'un bol de chutney épicé à la noix de coco. Parvati salivait. Elle avait envie de demander à sa mère si elle pouvait en avoir, mais Minakshi avait l'air si solennelle et si triste que la jeune fille se mordit les lèvres et ne dit mot. Pour se distraire, elle regarda la foule qui convergeait vers la gare.

Les femmes qui se rendaient au marché passaient devant elles avec leur panier sur la tête. Un buffle aux cornes peintes en bleu et décorées de pompons roses et verts broutait les épluchures laissées par le vendeur de légumes. Deux filles en robes courtes passèrent en pouffant de rire. L'une portait un ananas sur la tête et l'autre un panier rempli de noix de coco. Leur vue remplit Parvati d'anxiété et d'espoir. Elle avait toujours été très seule, à part sa mère, et elle se demandait si elle aurait un jour une amie avec qui partager ses secrets. Tout le monde l'avait prévenue que sa vie au gurukulam serait stricte et solitaire.

Minakshi, le regard perdu dans le vide, s'était accroupie entre les racines du banian. Parvati aurait voulu la consoler, mais ne savait pas comment s'y prendre.

– Amma, dit doucement Parvati.

Minakshi ne répondit pas. Parvati s'agenouilla devant elle et la regarda dans les yeux.

– Amma, je serai une danseuse merveilleuse. La meilleure de toute l'Inde, et même du monde ! Je te le promets. Tu seras si heureuse d'être ma mère !

Minakshi leva les yeux vers sa fille et lui caressa le visage.

– J'ai toujours été heureuse d'être ta mère, dit-elle, un peu surprise que Parvati ait pu penser le contraire.

– Toi, Venu et Venkat, vous aurez à manger et tu ne seras plus obligée de supporter les remontrances de Tatie. Tu auras de nouveau ta maison à toi, et quand Venkat se mariera, sa femme viendra vivre avec toi ; elle sera comme ta fille et elle aura des enfants. Nous aurons tous une belle vie, tu verras !

– Bien sûr, ma fille, répondit Minakshi en hochant la tête. Nous aurons tous une belle vie, mais nous ne serons plus une famille.

– Amma ! gémit Parvati, incapable de cacher son émotion, comment peux-tu dire une chose pareille ? Nous serons toujours une famille. Personne ne peut défaire une famille !

Minakshi détourna le regard et se mit à pleurer. Parvati s'assit par terre et attendit en silence. Que pouvait-elle dire de plus ?

Il faisait de plus en plus chaud ; l'air même semblait se raréfier. Au bout d'un moment, elles entendirent au loin un long sifflement, suivi d'un bruit métallique qui s'amplifia jusqu'à ce que la grosse locomotive entre en gare dans un fracas impressionnant. Une profonde vibration parcourut le corps de Parvati, comme le jour où le tigre avait rugi.

À bord du train, un vieil homme vêtu d'un dhoti blanc et d'une vieille veste bleue dépenaillée à boutons argentés contrôla les billets que le guru leur avait envoyés et les aida à se frayer un chemin dans la foule compacte pour atteindre les bancs à lattes de bois sur lesquels elles allaient passer les six heures de voyage. Il n'y avait de place que pour une personne. Parvati regardait fixement les plis de peau qui pendaient des genoux et du menton du contrôleur. Minakshi tira sa fille de sa contemplation en lui faisant signe de s'asseoir sur ses genoux. Près d'elles se trouvait une femme vêtue de noir de la tête aux pieds, avec un bébé et deux jeunes enfants. De l'autre côté, un garçon tenait sur ses genoux un panier dans lequel trois poules étaient entassées, si serrées qu'elles en perdaient leurs plumes. Parvati passa son doigt par un trou du panier et caressa l'une d'elles. Les volatiles affolés se calmèrent aussitôt.

Le train s'ébranla lentement. Il s'éloigna du quai, longea la rivière et traversa le pont. En contrebas, on apercevait les *dhobi* accroupis au bord du fleuve, qui frottaient et frappaient le linge sur les pierres plates de la rive. Minakshi ne possédait qu'un seul sari, qu'elle lavait tous les jours en se baignant dans la rivière. Un jour, pensa Parvati, maman aura une douzaine de saris et elle les donnera à laver à un dhobi.

Le train prenait de la vitesse et la campagne défilait à présent à toute allure. Le charbon et la poussière s'engouffraient dans le wagon par les fenêtres et, dans l'après-midi, l'air devint irrespirable. Des passagers s'accrochaient par grappes aux poignées des portes pour se pencher à l'extérieur des voitures et respirer un peu d'air frais. Un homme mince, arborant une veste blanche élimée au col et aux poignets, traversa le wagon en criant : « café, café ! » d'une voix aiguë ; sur sa tête se balançait un panier dans lequel étaient empilés, en équilibre précaire, des tasses, des soucoupes, des cuillères et des pots en métal. La femme vêtue de noir tendit deux roupies à l'homme, en échange de tasses en fer-blanc remplies d'un liquide noir et fumant qui débordait dans les soucoupes à chaque secousse.

Le train ralentit ; on approchait d'une gare. À une intersection, un homme en uniforme, avec des galons dorés sur les épaules et un cordon noir sur la casquette, un superbe sifflet en argent entre les lèvres, faisait la circulation. Quelques minutes plus tard le train s'immobilisa, et de nouveaux passagers montèrent à bord. La locomotive faisait un bruit terrible, même à l'arrêt, et paraissait aussi fébrile qu'un cheval impatient de prendre le départ d'une course. Quelques vaches erraient sur le quai, mastiquant placidement les détritus laissés par des passagers pressés.

Le train repartit lentement, passant devant de grands panneaux publicitaires où s'exhibaient des hommes en costume, des élégantes en sari de soie, des enfants souriant à pleines dents en brandissant des verres remplis d'un breuvage aux couleurs étranges, ou encore de saints hommes chevelus. Derrière ces panneaux s'étendait le bazar, avec ses ruelles bordées d'échoppes aux toits de toile.

Malgré la chaleur étouffante qui régnait dans le compartiment, Parvati dormit un long moment sur les genoux de sa mère, bercée par le roulis du train. Quand elle se réveilla, il faisait nuit noire et les seules lumières que l'on distinguait étaient celles des phares de la locomotive. Elle remarqua tout de suite que l'atmosphère avait changé ; l'air était toujours chaud et humide, mais beaucoup moins oppressant. Et, pour la première fois, elle sentit sur son visage la brise marine.

Arrivée à Madras, Parvati fut très impressionnée par le nombre de gens qui s'affairaient dans la gare. Main dans la main, mère et fille traversèrent le bâtiment jusqu'à un endroit où des gens dormaient à même le sol. Minakshi resta debout un long moment, à regarder la foule aller et venir. Elle n'avait jamais vu autant de monde à la fois, même pendant la procession de Dussehra. Puis, épuisée, elle étendit son châle par terre et s'allongea aux côtés de Parvati ; toutes deux s'endormirent. Le lendemain matin, elles s'assirent là où elles avaient dormi et mangèrent les derniers morceaux de puri que Minakshi avait emporté dans son paquetage, avec un peu d'eau et une petite banane de la taille d'un doigt. Puis Minakshi sortit le papier avec les indications du guru, rassembla ses affaires, replia son châle et suivit la foule jusqu'à la sortie, tenant toujours Parvati par la main. Dehors, le bruit des klaxons, l'air moite, la foule empressée et les cris des colporteurs leur donnèrent le tournis.

Minakshi aperçut sur la droite une file de véhicules noirs et jaunes à trois roues. Elles traversèrent la rue. L'un des chauffeurs leva la main pour les inviter à monter dans son *rickshaw*. Minakshi lui tendit aussitôt la feuille de papier et elles prirent place sur les sièges en skaï brûlants et éventrés d'où sortaient de vieux ressorts, du crin de cheval et des brins de paille. Le chauffeur démarra en trombe et traversa la ville en faisant hurler son klaxon, doublant systématiquement les camions, les bus, les carrioles, les bicyclettes et les piétons qui se trouvaient sur sa route, sans se soucier des véhicules qui arrivaient en sens inverse. Parvati et Minakshi retenaient leur souffle, persuadées de l'imminence d'un accident.

Elles longèrent de larges avenues bordées de palmiers géants et de pelouses impeccablement tondues donnant sur des demeures magnifiques, certaines aussi grandes que le palais du rajah de Nandipuram, et d'élégants bungalows. Au bout d'un moment, les avenues se rétrécirent, les palmiers disparurent et ils traversèrent des zones délabrées et poussiéreuses, longeant des temples, certains petits et très ouvragés, d'autres aussi grands que des montagnes de pierre.

Tout à coup, la voie principale céda la place à une route étroite et défoncée qui traversait des champs de millet doré, puis une forêt de cocotiers ; de nouveau, Parvati respira l'air salé de la mer. Le véhicule ralentit, tourna dans un chemin de terre qui devenait un peu plus loin un sentier sablonneux bordé d'arbres, et la jeune fille eut l'impression qu'une éternité s'était écoulée quand il s'arrêta en face d'un bâtiment au toit de tôle, au milieu d'une clairière verdoyante.

. 9

Minakshi et Parvati se tenaient au bas des larges escaliers qui menaient à la véranda du bungalow, quand une grande femme corpulente, vêtue d'un sari bleu délavé, apparut dans l'embrasure de la porte, rajustant quelques mèches de cheveux gris échappées d'un chignon défait. Elle paya le conducteur du rickshaw et le renvoya.

– Tu dois être Parvati de Nandipuram, dit-elle. Bonjour, je suis Indira. Bienvenue au gurukulam.

Pendant qu'elle parlait, quatre adolescentes passèrent la tête par la fenêtre ouverte – deux d'entre elles semblaient avoir l'âge de Parvati, les deux autres devaient être plus âgées. Indira invita les jeunes filles à venir les rejoindre dans la véranda. Elles tournèrent aussitôt les talons en faisant virevolter leurs longs cheveux tressés.

– Venez, venez dire bonjour à Parvati !

Les jeunes filles s'avancèrent timidement et saluèrent de la tête en joignant les mains en signe de namaskar.

– Voici Kamala, dit Indira en poussant gentiment la plus petite en avant.

Kamala avait d'immenses yeux noirs qui paraissaient beaucoup trop grands pour son joli visage osseux et portait une robe trop petite pour elle. Elle baissa les yeux et se mordit les lèvres.

– Et voici Rukmani. Vous serez dans la même classe. Elles sont arrivées hier.

Les deux filles plus âgées s'avancèrent à leur tour.

– Voici Nalini.

La jeune fille était de taille moyenne, mince, avec un visage étroit et de grands yeux passionnés.

– Nalini est notre plus ancienne élève, et aussi une très bonne danseuse.

Nalini eut un petit sourire qui creusa les fossettes de ses joues. Elle s'inclina en joignant les mains.

– Enfin, voici Uma. Elle a un an de moins que Nalini et personne en Inde ne joue de la flûte comme elle.

Uma regarda Parvati avec solennité puis pencha la tête.

Indira claqua des mains et envoya les deux aînées chercher de la limonade et quelque chose à manger.

– Kamala et Rukmani vont te montrer ta chambre ; ta mère et moi avons à parler, dit Indira en se tournant vers Minakshi.

Rukmani détailla la robe et les sandales de Parvati, puis la regarda droit dans les yeux sans esquisser le moindre sourire. Elle était plus grande que Parvati et portait un *salwar kamiz* avec une large ceinture autour de la taille. Rukmani prit le baluchon des mains de Parvati et indiqua la porte de la tête.

– Suis-les, dit gentiment Indira en poussant doucement Parvati par les épaules. Elles vont t'aider à t'installer.

La plus grande soupira légèrement en répondant : « Oui, madame ! », et Parvati pensa qu'elle devait se souvenir d'appeler Indira madame.

Parvati suivit Rukmani et Kamala le long d'un chemin de terre qui serpentait entre les arbres jusqu'à une rangée de petites huttes aux murs d'herbes tressées, au toit de chaume et au sol en terre battue. Les branches basses effleuraient les toits et ombrageaient le sentier au point qu'on apercevait à peine le ciel à travers les feuillages. Elles s'arrêtèrent devant la porte ouverte de la troisième hutte. Il faisait sombre à l'intérieur, bien qu'une ouverture eût été ménagée dans le chaume. Une natte en paille de riz couvrait le seuil de l'unique pièce, meublée d'un lit de sangles au bout duquel un drap tissé à la main était plié. Sous le lit, il y avait un serpentin anti-moustiques et, au-dessus, une moustiquaire suspendue à un crochet. Une table basse et un coussin complétaient l'ameublement. Sur la table étaient posées une vieille écritoire en bois usé et une bougie jaune dans un récipient métallique. Il y avait aussi une bassine en fer-blanc pour les ablutions.

Rukmani posa le baluchon de Parvati sur le lit et se tourna vers elle.

– Je viens de Bangalore, dit-elle en avançant le menton.

Elle parlait kannada et cela réconforta Parvati. Kamala pinça les lèvres de nouveau et chercha le regard de Parvati.

– Elle, elle vient d'Hyderabad, dit Rukmani en désignant sa compagne d'un mouvement de la tête.

Parvati, ignorant où se trouvait Hyderabad, ne fit pas de commentaire. Elle pensa qu'on devait y parler une autre langue. Rukmani se pencha et, montrant la bougie du doigt, ajouta :

– On a droit à deux bougies par semaine.

Puis elle quitta la pièce brusquement. Kamala, avant de sortir, se retourna et sourit à Parvati par-dessus son épaule.

La jeune fille défit le paquet soigneusement enveloppé dans le vieux dhoti de son père. Quelque chose tomba sur le sol de terre. C'était la statuette du Shiva Natarajah que son père avait sculptée dans du santal et qu'elle n'avait pas revue depuis que sa mère l'avait ôtée de sa niche, plusieurs années auparavant. Elle resta un long moment, debout près de la porte ouverte, à admirer la délicatesse des traits du dieu de la danse. Il lui sembla que, cette fois, Shiva ne regardait pas en direction d'un autre monde, mais la fixait, elle, Parvati, avec un sourire étrange, comme si elle était arrivée là où il avait toujours porté son regard. Sa gorge se serra tandis qu'elle caressait des doigts le bois blond et satiné. À cet instant, elle sut que sa mère avait compris la fascination qu'elle éprouvait pour le dieu Shiva. Peut-être n'avait-elle caché la figurine de santal si longtemps que parce qu'elle craignait de perdre sa fille trop tôt.

Le soleil du matin, qui filtrait à travers les feuilles des grands arbres, lui chauffait le visage. Des taches de lumière dorée brillaient çà et là sur le sentier et l'odeur de l'herbe humide et du santal se mêlait agréablement à celle de la brise de mer. Parvati plaça la statuette sur la table. Elle plia son dhoti, le posa soigneusement sur le drap, puis rangea ses autres affaires sur les étagères, à l'autre bout de la pièce. Elle regarda de nouveau le Shiva Natarajah et repensa au jour où il s'était animé et avait dansé pour la première fois. Elle aurait voulu qu'il danse de nouveau, mais il resta inerte.

La jeune fille retourna au bungalow où elle trouva Minakshi assise sur une natte, en face d'Indira, les mains croisées sur les genoux, écoutant attentivement ce que la vieille femme lui expliquait. Indira l'invita à entrer et à s'asseoir à côté de sa mère.

– Nous observons un silence total du coucher du soleil aux prières du lendemain matin, et également pendant tous les repas. Notre emploi du temps est très rigoureux. Il comprend beaucoup d'étude et d'exercices physiques. Sans oublier les tâches ménagères ! continua-t-elle d'un ton impérieux. Tout le monde, sans exception, doit nettoyer les toilettes, cuisiner, balayer, laver le linge et aller chercher l'eau au puits. Ici, nous suivons les préceptes de Gandhi-ji, pour qui nul n'est au-dessus des tâches les plus humbles.

Parvati ne savait pas qui était Gandhi-ji, même si elle avait déjà entendu murmurer son nom à plusieurs reprises au village. Elle s'était d'ailleurs souvent demandé s'il s'agissait d'un dieu vénéré dans un sanctuaire lointain. Elle aurait aimé questionner Indira à son sujet, mais s'en abstint.

Nalini et Uma leur servirent des verres de limonade fraîche et passèrent un plateau de *vadai*. Parvati avait tellement faim qu'elle put à peine se retenir de se jeter sur la nourriture. Les deux jeunes filles firent passer le plateau très solennellement, puis se retirèrent en refermant la porte derrière elles.

Au bout d'un moment, Indira se leva et s'absenta quelques minutes. Quand elle revint, elle tenait une pile de vêtements bien pliés qu'elle tendit à Parvati.

– C'est ton demi-sari de jeune fille, lui dit-elle. C'est le costume des élèves danseuses, aux couleurs du gurukulam. Tu devras le porter jusqu'à ce que tu sois assez grande pour porter un sari de Bharata Natyam. Habille-toi.

La jeune fille se rendit dans la pièce voisine ; là, elle enfila le *churidar* couleur de feu et la blouse rouge qui allait par-dessus, et revint avec le demi-sari afin qu'Indira l'aide à le draper. Le churidar était confortable ; serré aux mollets, il épousait parfaitement la forme des jambes, s'élargissant légèrement au niveau des genoux afin de ne pas entraver les mouvements. Indira prit le long morceau d'étoffe et le fit passer sur son épaule, puis l'enroula autour de sa taille et le fixa bien serré dans une large ceinture.

– Respire profondément, lui dit Indira avant de resserrer encore la ceinture du sari. Voilà ! Ainsi tu n'oublieras pas de te tenir bien droite. Bien, poursuivit-elle en se tournant vers Minakshi, Arumugam doit se rendre tout à l'heure au bazar en rickshaw, il vous déposera à la gare au passage.

Parvati aurait voulu montrer à sa mère la petite hutte qui lui servait de chambre, le lit couvert d'une moustiquaire où elle dormirait seule, la fenêtre ouverte dans le chaume, et aussi la statuette du Shiva Natarajah posée sur la table près de son lit, enfin tout ce qui aurait pu retarder son départ. Mais elle savait qu'elle n'en aurait pas l'autorisation. Elle prit la main de sa mère et se résolut à la raccompagner sous la véranda. En bas des escaliers, elle l'embrassa calmement pour lui dire au revoir, devant Indira et le chauffeur qui attendait debout à côté du rickshaw du gurukulam.

Minakshi caressa une dernière fois la joue de sa fille avant de monter à l'arrière du véhicule et de s'asseoir sur les sièges en plastique, son paquet sur les genoux. Quand le rickshaw démarra, elles se firent timidement signe de la main, puis la main de Parvati s'agita plus énergiquement à mesure que le véhicule prenait de la distance. Elle resta longtemps à regarder sa mère s'éloigner, jusqu'à ce que le rickshaw ne soit plus qu'un petit point noir à l'horizon poussiéreux ; enfin, il disparut entre les arbres.

Le premier soir, Indira entra dans la chambre de chacune des élèves pour les informer que le dîner était prêt. Parvati avait plié ses vieux habits et les avait rangés. Un étrange sentiment l'envahit quand, regardant autour d'elle, elle réalisa que cette pièce serait son chez-elle pour de nombreuses années. Elle se sentait partagée entre la tristesse et la joie. Indira donna un coup de baguette sur le mur de chaume.

– C'est la dernière fois que je vous appellerai pour le repas. Dorénavant, vous devrez venir de vous-mêmes.

– Oui, madame, répondit Parvati, qui se demandait bien comment elle pourrait savoir quand le repas était prêt, si personne ne les appelait.

Mais elle n'osa rien dire.

Quand elle pénétra dans le bungalow, Indira invitait les filles qui s'étaient déjà rassemblées sous la véranda à passer à table dans la salle à manger. Parvati, Kamala et Rukmani s'assirent sur des coussins devant une table basse, avec des traversins en guise de dossiers. Uma posa une pile d'assiettes, de bols et de cuillères en métal sur la table et Nalini apporta un plateau sur lequel étaient disposés des plats de riz et de légumes. Uma portait une cruche métallique pleine d'eau.

Personne n'avait prononcé le moindre mot et Parvati se rappela la règle de silence dont Indira lui avait parlé l'après-midi même. Le joyeux tintamarre qui accompagnait toujours les repas familiaux, quand les garçons se chamaillaient pour avoir les plus beaux morceaux, lui revint alors en mémoire. Elle se demanda comment elle allait pouvoir s'habituer à ce silence. Mais comme toutes se taisaient, elle réussit à rester silencieuse pendant tout le dîner. L'atmosphère était tendue et pesante.

À la fin du repas, les filles rapportèrent leur assiette et leur bol à la cuisine. Elles avaient à peine terminé de faire la vaisselle lorsque la grosse cloche en bronze de la cour sonna. Parvati passa la tête par la fenêtre ouverte de la cuisine pour voir de quoi il s'agissait.

– Quand vous entendez la cloche, vous devez cesser toute activité – peu importe si vous n'avez pas terminé – et venir sur-le-champ. Vous apprendrez rapidement à vous acquitter de vos tâches suffisamment vite pour être à l'heure à l'étude.

Elles disposèrent à la hâte les dernières coupelles sur les étagères et se dépêchèrent de sortir dans la cour. Toutes ces règles à retenir ! Parvati frémit d'anxiété. Nalini croisa son regard et lui adressa un clin d'œil ; aussitôt, elle se sentit plus légère. Chaque élève avait une place assignée sur les nattes d'herbes tressées qui étaient étalées dans la cour. Indira parla, d'abord en tamoul, puis en kannada et enfin en hindi.

– Vous apprendrez à économiser vos gestes et vos déplacements, dit Indira dont le double menton tremblait. Ici nous n'acceptons pas la flânerie. Quant aux rires que j'ai cru entendre dans la cuisine à l'instant, je vous demanderai de vous en abstenir à l'avenir. On ne tolère aucun rire, à aucun moment.

Les plus jeunes élèves échangèrent des regards inquiets.

– La langue du gurukulam est le tamoul, continua Indira. Dans deux semaines, nous ne parlerons plus que cette langue.

Nalini et Uma parlaient déjà tamoul, mais Parvati se sentit perdue et désespérée. Kamala, assise en face d'elle, se mordait les lèvres.

– Demain, vous commencerez les leçons de tamoul...

Elle ajouta, comme si elle avait lu la peur dans les yeux de Parvati :

– Vous apprendrez très vite, vous verrez.

Elle leur expliqua ensuite qu'elles auraient des cours cinq jours par semaine, que le samedi matin elles étudieraient et que, le samedi après-midi, elles s'acquitteraient de la lessive et des autres tâches ménagères.

– Le dimanche, nous nous reposons et le silence n'est pas obligatoire.

Enfin, elle les informa que d'autres étudiantes allaient arriver la semaine suivante.

– Ce ne sont pas des étudiantes comme vous. Elles n'ont pas de talents particuliers et ne se préparent pas à devenir devadasi, elles viennent simplement se perfectionner en musique et en danse pour trouver un meilleur parti. Ces jeunes filles paient leur apprentissage ; grâce à leur tribut, nous avons à manger et un toit sur nos têtes. Vous les verrez peu. Traitez-les néanmoins comme des sœurs. La survie de l'école repose sur elles !

Du coin de l'œil, Parvati observait les autres filles, qui étaient assises, droites et tranquilles. Elle se demanda si elles éprouvaient la même sensation d'étouffement. Il lui semblait difficile de respirer en présence d'Indira ; puis elle se rappela que son buste était comprimé par le sari.

Le guru Pazhayanur Muthu Kumara Pillai s'approchait, sa fine silhouette courbée sur sa canne ; Parvati prit une profonde inspiration.

– Bienvenue à vous toutes ! commença-t-il en souriant chaleureusement.

Puis il leur dit en tamoul de ne pas s'inquiéter, même si le règlement leur paraissait un peu compliqué à comprendre.

– D'ici peu ce sera comme une seconde nature et vous vous sentirez chez vous ici.

La lumière des lampes à huile se reflétait sur le visage du vieil homme tandis que le soleil déclinait derrière le rideau d'arbres, transformant la clairière verdoyante en un puits sombre et inquiétant. Après avoir accueilli les élèves, le guru s'excusa auprès des plus âgées et s'adressa aux dernières arrivées.

– Vous vous êtes engagées dans une voie difficile. Si vous faites tout ce qui vous est demandé au mieux de vos possibilités, vous accomplirez votre dharma.

Parvati commença à sentir des crampes dans ses

jambes et les étira un peu. Pendant que le guru racontait l'histoire de la fondation du gurukulam, la jeune fille luttait contre le sommeil, les yeux lourds. Elle pensait à sa mère, qui avait fait cet interminable voyage sans prendre le moindre repos ni même faire un vrai repas. Elle devait être dans le train du retour, à présent.

Le guru leur expliqua ensuite en quoi consisteraient leurs cours. Pour rester éveillée, Parvati se mordit la langue jusqu'à la douleur. Chacune d'entre elles devait étudier un instrument. La jeune fille, épuisée, espérait que tout cela allait bientôt prendre fin. Elle se sentait submergée par la somnolence.

Le guru leur présenta sa fille, Kalpana, qui serait le professeur de danse des débutantes. Elle leur dit qu'elles étudieraient d'abord les expressions du visage, la pantomime, puis, dans un deuxième temps, les expressions corporelles, les *mudra*, d'abord celles des bras et des mains, puis celles des jambes et des pieds.

Kalpana était grande et mince, avec un visage expressif. Ses yeux en amande aux lourdes paupières étaient pleins de feu, et son cou, ses bras et ses mains étaient élancés et gracieux. Elle bougeait comme elle parlait, avec une grâce fluide.

Indira distribua des fusains aux élèves pour qu'elles fassent des exercices d'écriture sur leur tablette en bois, dans leur chambre, et leur détailla le programme de la semaine. Enfin ce fut terminé. Indira et le guru souhaitèrent bonne nuit aux jeunes filles. Par la suite, Parvati ne se souvint pas comment elle était rentrée jusqu'à sa hutte dans l'obscurité, ni comment elle s'était mise au lit ce soir-là.

Le lendemain matin, Parvati se réveilla avant le lever du soleil. Elle entendit du bruit et regarda par la fenêtre, juste à temps pour voir Nalini passer sur le sentier à vive allure, telle une petite ombre chinoise qui se détachait sur un ciel bleu et rose.

– Pssst ! siffla-t-elle entre ses dents pour attirer son attention.

Nalini s'immobilisa, regarda autour d'elle et s'approcha discrètement de la fenêtre de Parvati.

– Nous ne sommes pas censées parler avant les prières du matin... Dépêche-toi, tu es en retard ! chuchota-t-elle avant de disparaître dans les buissons.

La veille, Parvati était tellement fatiguée qu'elle s'était endormie tout habillée, et ses côtes, qui avaient été comprimées toute la nuit par les plis serrés de sa ceinture, lui faisaient mal. Elle sortit en courant, les yeux encore embués de sommeil, et suivit les empreintes des sandales de Nalini. Les cigales chantaient, les grenouilles coassaient en produisant d'étranges bruits gutturaux. Les chauves-souris criaient et des branches craquèrent quand une famille de singes se retourna dans son sommeil.

Parvati trouva les autres élèves rassemblées devant un temple qui, dressé sur une petite colline dominant l'océan Indien, semblait irradier sa propre lumière. Elle se frotta les yeux pour mieux voir les figures de danse sculptées sur les panneaux de la façade. Lorsque le gardien se réveilla, un tas de vêtements remua et un chien gémit dans son sommeil.

Sous la conduite d'Indira, elles passèrent une grille flanquée de deux gigantesques éléphants en pierre, puis traversèrent une série de colonnes avant de longer un passage étroit qui menait à un bassin de pierre dans lequel descendait une série de marches, à l'arrière du temple principal. C'était un bassin carré, surmonté par un pavillon coiffé d'un dôme, dont les marches, usées par le passage de milliers de dévots, se rétrécissaient à mesure qu'elles s'enfonçaient dans l'eau, et dont les contremarches étaient sculptées de créatures oniriques, poissons ailés et oiseaux cuirassés d'écailles.

Parvati sentit comme une brûlure dans sa poitrine. Nalini, qui se tenait juste à côté d'elle, souleva d'abord son demi-sari pour descendre les marches, puis le laissa retomber de sorte qu'il s'étala dans l'eau autour d'elle comme une collerette flottante. Parvati, qui ne savait comment faire, imita les gestes de son aînée. Les autres avaient revêtu de vieux habits pour faire leurs ablutions.

Nalini se pencha et prit de l'eau dans ses mains. Parvati fit de même. Elles lavèrent leurs mains et leurs bras, puis leurs pieds et leur visage, et aspirèrent un peu d'eau qu'elles recrachèrent dans le bassin. Parvati rejoignit les autres sur la plate-forme et elles entrèrent dans la première pièce du temple. De petites lampes à huile brûlaient près d'une statue de Nandi, le taureau sacré. Elle remarqua, à côté de la porte, les fleurs jaunes au pied de la statue de Ganesh, le dieu à tête d'éléphant, qui portait également une guirlande de fleurs autour du cou. Sa trompe était enroulée au-dessus du sac de sucreries qu'il tenait dans sa main gauche, pour symboliser la résistance à la tentation. L'estomac de Parvati criait famine et elle sentit des regards se poser sur elle. Les jeunes filles joignirent les mains devant leur visage et s'inclinèrent devant la statue de Ganesh, le dieu de la prospérité, celui qui enlève les obstacles, tournèrent ensuite trois fois dans le sens des aiguilles d'une montre autour de la plate-forme sous l'œil bienveillant de Nandi, et pénétrèrent dans le saint des saints, où le prêtre les attendait.

Uma lui tendit leurs offrandes : une noix de coco, une banane et une guirlande de tubéreuses. L'atmosphère du sanctuaire était calme et l'air chargé de l'odeur sucrée des tubéreuses qui se mêlait agréablement à celle de l'encens.

Le prêtre était un petit homme au torse nu, qui portait sur l'épaule gauche deux cordons sacrés crasseux et dont le front était barré de trois grosses lignes d'ocre. Il plongea deux doigts dans un pot rempli de cendres sacrées et en marqua le front de chacune des élèves du gurukulam, tout en marmonnant des incantations, achevant à chaque fois le rituel par l'application d'un point rouge au milieu des lignes de cendre.

Le sanctuaire était nu, à l'exception d'une statue en bronze de Shiva Natarajah dansant dans un cercle de flammes cosmiques orange et or, comme Parvati n'en avait jamais vu auparavant. La jeune fille remarqua que le corps du danseur cosmique bougeait tandis qu'il exécutait avec ses pieds une série rapide des postures parfaites. Elle observa furtivement Nalini, à sa droite, et Kamala, à sa gauche ; avaient-elles remarqué que le Shiva dansait ? Mais, comme elles étaient prosternées, elle comprit qu'elles n'avaient rien vu. Le coq chanta dans la cour du temple et les premiers rayons du soleil se posèrent en formant deux raies de lumière d'un rouge sombre et profond sur les pieds du Natarajah.

Durant toute la puja, Nalini avait donné de petits coups de coude à Parvati en essayant de ne pas se faire remarquer d'Indira. Une fois la prière achevée, toutes les élèves sortirent tranquillement. Quand elles tournèrent l'angle du temple, le panneau sculpté de figures dansantes du mur est était baigné d'une douce lumière rose. Parvati, subjuguée, se figea. Elle entendait très clairement le son d'une flûte et les intonations mélodieuses d'un mridangam. Même Nalini ne parvint pas à la faire bouger et les autres filles eurent l'air étonnées de la voir ainsi plantée au milieu du chemin, aussi immobile qu'un banian centenaire. Heureusement, Indira marchait en tête et ne remarqua rien. Nalini parvint finalement à sortir Parvati de son extase en la tirant par la main, mais tandis qu'elle se laissait entraîner, elle ne put s'empêcher de se retourner pour regarder les sculptures une dernière fois.

De retour à la cuisine, Indira indiqua à chacune sa tâche du matin pour la semaine. Les jeunes élèves étaient nerveuses car elles ne savaient pas ce qui les attendait. Elles avaient faim et ne voulaient pas rater un repas. Parvati dut aller à la pompe remplir d'eau les cruches en argile rouge pendant que les autres filles prépareraient le petit déjeuner. Après s'être acquittée de cette tâche, elle voulut mettre une bouilloire à chauffer sur un curieux appareil posé contre un mur de la cuisine. Nalini lui montra comment l'allumer et elle sursauta quand elle vit surgir un anneau de flammes bleues et orange du brûleur, tandis que les accords d'une vina invisible résonnaient dans la pièce. Parvati regarda Nalini, qui semblait n'avoir rien entendu. D'ailleurs, personne ne s'était interrompu dans son travail.

Nalini sourit en tendant les allumettes à Parvati. La jeune fille en alluma une et Nalini guida sa main vers le second brûleur de la gazinière, tout en lui montrant comment libérer le gaz et réguler son débit à l'aide du bouton noir. Les flammes jaillirent à leur tour du second brûleur. Un autre accord de vina résonna dans la cuisine et cette fois, tout le monde eut l'air étonné. Parvati fit semblant de n'avoir rien remarqué. Nalini, qui mettait le couvert, écarquilla les yeux. Les jeunes filles reprirent leur travail dans un silence pesant, comme si un animal sauvage était tapi quelque part dans la pièce. Parvati décida de ne pas faire part à ses nouvelles camarades des événements extraordinaires dont elle était parfois le témoin ; elles risquaient de la rejeter, comme l'avaient fait les gens d'Anandanagar.

L'atmosphère se détendit à nouveau quand tout le monde s'assit autour de la grande table basse. Rukmani apporta un plateau rempli d'*idly* fumant, de porridge de riz et d'un ragoût de légumes épicé aux graines de moutarde et aux feuilles de curry qui sentait divinement bon, dont elles se servirent largement. Parvati était soulagée. Elle avait très faim et se demandait si tous les repas seraient aussi frugaux que le dîner de riz et de légumes à la vapeur qu'on leur avait servi la veille. Le plat d'ananas du dessert fut vidé en un clin d'œil ; seul resta au fond le jus jaune et sucré. Cette fois encore, elles n'avaient pas tout à fait terminé de ranger la vaisselle quand la grosse cloche en bronze sonna.

Les premiers jours, tout sembla étrange à Parvati. Kamala, Rukmani et elle passaient leurs matinées avec Kalpana à apprendre le tamoul. Au début de l'après-midi, Parvati s'asseyait avec une jeune femme du nom de Kala, qui traçait au fusain, sur une tablette en bois, des mots en kannada. Chaque jour, les plus jeunes se rendaient un moment auprès d'Indira, qui leur enseignait la poésie tamoul. Et le soir, après le dîner, elles retournaient dans leur chambre pour réviser ce qu'elles avaient appris pendant la journée. Parvati s'endormait, la tête bourdonnante de mots et de symboles nouveaux. La deuxième semaine, elles durent ajouter à la longue liste de leurs enseignements des cours de yoga et de méditation. Elles s'asseyaient le dos bien droit et s'exerçaient à respirer par une seule narine, puis par l'autre, puis plus du tout. La troisième semaine, on ne parla plus que le tamoul. Parvati s'habitua à cette seconde langue sans problème et oublia très vite qu'elle parlait un nouvel idiome. La quatrième semaine, deux cours quotidiens leur furent dispensés par Kalpana pour faire travailler leur buste, leurs poumons et leurs jambes, afin de les préparer à affronter les vrais cours de danse. Elles étiraient leurs bras au-dessus de leur tête et se penchaient le plus loin possible d'un côté, puis de l'autre ; debout, les bras arrondis devant elles, elles se balançaient alternativement sur une jambe pliée jusqu'à ce que les muscles de leurs cuisses soient en feu. Les autres se plaignaient d'avoir des courbatures, mais le corps de Parvati, lui, souffrait de ne pas danser, et elle commençait à trouver tous ces exercices fastidieux.

Elles étaient toujours affamées après leurs longues journées d'étude et d'entraînement, durant lesquelles elles devaient courir de la classe à la danse, de la danse à la classe, de la classe au repas et des repas à leur chambre, puis de nouveau au cours de danse. Leurs sandales claquaient sous la plante de leurs pieds et une transpiration légère perlait sur leur lèvre supérieure, car elles ne restaient jamais en place très longtemps.

. 10

Parvati s'habitua vite à l'emploi du temps surchargé du gurukulam. Au bout de quelques semaines à peine, le tamoul coulait de sa bouche naturellement et elle n'avait aucune difficulté à comprendre ce que l'on attendait d'elle. Se lever tôt pour faire ses prières ne lui posait pas non plus de problème. Seul le respect de la règle du silence lui causait quelques soucis.

Chaque jour, pendant la prière du matin, Parvati essayait de ne pas prêter attention au Shiva Natarajah qui tournoyait dans son cercle de feu. Mais, chaque jour, Nalini devait la pousser du coude durant la puja et la secouer quand le petit groupe passait devant le mur est du temple pour la tirer de son extase. Indira avait fini par remarquer l'état de transe qui prenait chaque matin possession de Parvati, la recouvrant comme un voile, et qui ne se dissipait que quand la petite procession s'était suffisamment éloignée du temple.

Tant que la tâche d'allumer la gazinière pour faire bouillir l'eau du petit déjeuner lui fut dévolue, Parvati fut obligée de faire diversion pour que les autres n'entendent pas les accords de vina qui résonnaient – très distinctement pour elle, de façon plus sourde pour les autres – chaque fois qu'elle faisait jaillir les petites flammes bleues des brûleurs. Elle laissait tomber alors une poêle ou toussait bruyamment, dans l'espoir que personne ne remarquerait cette musique venue de nulle part.

Mais elle se languissait de sa famille, ce qui la conduisit à faire quelques petites entorses à la règle du silence. Au début, elle eut des visions très nettes de sa mère – ses mains, si douces et si longues, ses yeux en amande et ses épais sourcils incurvés – qui lui laissèrent un profond sentiment de solitude. Mais, très vite ses visions s'estompèrent et son esprit cessa d'être sollicité par ces images familières. Quand elle pensait au sari que Minakshi portait tous les jours, elle en venait à se demander s'il était jaune avec des fleurs bleues ou bleu avec des fleurs jaunes. Des mots pour décrire son visage lui venaient à l'esprit, mais elle ne la voyait plus comme avant. Les visions avaient cessé. Et quand elle se concentrait pour se remémorer les traits de sa mère, il lui arrivait de lâcher une tasse ou une casserole, par distraction. Chacun sut bientôt que des choses étranges se produisaient quand elle était là.

Indira dut réprimander Parvati à deux reprises au cours du premier mois. La première fois, elle la prit à part et lui rappela calmement les règles qui régissaient la vie de l'école. La deuxième fois, après que Parvati eut cassé un plat dans la salle à manger, elle la sermonna devant tout le monde à la fin du dîner :

– Parvati, dit-elle d'une voix grave et sévère, je te prie de rester debout.

La jeune fille obéit. Les autres élèves s'assirent en silence, les yeux baissés.

– Tout le monde est capable de respecter les moments de silence ici, sauf toi. Pourquoi cela ? À quoi penses-tu donc ? lui demanda-t-elle en lui prenant le menton d'une main vigoureuse, l'obligeant à relever la tête et à la regarder dans les yeux.

Quelque chose dans le regard de Parvati troubla désagréablement Indira – une sorte de sagesse mêlée de timidité, comme si la jeune fille avait le pouvoir de sonder les recoins les plus profonds de l'âme de ceux qui ne souhaitaient pas en voir dévoiler les secrets.

– Je pensais à ma famille, répondit doucement l'adolescente.

Elle ne pleura pas, mais elle sentit sa gorge se serrer et ses yeux s'embuer.

– Chez moi, les repas sont des moments de réjouissance où l'on parle et où l'on rit...

– Eh bien, sache une bonne fois pour toutes qu'ici tu n'es pas dans ta famille.

Indira promena sur l'assistance silencieuse un regard qui en disait long et lui donna congé. Parvati courut jusqu'à sa chambre, le visage en feu. Ce soir-là, au lieu de rester allongée sur son lit en pensant à sa famille comme elle l'avait fait depuis son arrivée, elle révisa ses leçons jusque tard dans la nuit. Toutes les heures, le gardien de nuit passait sur le sentier avec sa lanterne. Quand il arrivait au bout du sentier, il soufflait dans son petit sifflet et allait inspecter l'autre partie de l'enceinte de l'école. C'était un son rassurant, qui annonçait une nuit calme.

Après avoir travaillé plusieurs heures, Parvati se sentit mieux. Elle bâilla et déplia son drap sur le lit. En se couchant, elle s'y enroulerait pour se protéger du froid de la nuit et des moustiques. Dehors, les grenouilles coassaient et de gros insectes aux ailes dentelées vrombissaient dans l'obscurité. Soudain, elle entendit un bruit différent, comme si on grattait le volet fermé de sa fenêtre. Elle songea que ce devait être un de ces singes espiègles qui essayaient souvent de s'introduire dans les chambres pour dérober tout ce qui brillait, et n'y pensa plus.

Elle attrapa la serviette humide qu'elle avait mise à sécher au pied de son lit à son retour du bain et était en train de l'étaler de façon à éloigner les insectes indésirables, quand elle vit la fenêtre bouger ; une petite main brune s'agitait derrière le volet. Prise de panique, elle donna des coups de serviette sur la main en pensant que c'était peut-être un mendiant de la ville voisine qui venait voler à la faveur de la nuit. Finalement, elle alla jusqu'à la porte et l'ouvrit brusquement. Quelle ne fut pas sa surprise en découvrant Kamala, qui couvrait sa bouche de ses deux mains pour étouffer ses rires !

– Mais qu'est-ce que tu fais là ? murmura Parvati en tamoul.

– J'avais juste envie de parler, je n'arrive pas à dormir.

– Entre, répondit Parvati, bien qu'elle n'eût pas très envie de faire la conversation à cette heure. Je ne dors pas, moi non plus. D'ailleurs, je n'ai jamais beaucoup dormi, c'est vrai ; j'ai l'habitude de rester éveillée la nuit pour rêver de danse.

– Tu as toujours fait cela ? Même quand tu étais bébé ?

Sans réfléchir, Parvati fit oui de la tête.

Kamala éclata de rire à nouveau et étouffa aussitôt le son de sa voix avec ses mains.

– Mais les bébés ne pensent pas, voyons, ils dorment la plupart du temps !

– Peut-être les bébés que *tu* connais, murmura Parvati avec un peu d'agacement. Peut-être aussi que tu ne te souviens pas que tu pensais quand tu étais enfant ! Mais moi, je me souviens très bien de tout.

– Tu dis n'importe quoi ! les enfants ne se souviennent de rien car ils sont incapables de penser, voilà la vérité !

– Je me souviens de tout ! affirma Parvati avec conviction.

Elle regretta aussitôt ses paroles. Elle aussi se sentait seule, mais elle ne connaissait pas Kamala et elle ne savait pas si elle pouvait lui faire confiance.

Kamala s'assit dans l'obscurité et garda le silence un moment.

– C'est peut-être possible, dit-elle enfin. Nous sommes tous différents. Peut-être n'ai-je connu que des enfants qui n'ont aucun souvenir.

Au bout d'un moment, elle se leva et se dirigea vers la porte en disant qu'elle devait retourner se coucher. Parvati décida de ne jamais plus faire de confidences à personne. Comme si les notes de musique qui jaillissaient des flammes bleues de la gazinière ne suffisaient pas ! Il ne fallait pas donner à ses camarades de nouvelles raisons de se méfier d'elle. La jeune fille commençait seulement à découvrir à quel point elle était différente des autres.

Le lendemain, après le déjeuner, Rukmani et Kamala marchaient le long du sentier pour retourner faire la sieste dans leur chambre. Elles se dirigèrent vers Parvati en riant sous cape.

– Un enfant qui a des souvenirs est possédé par les esprits ! chuchota Kamala à l'oreille de sa compagne, suffisamment fort pour que Parvati l'entende.

En voyant Parvati, elle ouvrit la bouche comme si elle allait ajouter quelque chose mais, au lieu de cela, elle pouffa de nouveau en mettant les mains devant sa bouche, entraîna Rukmani et poursuivit son chemin en feignant d'ignorer la jeune fille.

Parvati connaissait cette situation par cœur. Les autres se moquaient d'elle parce qu'elle était différente. Elle savait qu'il n'y avait plus de retour en arrière possible et qu'elles ne deviendraient jamais amies. Tatie avait peut-être raison, elle était maudite. Elle continua son chemin et les chassa de son esprit pour se concentrer sur les cours de l'après-midi.

Quelques soirs plus tard, après que le gardien de nuit eut fait sa ronde, Parvati était assise à sa table pour étudier à la lueur de la chandelle, lorsque quelqu'un frappa doucement à sa porte. Elle se leva pour ouvrir. C'était Nalini. Elle s'était enveloppée dans un châle léger et avait un doigt devant la bouche pour lui signifier de ne faire aucun bruit. Parvati regarda autour d'elle : tout était calme et obscur. Même les lampes à pétrole de la véranda et du poste de surveillance, le long du sentier, avaient cessé de briller. Elle fit un pas de côté pour laisser entrer Nalini et referma vite la porte derrière elle.

– Qu'est-ce que tu fais debout si tard ? murmura Parvati.

– Je voulais te parler.

– Assieds-toi, proposa la jeune fille en lui désignant le lit de sangles. Tu n'as pas peur d'avoir des problèmes si on te trouve dehors si tard ?

– C'est justement de cela que je suis venue te parler. Il y a quelque chose d'étrange à ton sujet, quelque chose...

– Quelque chose ?

Parvati prit un air étonné, mais elle savait très bien ce que Nalini était sur le point de lui dire.

– Je ne sais pas exactement ce que c'est, mais les autres l'ont remarqué, elles aussi.

– Je sais qu'elles bavardent à mon sujet, répondit Parvati en évitant le regard de Nalini, elles pensent que je suis bizarre et que je suis possédée par les esprits.

Nalini ne répondit pas tout de suite. Elle considéra Parvati un instant et posa sa main sur son bras avec tendresse.

– C'est vrai que tu es différente. Personne ne bouge comme toi. On a l'impression que tout ton corps est habité par la musique. Tu vois également des choses que les autres ne voient pas. Tu ne te préoccupes pas trop de ce que pensent les autres. J'aimerais bien être comme toi ; tu peux peut-être m'apprendre.

– De toutes les élèves du gurukulam, c'est toi que j'aurais choisie pour être mon amie, mais voilà, je n'ai jamais eu d'amie.

– Ce n'est pas si difficile d'avoir une amie ; cela, je peux te l'apprendre, répondit Nalini en souriant.

Mais la règle du silence rendait leur amitié difficile et furtive et les deux jeunes filles ne pouvaient échanger leurs confidences que lors de leurs visites nocturnes. Nalini décida néanmoins d'adoucir le plus possible la vie de Parvati au sein de l'école. Il lui arrivait de dérober un morceau de bougie à la fin du dîner, les jours où Parvati risquait d'être punie pour avoir gaspillé ses fournitures, ou de marcher bras dessus bras dessous avec elle, en silence, quand elles revenaient de la sieste ou du repas du soir.

Les élèves de jour, qui payaient pour suivre les cours, venaient tous les matins en bus, en rickshaw ou à bicyclette. C'étaient les filles de riches marchands ou de fonctionnaires haut placés. Elles portaient des montres et des boucles d'oreilles en or et des demi-saris de couleurs vives, gansés de fils d'or. Parvati les regardait souvent avec envie quand elles marchaient en se tenant par le bras, trois par trois, tout en parlant et en riant aux éclats. Ce n'était pas leurs bijoux ou leurs vêtements qu'elle enviait, mais cette aisance, cette désinvolture et cette liberté d'être ensemble. Parvati et les autres mangeaient et étudiaient séparément. Certaines de ces élèves ne venaient qu'une fois par semaine pour suivre leur cours de musique, de chant ou de danse, et leurs visages ne lui étaient pas familiers, même après plusieurs semaines.

Entre les prières, les cours, la chorale, les exercices, l'étude des mouvements faciaux et des postures du Bharata Natyam, il restait peu de temps à Parvati pour manger et dormir, et encore moins pour penser à sa mère. Peu à peu, le grand vide qu'elle ressentait à l'intérieur d'elle fut comblé.

Chaque jour, Kamala, Rukmani et Parvati s'asseyaient par terre dans la salle de classe, en face d'un grand miroir ébréché, et le guru leur montrait les huit principales positions des yeux du Bharata Natyam. Commençaient alors d'interminables séances de répétitions devant la glace, durant lesquelles elles devaient écarquiller les yeux et diriger leur regard vers le haut, puis regarder sur le côté en baissant les paupières, et de nouveau les élargir en regardant, cette fois, vers le bas. Par moments, il leur semblait que leurs yeux allaient sortir de leurs orbites et rouler à terre. Parvati commençait à se décourager. Elle voulait danser, et non pas rouler des yeux dans tous les sens !

Les jeunes élèves s'exerçaient aussi à exécuter les mudra, les postures des bras et des mains ; elles levaient une main, paume vers le ciel, tout en baissant l'autre et inversement, puis élevaient leurs deux mains jointes, et ainsi de suite – il existe plus d'une centaine de positions des mains dans le Bharata Natyam – jusqu'à ce qu'elles aient l'impression que leurs mains allaient se détacher.

Ensuite venait l'étude des positions des pieds. Elles devaient se tenir dans une attitude inconfortable, les genoux à moitié pliés, talon contre talon, les pieds vers l'extérieur. Cette position initiale, d'où découlent toutes les autres, fait travailler les muscles des jambes et impose une tenue parfaite. À la fin de la journée, leur corps tout entier était douloureux.

Deux fois par jour, la fille du guru, Kalpana, leur enseignait de nouvelles positions des jambes et des pieds. Les jeunes filles la regardaient attentivement, puis essayaient de reproduire ses mouvements devant la glace afin de comparer leur qualité d'exécution. Au début, leur corps n'était pas encore familiarisé avec le langage de la danse et il leur fallait penser à tellement de choses à la fois – l'orientation des pieds par rapport à l'angle des genoux, par exemple – qu'elles étaient gauches. À l'exception de Parvati, qui savait parfaitement synchroniser ses mains et ses jambes et dont la tête et les yeux bougeaient en harmonie avec le reste du corps. Même Kalpana ne pouvait détacher son regard de la jeune fille quand elle exécutait une série de figures avec un rythme et un équilibre parfaits. Le guru assistait généralement aux cours, assis sur une natte et regardait les élèves s'exercer à reproduire les mouvements enseignés par Kalpana.

– Non, disait-il d'une voix douce en frappant dans ses mains pour attirer leur attention, non, non, pas comme ça.

Elles s'interrompaient pour l'écouter.

– Montre-leur encore une fois comment il faut faire, Kalpana. La plante du pied doit frapper le sol en premier et le genou doit rester plié, comme ça, voilà ! Regardez Parvati, c'est la seule qui y parvienne. Allez, essayez de nouveau.

Le guru ne manquait jamais de féliciter la jeune fille et il lui demandait parfois d'exécuter une série de pas pour montrer aux autres comment il fallait faire. Toutes dirigeaient alors leurs yeux vers elle, mais à contrecœur. Rukmani refusait de regarder Parvati quand elles se croisaient en dehors de la salle de classe. Elle levait le menton, détournait le regard et accélérait le pas. Kamala cessa à son tour de lui parler, puis ce fut le tour d'Uma. Très vite, plus personne ne lui adressa la parole, à l'exception de Nalini.

Parvati souffrait d'être mise ainsi à l'écart, mais ce n'était pas de sa faute si elle dansait parfaitement, et elle savait bien que, dans le fond, c'était à cause de cette aptitude naturelle que les autres la haïssaient. Un jour, à son grand soulagement, le guru cessa de la mettre en avant.

Inlassablement, elles répétaient les figures, pendant qu'il battait la mesure avec sa baguette de bambou sur un morceau de bois creux posé devant lui : *tai-tayia, tai-tayia, tai-tayia.* Le coeur de Parvati battait au même rythme, tandis qu'elle exécutait, avec les autres élèves, encore et encore les mêmes pas. Elle avait hâte de mettre en pratique tout ce qu'elle avait appris. Quand danseraient-elles enfin ?

Toutes les semaines, Indira assignait une nouvelle tâche domestique à chacune des élèves. Nalini se voyait immanquablement attribuer la plus agréable. Chaque samedi après-midi, elle se rendait au bazar pour faire ses courses avec Arumugam, le chauffeur et homme à tout faire du gurukulam. Les élèves cultivaient un grand potager, mais certaines denrées comme l'huile, le sucre, les épices, les lentilles, le riz, la farine et le thé ne se trouvaient qu'au marché. Le lait de bufflonne était livré chaque matin devant la porte de la cuisine par un vieil homme qui le transportait dans un grand seau sur le porte-bagage de son antique bicyclette.

Un samedi matin, Indira envoya Arumugam chercher une voiture à la station de taxis la plus proche pour emmener les plus jeunes élèves au bazar. Les jeunes filles papillonnaient d'une chambre à l'autre, très excitées, s'interrogeant sur ce qu'elles allaient porter et tressant leurs cheveux. L'école leur attribuait une petite somme d'argent de poche qu'elles n'avaient pas souvent l'occasion de dépenser. Aussi discutaient-elles avec animation de ce qu'elles allaient bien pouvoir acheter avec l'argent qu'elles avaient accumulé, des rubans, des peignes ou peut-être de la poudre de talc.

Parvati enfila sa belle robe à fleurs rouges, qu'elle n'avait plus portée depuis le voyage en train. Elle était trop serrée aux bras et moulait les formes plus rebondies de sa poitrine. La jeune fille soupira, ôta sa robe et attrapa son demi-sari, qu'elle avait porté toute la semaine et qu'elle venait de laver. Il était encore humide, mais elle n'avait pas le choix.

Arumugam tint la portière du vieux taxi noir et jaune, délabré mais néanmoins rutilant, pour laisser monter les six jeunes filles, les saluant d'un grand sourire au passage. Parvati, Rukmani, Kamala, Uma, Nalini et Kalpana s'entassèrent à l'arrière et Indira s'installa confortablement sur le siège avant, à côté du chauffeur. Les sièges en plastique collaient ; l'air qui entrait par les fenêtres ouvertes était humide et faisait voleter des mèches de cheveux sur leur visage.

Le taxi dévala le sentier ombragé qui traversait la réserve ornithologique entourant le gurukulam pour rejoindre la grand-route. Arumugam suivait dans son rickshaw. Le samedi matin, la route n'était pas trop encombrée par la circulation et Parvati put contempler le paysage : les champs de riz, les plantations de cannes à sucre avec leurs gros plumets violets, les bouquets de cocotiers. Dans un virage, ils tombèrent sur un homme et son fils qui menaient leur troupeau de buffles au beau milieu de la route. En quelques secondes, les bestiaux cernèrent le taxi ; Kamala et Uma reculèrent en riant et en criant quand l'un des bovidés passa sa grosse tête par la fenêtre et beugla en roulant des yeux.

À l'entrée de la ville, la circulation devint plus dense. Les nuages de poussière et de gaz carbonique qui s'échappaient des pots d'échappement des bus et des camions diesel se répandirent à l'intérieur du véhicule. Le taxi, qui roulait lentement pour tenter d'éviter les nombreux nids de poules, finit par s'arrêter non loin du bazar, au bout d'une ruelle où se pressait une foule de gens venus faire leurs courses de la semaine. Les jeunes filles sortirent du véhicule et se mirent en rang, conformément aux instructions d'Indira, Kalpana marchant en tête et Indira fermant le cortège. Elles passèrent tout d'abord devant les échoppes de soie. Kalpana avançait d'un pas rapide et regardait droit devant elle, sans prêter aucune attention aux marchandises qui s'étalaient de part et d'autre des ruelles. Au fond de l'une des allées grouillantes de monde du marché couvert, un brodeur était assis sur une plate-forme et faisait tourner la roue de sa machine à coudre d'une main, guidant de l'autre une superbe étoffe en soie vert jade qu'il ornait d'un fil d'argent aussi fin qu'un cheveu d'ange. Parvati tendit la main pour toucher l'étoffe du bout des doigts.

– Un jour, tu auras un sari comme ça pour danser, lui chuchota Nalini.

Plus loin, des brodeurs s'échinaient sur des étoffes aussi éclatantes que des pierres précieuses et Parvati se demanda combien de jeunes filles étaient tourmentées par la même soif de danser. Dans la ruelle suivante, des orfèvres, penchés sur des brûleurs, martelaient des médaillons en argent ou en or destinés à parer les mains, les cheveux, le front ou les chevilles des danseuses et un bijoutier soufflait dans une pipette sur le métal qui se mettait à rougeoyer. Le son d'une vina emplissait l'air mais, pour le moment, seule Parvati y prêtait attention.

Quand elles arrivèrent au cœur du bazar, elles se trouvèrent entourées de pyramides de tomates, de citrons verts et d'épices de couleurs vives ; l'air embaumait une odeur de fruits, de légumes, de poissons et de fleurs mélangés. Elles passaient d'un vendeur à l'autre, les oreilles bourdonnantes. Arumugam les rejoignit, poussant un chariot en bois dont les bras étaient si hauts que les veines bleues de ses jambes maigres gonflaient à chaque nouvel effort. Quand elles quittèrent le bazar, elles emportaient chacune un petit trésor – peigne, pot de *kajal*, paquet de bonbons – et le reste de leurs roupies soigneusement enveloppé dans leur mouchoir. Quelle chance avait Nalini de venir ici toutes les semaines ! pensa Parvati. Puis elle se dit que si Indira l'avait choisie, c'est qu'elle ne se laissait pas distraire et ne perdait pas de temps, même si elle ramenait toujours deux ou trois petites choses pour les unes et les autres, un peu d'aspirine, du talc ou de la pommade.

Au cours des six premiers mois, Parvati n'eut qu'une seule fois des nouvelles de sa famille. Le courrier arrivait le mercredi, à l'heure la plus chaude de la journée. Indira distribuait toujours les lettres sous la véranda après le déjeuner afin que les élèves profitent de la sieste pour les lire tranquillement dans leur chambre, tout en se reposant. Tous les mercredis, Parvati se rendait sous la véranda et, tous les mercredis, elle était déçue. Mais, ce jour-là, il y avait une lettre pour elle. Une lettre de Venkat.

Parvati saisit l'enveloppe et courut jusqu'au gros flamboyant qui dominait le campus. Elle enleva ses sandales, les coinça dans sa ceinture avec la lettre et commença à grimper le long du tronc, ses mains et ses pieds prenant appui sur la vigne vierge qui s'enroulait autour de l'arbre, jusqu'à sa cime. Elle s'assit sur une grosse branche et s'appuya contre le tronc. Les feuilles duveteuses et les fleurs couleur de flamme qui flottaient autour d'elle la dissimulaient parfaitement.

L'écriture était maladroite et, par endroits, difficile à déchiffrer. Venkat et Venu n'allaient à l'école que depuis un an, car ils devaient aider aux travaux de la ferme. Quant à sa mère, elle ne savait ni lire, ni écrire. Parvati commença à lire lentement :

Nous travaillons de l'aube au coucher du soleil. Tu n'imagines pas combien la récolte a été meilleure depuis que nous achetons des semences et des engrais avec l'argent du gurukulam. Tu nous as sauvés, petite sœur ! À chaque récolte, nous produisons davantage de riz, de légumes et de sucre et avons ainsi largement de quoi manger et de quoi vendre.

Venu a confectionné un piège et vend du poisson frais au marché. Tu devrais voir comme il a grandi, petite sœur, et comme il est fier de l'argent qu'il ramène à la maison. Ses poissons sont les meilleurs de tout le marché.

Maman paie maintenant un loyer à l'oncle Sathya ; il a promis de nous construire un abri en dur, plus confortable et plus solide. Mais Tatie se plaint toujours que le loyer est insuffisant et tout le monde est si occupé que nous n'avons pas encore trouvé le temps de le construire. Maman rêve de faire bâtir un jour une maison en pierre du Deccan pour nous et nous en avons tous très envie.

En attendant, nous avons un peu arrangé notre petite pièce en torchis ; il y a des chaises, et maman a planté des arbres qui font de l'ombre dans la cour, et aussi un jasmin, sur le mur du jardin, qui lui fournit des fleurs pour ses offrandes au temple.

Parvati relut trois fois la lettre avant de la plier et de la remettre dans sa ceinture. Assise au milieu des fleurs du flamboyant, elle se remémora leurs visages et leurs voix. Elle se rappela comme ses longues tresses virevoltaient quand l'oncle Sathya tournoyait sur lui-même, les bras tendus, un enfant hilare accroché de chaque côté, et elle se demanda quelle aurait été sa vie si son père n'était pas mort. Aurait-elle accompli son destin et dansé ? Ou aurait-elle été, comme sa mère avant sa naissance, une femme travaillant à la ferme et élevant des enfants ?

Quand la cloche retentit, Parvati descendit de son perchoir, remit ses sandales et se hâta vers son premier cours de l'après-midi. Le soir, elle rédigea une réponse dans laquelle elle raconta aux siens sa vie au gurukulam, ses études, sa sortie au bazar et son amitié avec Nalini. Elle leur dit qu'ils lui manquaient mais qu'ils ne devaient pas s'en inquiéter, car le temps passait très vite avec tout ce qu'elle avait à faire. Nalini posta la lettre le samedi suivant.

Quelques semaines plus tard, elle reçut une courte missive de l'oncle Sathya, dans laquelle il promettait d'aider Venu et Venkat à construire une maison pour leur mère après la mousson. Elle se mit dès lors à écrire à sa famille chaque semaine, dans l'espoir de recevoir plus souvent de leurs nouvelles.

Parvati était au gurukulam depuis six mois. Le temps était gris et humide, chaud et oppressant. Elle n'était pas portée à la mélancolie, cependant, depuis quelque temps, elle se sentait très seule. Elle attendait de pouvoir danser, mais le guru invitait chaque jour les élèves à être patientes et leur donnait des exercices fastidieux pour mémoriser les mudra, alors qu'elle les connaissait déjà par cœur.

La statue qu'elle avait posée sur sa table ne dansait plus. Chaque soir, avant de fermer les yeux, elle regardait avec tristesse le halo de flammes inertes. Le seul moment où son cœur battait un peu plus fort était le matin, pendant la prière au temple, quand le Shiva Natarajah du sanctuaire dansait devant elle.

Un soir, en se déshabillant avant d'aller se coucher, Parvati constata la présence d'une tache de sang sur son churidar. Elle souffrait du bas-ventre et craignit d'être malade. Les jours suivants, les saignements continuèrent. Allait-elle mourir ? Elle déchira une vieille jupe trop petite et en fit des bandelettes qu'elle utilisa comme pansements pour éviter que le sang ne souille ses vêtements. Au moment de la sieste, elle retournait en toute hâte à sa chambre, remplissait d'eau à la pompe la bassine en émail et nettoyait, la gorge serrée, les bandelettes ensanglantées. Tandis qu'elle plongeait les mains dans l'eau rougie, elle pensa à sa pauvre petite cousine Chitra et se demanda si Tatie avait raison. Allait-elle finir par payer la mort de ses cousins et de toutes les victimes du cyclone qui avait ravagé Nandipuram le jour de sa naissance ? Sa mort réparerait-elle la perte de toutes ces vies ?

Parvati ne mourut pas. Au bout de quelques jours, la douleur et les saignements cessèrent. Voyant qu'ils ne revenaient pas, elle se calma. Mais, quand la même chose se produisit quelques semaines plus tard, elle fut prise de panique et se roula en boule sur son lit, emmitouflée dans son châle, certaine qu'elle allait mourir pendant la nuit, qu'elle ne serait pas épargnée une nouvelle fois. Elle regarda le Shiva de santal, dans l'espoir d'un miracle. Mais, dans la pièce, il n'y avait que l'obscurité la plus totale. Parvati s'efforça de ne pas penser à sa mère, qui aurait dû être auprès de sa fille au moment de sa mort, puis passa une dernière fois les mudra en revue dans sa tête et s'assoupit.

Le lendemain matin, la jeune fille se réveilla avec la conviction qu'il ne fallait plus s'attendre au pire et qu'il était vain de souffrir à cause de ce que sa tante avait dit. Sa mère n'étant pas là, il lui faudrait demander de l'aide à quelqu'un d'autre. Elle s'assit sur son lit et tressa ses cheveux en regardant par la porte ouverte. Quand elle entendit le claquement des sandales de Nalini sur le sentier, elle lui fit signe d'entrer.

– Que se passe-t-il ? demanda doucement Nalini qui avait lu le désespoir sur le visage de son amie.

Parvati la prit par le bras. Nalini répéta sa question, mais comme la jeune fille était incapable de parler, elle lui prit la main et la fit asseoir sur le lit.

Alors seulement, Parvati lui raconta ce qui était arrivé, d'une voix très posée.

– Oh, Parvati ! dit Nalini en lui caressant la joue, il n'y a pas de quoi s'inquiéter. Cela arrive à toutes les filles ; ta mère ne t'a donc rien expliqué ?

Parvati secoua la tête et se mordit les lèvres. Elle se rappelait parfaitement que sa mère prenait régulièrement la bassine pour laver du petit linge, mais elle ne lui avait jamais expliqué pourquoi. Comment avait-elle pu oublier de lui dire une telle chose ? Elle était soulagée, et en même temps fâchée et déçue. C'était le rôle d'une mère d'apprendre ces choses-là à sa fille.

– Voilà, dit Nalini, c'est terminé.

Elle avait fini de tresser les cheveux de Parvati et avait ôté une fleur de sa coiffure pour en parer son amie. Parvati se rappela alors que sa mère lui avait appris beaucoup de choses importantes. La vérité est lumière et la lumière est l'absence d'obscurité, leur avait-elle déclaré un jour. Pour la première fois, Parvati comprit le sens profond de ces paroles, et elle pardonna à sa mère.

. 11

Nalini et Parvati se rendaient souvent visite la nuit. Elles parlaient de leurs familles. Le père de Nalini tenait un magasin ; la famille comptait sept enfants, et tous vivaient dans un petit appartement d'un immeuble gris de Bombay. Nalini, la troisième des quatre filles, avait toujours dormi avec ses sœurs sur une natte en paille dans le salon. Ses deux aînées étaient déjà mariées.

– Dieu merci, j'étais la plus talentueuse des quatre, confessa-t-elle un soir à Parvati. Si la mieux douée avait été ma plus jeune sœur, c'est moi qui aurais dû rester à la maison pour veiller sur mon père et ma mère pendant leurs vieux jours, et elle serait ici, à ma place. De toute façon, mes parents n'avaient pas assez d'argent pour nous marier, ni l'une ni l'autre.

Nalini, de son côté, ne se lassait pas d'écouter Parvati parler de sa mère, de ses frères et de leur vie au village. Elle insistait souvent pour que son amie lui raconte encore une fois l'histoire du cobra.

– Si ma mère m'avait montré autant de tendresse que la tienne, j'aurais été heureuse de rester pour m'occuper d'elle, avoua Nalini un jour.

Mais sa mère était toujours souffrante. Quand elle n'était pas vraiment malade, elle s'inventait des symptômes pour se faire plaindre, gémissait toute la journée et exigeait que ses filles prennent soin d'elle. Nalini avait été soulagée de quitter la maison.

– Toute ma vie, j'ai rêvé d'un étranger beau et fort qui m'emmènerait loin de chez moi, loin de la ville et de la foule, dans un endroit où personne ne craint que les voisins volent le linge ni de se faire dévaliser à tous les coins de rue !

Alors, Parvati raconta à Nalini en détail la terrible catastrophe qui avait frappé son village le jour de sa naissance, la mort de son père et comment les gens d'Anandanagar avaient fait peser la responsabilité de ce désastre sur elle, la haïssant et la méprisant. La jeune fille l'écoutait, ouvrant des yeux aussi grands que l'océan Indien.

– Mais enfin, c'est ridicule ! s'écria-t-elle un peu trop fort.

Elle mit aussitôt la main devant ses lèvres et elles s'approchèrent de la porte, tendant l'oreille avec anxiété. Elles restèrent pétrifiées un instant, la bouche ouverte, car des bruits de pas se faisaient entendre sur le sentier. La nuit était calme, uniquement troublée par les coassements de quelques crapauds et, de temps à autre, le hululement discret d'une chouette.

– Comment peut-on seulement imaginer qu'un nouveau-né puisse être responsable d'un cyclone ? chuchota-t-elle en retournant s'asseoir sur le lit.

Parvati évoqua pour elle le Shiva Natarajah que son père avait sculpté dans du bois de santal et qui dansait dans son halo cosmique au plus noir de la nuit, et lui confia comment elle avait su danser avant de savoir marcher. Nalini l'écoutait et la croyait. Parvati se sentit en sécurité, entourée d'amour, comme avec sa mère, et l'hostilité des autres lui devint indifférente.

Un samedi soir, Nalini se glissa dans la chambre de Parvati après le dernier coup du sifflet du gardien. La jeune fille dormait profondément.

– Parvati, je l'ai rencontré !

L'adolescente se redressa et se frotta les yeux dans le faisceau de lumière de la lampe électrique que Nalini braquait sur elle.

– Qui ? demanda-t-elle, encore à moitié endormie.

– Mon beau, mon mystérieux étranger, celui qui m'emmènera vivre loin de la ville !

– Qu'est-ce que tu veux dire par je l'ai rencontré ? demanda Parvati qui, cette fois, était tout à fait réveillée. Où ? Quand ?

– Au bazar, il y a deux semaines, en face de chez le marchand de tomates. Je l'ai revu cette semaine. Oh, Parvati ! Si tu savais comme il est beau ! chuchota-t-elle dans un gémissement de bonheur. Et il me trouve belle, tu sais.

Elle se pencha sur la table de Parvati pour prendre le petit miroir qu'elle lui avait rapporté du marché et scruta son reflet.

– Ma mère m'a toujours dit que j'étais quelconque, mais lui, il m'a dit que j'étais belle. Qu'est-ce que tu en penses ?

Encore sous le coup de la surprise, Parvati, qui ne pouvait s'empêcher de rire nerveusement, bafouilla :

– Oui, bien sûr, ton sourire chasserait les nuages de mousson les plus noirs. Mais qui est cet homme ?

Est-ce que tu dois le revoir ? N'est-il pas dangereux de rencontrer un homme de cette manière ?

– Mon père ferait un joli scandale s'il savait, dit Nalini en pouffant de rire, mais ça m'est égal. Ils m'ont envoyée ici pour que je devienne une nonne. Le gurukulam donne de l'argent à mes parents qui n'ont pas besoin de s'occuper de moi. Mais moi, je ne veux pas être une devadasi !

Parvati resta silencieuse. Il ne lui était jamais venu à l'idée que quelqu'un puisse être ici contre sa volonté.

– Mais... n'as-tu pas envie de danser ? d'enseigner et de te produire sur scène ? finit-elle par dire. Moi, je n'imagine pas la vie sans musique.

– Oh, Parvati ! C'est pour ça que je voulais tant que tu m'apprennes à être comme toi. Tu es si rigoureuse, si sûre de toi. J'adore la musique et la danse, mais je ne peux pas leur dédier sans réserve mon corps et mon âme. J'aimerais bien être comme toi, mais ce n'est pas dans ma nature.

– Qu'est-ce que tu comptes faire, alors ? demanda Parvati, anéantie à la pensée que Nalini pourrait quitter l'école.

Elle avait peur, peur de perdre son amie et peur de ce qui pourrait lui arriver.

– Je ne sais pas, répondit Nalini en se laissant tomber sur le lit.

Parvati se leva et alluma la chandelle.

– Je sais seulement que je dois le rencontrer la semaine prochaine au bazar.

– Sois très prudente, Nalini ; très, très prudente, car si Indira venait à le découvrir, tu serais chassée de l'école, c'est sûr.

Nalini secoua la tête, mais Parvati n'était pas certaine qu'elle ait prêté attention à ses avertissements ; ses yeux brillaient comme si elle apercevait au loin quelque chose vers quoi elle aurait voulu courir.

– Promets-moi que si tu décides d'y aller, tu me le diras avant de partir pour que je ne m'inquiète pas trop à ton sujet, insista Parvati. J'essaierai de t'en dissuader, mais je ne dirai rien à personne. Promets-le moi ! je t'en supplie !

– Je ne peux rien te promettre. Et puis, si je le faisais, ton avenir au gurukulam serait compromis autant que le mien.

Parvati savait qu'elle avait raison.

– Ne t'inquiète pas pour moi, je suis prête à prendre des risques pour obtenir ce que je désire, dit Nalini.

Elle sortit, laissant Parvati allongée sur son lit dans l'obscurité, perdue dans ses pensées, ressentant un curieux mélange de peur et d'excitation, de tristesse et d'espoir.

Le samedi suivant, après le déjeuner, les élèves vaquaient à leurs tâches ménagères dans cet état de demi-torpeur qui précède généralement la sieste. Parvati balayait la cour, faisant de petits tas avec les grosses feuilles jaunes et cireuses que la pluie du matin avait fait tomber, et il lui semblait qu'à chaque fois qu'elle balayait la dernière feuille, une autre se détachait d'un arbre pour tomber en tourbillonnant sur le sol, comme pour la narguer.

Cette quiétude fut soudain interrompue par des détonations brèves et sèches, trop brèves et trop sèches pour être des coups de tonnerre. Parvati se redressa brusquement, délaissant son balai ; Rukmani sortit du bungalow, un chiffon à poussière à la main ; Uma quitta précipitamment le potager, armée de sa binette, et Kamala déboula de la salle de bains, brandissant une brosse encore dégoulinante d'eau. D'autres détonations retentirent. Indira arriva en courant, dans un fracas de clés tintinnabulant au large anneau de fer qu'elle portait à la taille, sous les plis de son sari. Kalpana marchait sur ses talons, visiblement effrayée.

– Ce sont des coups de fusil, déclara Kalpana de sa voix de conteuse, qui cette fois trahissait l'excitation. Ça vient de la réserve ornithologique !

Les abords du gurukulam étaient en général très calmes, car l'école était enclavée dans la réserve et, à part les cris des singes et le chant des oiseaux, on n'entendait pas grand bruit.

– C'est peut-être un chasseur ? demanda Uma.

– Non, répliqua Kalpana, la chasse est interdite, même les gardes ne sont pas armés. Et le braconnage est un délit grave, sévèrement puni par la loi.

Indira retrouva ses esprits et fit rentrer les filles à l'intérieur du bungalow, en s'agitant dans tous les sens comme une mère poule qui rassemble ses poussins.

– Nalini, où est Nalini ? demanda Parvati quand elle fut en haut des marches de la véranda.

Nalini revenait généralement du bazar en milieu d'après-midi, mais elle n'était pas encore là. Les filles se regardèrent, décontenancées. Kalpana mit sa main devant sa bouche.

– Elle devrait déjà être là, dit Uma d'une voix inquiète. Mon Dieu, pourvu qu'il ne lui soit rien arrivé !

Un frisson de peur parcourut Parvati. Elles scrutèrent vainement le sentier qui traversait la réserve et dont semblaient venir les coups de feu. Quand le calme revint, Parvati eut la curieuse sensation qu'il ne s'était rien passé.

Indira ferma les volets des fenêtres et fit asseoir les filles sur des nattes au milieu de la pièce. Un vieux ventilateur blanc, dont les pales étaient incrustées de poussière, brassait un air suffocant dans un cliquetis d'une régularité entêtante. Il n'y eut pas d'autres détonations, mais le chant des oiseaux, le babillage des singes, le bourdonnement des insectes s'étaient tus ; il régnait un calme absolu, un peu comme si tout avait été réduit au silence. Au bout d'un moment qui leur parut interminable, elles entendirent au loin le hoquet du rickshaw de l'école qui remontait le sentier et se précipitèrent dehors. Arumugam s'emparait déjà des nombreux paquets qui entouraient Nalini pour qu'elle puisse s'extraire du siège arrière du véhicule. Elle lui tendit le régime de bananes qu'elle tenait sur les genoux. Des filets de mangues et de papayes jonchaient le plancher, et deux caisses, l'une d'ananas et l'autre de noix de coco, occupaient le reste du siège, avec des sacs de lentilles, de pois chiches, de riz et des boîtes de *ghi*.

– Est-ce que ça va ? demanda Indira qui descendait les marches avec une rapidité inhabituelle.

Personne, jusqu'à ce jour, n'avait jamais vu Indira se dépêcher.

– Mais oui, ça va très bien ! répondit Nalini en enjambant maladroitement les provisions. Elle les dévisagea l'une après l'autre. Je reviens du bazar, comme d'habitude !

Ses yeux brillaient et la gaieté de sa voix semblait forcée. Soulagées, les filles dévalèrent les escaliers quatre à quatre en parlant toutes à la fois ; c'était à qui raconterait à Nalini l'incident des coups de feu. Celle-ci eut l'air intriguée et choquée. Parvati crut un instant qu'elle allait se mettre à pleurer.

– Mayappan ! murmura Nalini.

– Qu'est-ce que tu dis ? demandèrent les autres en chœur. Qui est Mayappan ?

Les élèves portèrent les sacs de courses à la cuisine. Tandis qu'elles rangeaient les victuailles, Nalini leur rapporta ce qu'elle avait entendu dire au bazar et, pour une fois, Indira n'ordonna pas aux filles, dont les yeux brillaient d'excitation, de se taire.

– J'ai entendu parler de ce Mayappan au bazar. Son nom est sur toutes les lèvres. On raconte qu'il est le chef d'une bande de *dacoïts* qui volent les riches pour donner aux pauvres ; les riches disent que c'est un voleur et un assassin, mais il n'a jamais fait de mal à personne.

– Pourquoi ne nous as-tu pas parlé de lui avant ? demanda Indira. Et pourquoi la police ne nous a-t-elle pas mis en garde contre cet individu ?

Nalini, de nouveau, sembla prise d'inquiétude. Elle ouvrit la bouche, mais fut incapable d'articuler le moindre mot et ses yeux s'emplirent de larmes.

– Mais c'est que nous ne sommes pas en danger, répondit naïvement Nalini, il ne vole que les riches. Et puis on raconte tellement de choses au bazar. Les pauvres disent que c'est un héros.

– Quelle idée stupide ! s'indigna Indira. Je suis sûre que la police est ennuyée de ne pas l'avoir encore attrapé. Quant à moi, je vais leur signaler ce qui s'est passé ici cet après-midi, et je vais également en informer la presse.

Sur ces mots, Indira sortit précipitamment et descendit l'escalier situé à l'arrière du bungalow.

– Arumugam, viens vite ! appela-t-elle.

L'homme, qui était occupé à réparer une fuite d'eau dans la cuisine, sortit dans la véranda, une clé à molette dans une main et un pot de graisse dans l'autre. Indira le débarrassa de ses outils et lui ordonna de retourner en ville.

– N'oublie pas de dire à la police qu'elle ferait bien de venir faire un tour par ici ! cria-t-elle.

– Mais pourquoi la réserve ornithologique ? demanda Uma en se tournant vers Nalini. Il n'y a rien à voler dans la jungle !

Nalini s'éclaircit la voix :

– On dit que... on dit qu'il s'en prend aux policiers et aux politiciens corrompus qui volent le peuple, et aussi aux riches touristes dont les voitures sont immatriculées dans d'autres États. J'ai aperçu plusieurs voitures d'Uttar Pradesh, garées sur le parking de la réserve, en allant au bazar.

Arumugam revint, très fier ; un journaliste du quotidien national *The Indian Express*, M. Deep Chandra, l'accompagnait. Il raconta qu'il était d'abord allé au poste de police où des officiers enregistraient les plaintes des touristes dévalisés par une bande de dacoïts dans l'enceinte de la réserve. Un inspecteur lui avait promis que le chef passerait au gurukulam un peu plus tard dans la journée. Arumugam avait ensuite trouvé M. Deep Chandra dans la minuscule salle de rédaction du journal local, en grande conversation avec le rédacteur en chef. Indira accueillit le visiteur avec empressement et ordonna qu'on lui apporte de l'eau, avant de se souvenir que la cuisine était fermée pendant l'heure de la sieste. Les filles, encore trop excitées par les récents événements, ne dormaient pas. L'orage qui menaçait n'avait pas éclaté.

Parvati alla frapper à la porte de Nalini, mais son amie ne répondit pas et la jeune fille se rendit dans sa cachette préférée. Elle grimpa sur l'une des grosses branches du flamboyant, d'où elle pouvait voir Uma et Rukmani assises sur le seuil de la chambre de Rukmani. Kamala s'approcha et frappa doucement à la porte qui était restée ouverte pour laisser entrer un peu d'air. Elles se poussèrent pour lui faire une petite place à côté d'elles.

Soudain, la cloche en bronze de la cour retentit et toutes les élèves accoururent. Indira ordonna à Uma et à Kamala d'aller préparer des rafraîchissements à la cuisine. Elles obéirent tout en surveillant du coin de l'œil M. Chandra, de peur de manquer quelque chose d'intéressant. Le journaliste portait une chemise blanche dont il avait retroussé les manches jusqu'aux coudes et épongeait régulièrement avec un mouchoir la sueur qui dégoulinait de son front et de son crâne chauve.

– Apportez-nous aussi de l'eau fraîche, ajouta Indira. Toi, Nalini, installe les coussins sous la véranda, il y a un peu d'air ; nous y serons plus à l'aise. Aide-la, Parvati.

Nalini inclina légèrement la tête et s'éclipsa, Parvati lui emboîta le pas, laissant Indira et M. Chandra à leur conversation. Leur tâche accomplie, elles s'assirent et écoutèrent le journaliste relater ce que les touristes qui avaient été attaqués dans la réserve ornithologique lui avaient raconté. Il avait pu les interwiever dans la petite salle d'attente du poste de police, où ils attendaient leur tour pour être interrogés par l'inspecteur adjoint, l'inspecteur en chef étant momentanément l'hôte des dacoïts. D'après les victimes, une dizaine de bandits avaient rampé jusqu'au mirador construit sur un coude de la rivière pour observer la faune sauvage. Les touristes, qui étaient les invités de l'inspecteur et de sa femme, étaient dans un abri tout en haut de la tour quand les bandits avaient tiré en l'air et leur avaient ordonné de se coucher. Deux d'entre eux avaient collecté les bijoux, l'argent, les sacs et les porte-monnaie dans un sac en toile pendant que les autres tenaient les victimes en respect avec leur fusil. Les bandits avaient ensuite attaché les mains de l'inspecteur, lui avaient mis un bandeau sur les yeux, et l'un d'eux l'avait transporté sur son dos en bas de l'échelle comme un vulgaire sac de patates. Ils avaient disparu sous le couvert des arbres.

Les dacoïts avaient déjà attaqué de grosses fermes au sud de Madras, après quoi ils s'étaient évanouis dans la jungle et on n'avait plus entendu parler d'eux pendant des semaines. Puis ils avaient de nouveau attaqué une ferme au sud du district. Jusqu'à présent, l'enquête n'avait pas abouti ; la police avait simplement réussi à éviter que la presse n'ébruite ces incidents.

– Mais c'est terminé ! s'exclama M. Deep Chandra en mettant une main sur son cœur et en pointant un doigt vers le ciel. Tout sera dans l'édition de demain de l'*Indian Express* !

Le journaliste posa des questions aux élèves et interrogea longuement Nalini. Quand il pensait avoir appris quelque chose de nouveau, il s'adossait aux coussins avec satisfaction et avalait une gorgée de café en grignotant un biscuit.

– Est-ce que nous sommes en sécurité ici ? demanda Uma, visiblement anxieuse.

– Vous n'êtes pas riches, que je sache ! Mayappan ne vole que les riches. Peut-être va-t-il même faire un don au gurukulam ! ajouta-t-il en éclatant de rire.

Parvati remarqua que Nalini, très pâle, serrait les lèvres.

Peu de temps après, M. Deep Chandra prit congé d'Indira et des jeunes filles et s'engouffra à l'arrière du rickshaw comme une altesse royale. Parvati et Nalini s'éclipsèrent discrètement. Parvati prit son amie par le bras et elles marchèrent en silence jusqu'à leurs chambres. Les nuages, au-dessus des arbres, s'assombrissaient.

– Ça ne va pas ? demanda Parvati.

Nalini secoua la tête et sembla sur le point d'éclater en sanglots.

– Qu'est-ce qui se passe ?

Nalini secoua de nouveau la tête. Parvati se sentit étreinte par l'angoisse.

– Est-ce que tu veux que je vienne dans ta chambre ?

La jeune fille ne répondit pas. Elle baissa les yeux et s'éloigna d'un pas rapide. Parvati n'essaya pas de la retenir.

Un peu plus tard, juste avant le dîner, la grosse cloche carillonna de nouveau. Indira attendait les élèves dans la cour. Quand tout le monde fut là, elle prit une voix officielle, un peu semblable à celles qu'elles entendaient à la radio indienne quand elles étaient autorisées à venir écouter les informations dans le bungalow :

– L'inspecteur a été relâché cet après-midi. On l'a retrouvé sain et sauf, les yeux bandés et les pieds nus, à la sortie d'un village, de l'autre côté de la réserve. Les bandits ne lui ont pas fait de mal, mais il a ordonné que l'on affiche ces pancartes dans tous les villages du district, dans les arrêts de bus et dans les échoppes à thé, continua-t-elle en brandissant une feuille de papier gris sur laquelle on avait dessiné à l'encre une sorte de portrait-robot du chef de la bande, un homme aux yeux de fou, avec un bandeau autour de la tête et un fusil à la main. Sous le dessin, on lisait ces mots :

RÉCOMPENSE DE 10 000 ROUPIES
À QUI RAMÈNERA LE CORPS DU DACOÏT MAYAPPAN.

Les élèves restèrent silencieuses.

– La police nous a informés que cet homme est très dangereux, continua Indira, et nous a conseillé de ne pas vous laisser circuler seules pour vous rendre au temple, en cours ou même simplement au réfectoire. Dorénavant, Kalpana et moi vous escorterons partout où vous irez.

Ce soir-là, les deux femmes les raccompagnèrent jusqu'à leurs chambres. Pas question de marcher bras dessus bras dessous, ou de se chuchoter des secrets à l'oreille en passant sous les branches du flamboyant, ni de cueillir une fleur pour orner ses cheveux. Ce soir-là, tout le monde rentra en silence, en rang par deux, et l'on n'entendit que le bruit mat des sandales sur la mousse du sentier.

Parvati n'attendit même pas le passage du gardien pour se rendre chez Nalini. Elle frappa doucement, mais son amie ne répondit pas. Elle souleva le loquet et ouvrit la porte. La jeune fille regardait par la fenêtre, les yeux perdus dans le vide. À la vue de son amie, elle se détourna et alla s'allonger sur son lit en lui tournant le dos. Parvati entra, alluma la bougie et s'assit sur le lit, à côté d'elle. Au bout d'un moment, Nalini se retourna ; ses yeux étaient gonflés et ses cheveux tout ébouriffés.

– Que se passe-t-il ? demanda de nouveau Parvati.

– Il n'est pas venu, murmura Nalini, j'ai attendu aussi longtemps que j'ai pu, mais il n'est pas venu.

– Je suis sûre qu'il avait une bonne raison. Quand deux personnes se donnent un rendez-vous secret, il y a toujours un risque !

Nalini entoura ses genoux de ses bras.

– C'est Mayappan que j'attendais, murmura-t-elle d'une voix presque inaudible.

Parvati crut tout d'abord avoir mal entendu.

– Je le connais à peine, et pourtant j'ai le sentiment que c'est le seul homme que je pourrai jamais aimer. Je ne supporte pas l'idée qu'il ait pu se jouer de moi mais suis certaine qu'il pensait ce qu'il disait le jour où il m'a demandé de partir avec lui.

– Partir avec lui ? Mais où ? Tu n'as pas peur ?

Nalini fit non de la tête.

– Tu ne peux pas savoir comme il est gentil, Parvati. Tu ne rencontreras jamais quelqu'un d'aussi gentil que Mayappan. Mais – elle s'interrompit pour prendre sa respiration – j'ai peur du genre de vie qu'il mène : dépendre des villageois pour manger, toujours se cacher... Il veut que je vienne avec lui, mais j'ai peur qu'il se fasse prendre par la police, ou qu'il soit tué.

– Nalini, tu ne dois pas partir avec lui ! Tu serais en danger. La police a affiché des pancartes partout pour offrir une récompense à qui ramènerait son corps ! Les gens qui l'aident sont pauvres, ils ont besoin d'argent, et un jour ou l'autre ils le trahiront.

– Je suis désolée, mais il fallait que je te le dise. J'ai si peur ! Il faut que tu essayes de comprendre et de me pardonner.

Parvati resta avec Nalini jusqu'à ce qu'elle s'endorme, lui caressant doucement les cheveux pour la calmer. Elle ne pouvait s'empêcher de revoir le terrifiant portrait du hors-la-loi et se sentait en colère à l'idée que ce Mayappan ait pu donner rendez-vous à Nalini au bazar alors qu'il savait très bien qu'il serait à la réserve, en train de dévaliser des touristes, au même moment. C'était un misérable !

Les autres élèves étaient persuadées que Parvati était possédée. Comme elle aurait aimé, aujourd'hui, que ce soit vrai ! Si elle en avait eu le pouvoir, elle aurait jeté un sort à Nalini pour qu'elle refuse de suivre cet homme. Mais elle savait très bien que, cette fois, la magie n'agirait pas.

. 12

Il y eut d'autres attaques de dacoïts au cours des semaines suivantes. Le récit des exploits de Mayappan et de sa bande, qu'ils aient dévalisé au grand jour un riche fermier, un politicien influent ou un policier corrompu, se répandait dans le district comme une traînée de poudre et ne mettait pas longtemps à arriver au gurukulam. Les villageois juraient ne les avoir jamais vus et ne pas connaître leur cachette. À l'école, les élèves, une petite lueur d'effroi dans les yeux, ne parlaient que de ça.

Après la troisième attaque, le préfet se décida à demander de l'aide aux autorités supérieures. Le directeur de la police régionale dépêcha une unité spéciale, composée des meilleurs policiers du sud de l'Inde, pour passer la forêt au peigne fin. Ils offrirent de l'argent aux villageois en échange du moindre renseignement. Quand on leur signalait une présence insolite, ils se postaient dans la forêt et attendaient. Mais le lendemain, les bandits avaient été vus dans une autre partie du district ; puis, deux jours plus tard, à des kilomètres de là, si bien qu'il s'écoula plusieurs semaines et que des milliers de roupies furent dépensés sans que cette équipe de limiers armés jusqu'aux dents ne réussît à trouver la moindre trace de Mayappan et de ses acolytes, qui continuaient à courir la campagne en toute impunité.

Indira décida qu'il était trop dangereux pour Nalini d'aller au marché toute seule avec Arumugam, et qu'elle-même ou Kalpana l'accompagnerait désormais.

Quand Parvati se glissait dans la chambre de son amie, celle-ci ne lui parlait pas. Alors elle s'asseyait sur le lit, à côté d'elle, jusqu'à ce qu'elle s'endorme, puis retournait discrètement dans sa propre chambre. Elle savait qu'il lui fallait être patiente et attendre que la douleur de Nalini s'apaise.

Au bout de quelques mois, les attaques de dacoïts cessèrent et l'on n'entendit plus parler de Mayappan. La pluie et le soleil avaient délavé, sur les murs et les arrêts de bus, les affiches qui commençaient à se décoller, tandis que le portrait du bandit paraissait de moins en moins effrayant.

Le gurukulam avait fini par retrouver sa sérénité. Quelque temps plus tard, Indira décida d'emmener les élèves en promenade dans la réserve voisine car, avec tous ces événements, elles n'avaient pas quitté l'école depuis leur sortie au bazar.

Ce jour-là, le ciel était dégagé et une légère brise soufflait. Après la prière du matin, les élèves prirent un petit déjeuner particulièrement copieux d'idly, de sambhar et de fruits. Comme c'était dimanche, elles n'étaient pas tenues au silence, mais elles mangèrent calmement, par habitude. Après le repas, Nalini tressa les cheveux de Parvati et y entremêla des fleurs de tubéreuses roses. Elle était plus maigre et plus taciturne qu'avant, mais les deux jeunes filles avaient renoué leur amitié.

Kalpana, Indira et les cinq élèves, chargées de bouteilles d'eau, de paniers de pique-nique et de nattes de paille roulées, empruntèrent l'étroit sentier ombragé qui menait à la réserve. Elles traversèrent un petit pont de bois, continuèrent à travers les banians géants, observant au passage les oiseaux qui plongeaient dans le courant pour attraper de petits poissons argentés. La brume de chaleur qui flottait dans l'air rendait le contour de chaque chose un peu flou. Elles s'arrêtèrent au bord de la rivière pour manger les beignets de légumes épicés au masala et des fruits, puis s'allongèrent sur les nattes pour une courte sieste. Parvati avait posé sa tête sur les genoux de Nalini et laissait tremper sa main dans l'eau, tandis que Uma et Rukmani consultaient un dépliant décrivant les différentes espèces d'oiseaux. Elles étaient très excitées car elles avaient déjà identifié vingt-quatre sortes d'oiseaux en une seule matinée.

Peu après, Parvati remarqua que toutes s'étaient tues et regarda ce qui se passait. Les jeunes filles, debout près d'elle, fixaient l'eau à l'endroit où elle trempait sa main. Quand elle se retourna, elle constata que des milliers de petits poissons, bouche ouverte, s'étaient rassemblés autour de ses doigts.

– Je n'ai jamais rien vu de semblable, murmura Kalpana.

Les autres non plus n'en croyaient pas leurs yeux et restaient là, bouche bée, comme les poissons.

Un peu plus tard dans l'après-midi, à l'heure la plus chaude, elles grimpèrent en haut d'une tour d'observation qui dominait un étang ombragé où l'eau de la rivière se déversait en légers tourbillons. Elles s'installèrent dans le *machan,* à l'abri de parois de paille d'où elles pouvaient observer discrètement les oiseaux, les singes et les lézards qui s'attardaient sur les rives pour boire. Des *drongos* noirs survolaient l'étang en agitant avec insolence leurs longues queues, qui les suivaient comme les dragons de papier des défilés du nouvel an chinois, au milieu d'une centaine de cormorans déployant leurs ailes avant de plonger sur leur proie. Les spatules, qui frappaient l'eau de leurs becs plats, ressemblaient aux dhobi qui rincent le linge au bord des rivières.

Soudain, le bruit sec d'une arme automatique troubla l'air paisible. Les cormorans se dispersèrent dans un grand bruit d'ailes mouillées et disparurent dans une nuée vert-de-gris. Elles entendirent des voix qui criaient et sentirent la tour s'ébranler, tandis que quelqu'un montait lourdement à l'échelle. Instinctivement, elles s'accroupirent. Indira se pencha par la fenêtre ouverte pour voir ce qui se passait. Elle devint blême et s'accroupit à son tour.

– Ce sont les dacoïts !

Les bandits tirèrent de nouveau en l'air, puis un silence pesant retomba. Mais il ne dura pas : Kalpana appela à l'aide ; Kamala et Uma se mirent à pleurer. Kalpana et Indira regroupèrent les filles dans un coin de l'abri et, les protégeant de leurs bras, leur chuchotèrent de garder la tête baissée.

Nalini ouvrait de grands yeux. Parvati serrait sa main de toutes ses forces. Le premier bandit arriva en haut de l'échelle et se posta en face d'elles. Par les interstices du plancher, elles pouvaient voir d'autres dacoïts en train de faire le guet au pied de la tour, un fusil à la main.

Un second hors-la-loi surgit en haut de l'échelle.

– Nous ne vous ferons pas de mal, dit le premier bandit, qui semblait être le chef.

Il était grand et fort, et ses yeux rayonnaient d'une étonnante douceur. Il s'avança et saisit Nalini par le poignet, l'aidant doucement à se relever. Elle resta silencieuse et se laissa faire en le regardant droit dans les yeux.

Parvati avait l'impression de rêver. Elle n'avait pas peur, mais elle était incapable de parler et de bouger. Ce doit être Mayappan, pensa-t-elle. Pourtant, il ne ressemblait en rien au portrait effrayant qui couvrait les murs des villages environnants. Nalini se tourna vers elle et Parvati lui prit la main.

– Non ! cria Kalpana. Non !

Indira essaya de retenir Nalini, mais Mayappan fut plus rapide ; il prit la jeune fille dans ses bras et la transporta jusqu'en bas de l'échelle. Nalini ne détacha pas ses yeux de ceux de Parvati jusqu'à ce qu'elle disparaisse. La jeune fille se précipita à la fenêtre. Indira essaya en vain de l'en empêcher. Les bandits attendirent que Mayappan soit déjà loin dans la forêt, puis ils partirent. Uma, Rukmani et Kamala restaient recroquevillées dans un coin du machan; quant à Indira et Kalpana, elles semblaient incapables de faire le moindre mouvement. Parvati, qui voulait donner l'alerte, dévala l'échelle et se mit à courir, sari au vent.

– Attends, Parvati ! cria Indira.

Mais Parvati ne l'écoutait pas, car elle savait qu'il

n'y avait pas une minute à perdre si elle voulait avoir une chance de retrouver Nalini. Au poste de garde, à l'entrée de la réserve, elle trouva l'officier de service assoupi sur sa chaise.

– Vous n'avez donc rien entendu ? s'exclama-t-elle.

À ces mots, l'homme faillit tomber à la renverse, mais il se redressa quand Parvati hurla :

– Mayappan ! Les dacoïts ! Vite, appelez la police !

Kalpana arriva à son tour, essoufflée, suivie de Rukmani, de Uma et de Kamala, qui criaient toutes en même temps. Mais quand les recherches commencèrent, Mayappan et ses hommes avaient disparu et, avec eux, Nalini.

Le lendemain matin, à peine le soleil s'était-il levé qu'une brume de chaleur enveloppa la jungle. La cloche du gurukulam sonna. Les filles, qui rentraient du temple, s'arrêtèrent et s'interrogèrent des yeux. Quelle nouvelle catastrophe allait-on encore leur annoncer ? Plus rien ne leur paraissait impossible à présent. Elles coururent jusqu'au bungalow, dans un bruit de claquement de sandales.

L'inspecteur en chef de la police locale faisait les cent pas en haut des escaliers. Il portait un uniforme kaki à boutons argentés, bardé de cordons noirs et d'écussons rouges, insignes de ses nombreux mérites, et arborait une casquette de cuir à large visière. Il marchait les mains croisées dans le dos et jouait avec une cravache à pommeau d'argent. Indira recula d'un pas, les sourcils froncés.

–Mesdemoiselles, on m'a demandé de vous prévenir que l'inspecteur en chef va vous interroger dans le salon, une par une.

Uma fut la première à affronter le policier. Pendant ce temps, Indira conduisit les autres dans la cour où elles s'assirent sur des traversins en attendant leur tour. Personne ne parlait. Parvati noua hâtivement ses cheveux encore humides en chignon. Quand ce fut son tour, l'inspecteur, assis derrière un petit bureau, l'invita d'un geste à entrer dans le salon. Une longue liste de noms était inscrite à la main sur une feuille de papier gris posée devant lui. Une secrétaire prenait des notes. Parvati resta debout, les bras croisés.

– Vous étiez très proche de la jeune fille qui a disparu, n'est-ce pas ? Nalini, si je ne m'abuse, ajouta-t-il en regardant son papier.

Parvati pinça sa langue entre ses dents et hocha la tête.

– Oui, c'était ma meilleure amie, dit-elle avec une certaine hésitation.

– Vous a-t-elle jamais parlé de Mayappan, ce bandit qui a dévalisé tant de gens dans la forêt ?

Le cœur de Parvati battait à tout rompre. À Anandanagar, on n'aimait pas beaucoup les policiers. D'instinct, elle n'avait pas envie de répondre aux questions ; elle voulait protéger Nalini. Mais à quoi bon, à présent ? Elle devait dire la vérité. Il y avait peut-être encore une chance de la retrouver.

– Oui, monsieur, répondit-elle.

L'homme attendit sans rien dire, tandis qu'elle rassemblait son courage.

– Et que vous a-t-elle dit ? finit-il par demander avec une pointe d'impatience dans la voix.

Parvati avala sa salive et respira profondément.

– Simplement qu'elle avait rencontré un homme au bazar, quelques semaines auparavant. Elle ne m'a pas tout de suite dit de qui il s'agissait. C'était une ou deux semaines avant l'incident de la réserve. Elle était très attirée par lui et croyait que lui aussi était amoureux d'elle. Mais, après le vol, elle a commencé à avoir peur du genre de vie qu'il menait, vous savez, être sans cesse poursuivi et se cacher tout le temps.

– Et vous n'avez pas songé à parler de cette entorse au règlement au guru Pazhayanur Muthu Kumara Pillai ?

– Ce n'était pas vraiment une entorse au règlement, répondit Parvati en s'efforçant de ne pas tourner le dos à cet homme insolent qui profitait du pouvoir que lui conférait son uniforme. Elle l'a rencontré au marché pendant qu'elle faisait les courses pour l'école. C'était son travail. Elle n'a su que plus tard qui il était. Elle n'a rien fait de mal.

– Pensez-vous que cette jeune fille soit partie avec ce hors-la-loi de son plein gré ? Il est très important que je le sache, car si c'est une simple fugue, je ne risquerai pas la vie de mes hommes pour la retrouver – c'est l'affaire de sa famille. Mais si c'est un enlèvement, c'est tout à fait différent.

– Je pense qu'il est venu la chercher parce qu'elle avait refusé de le rejoindre, dit Parvati. Je pense aussi que c'est le genre d'homme qui prend ce qu'il désire.

Après le départ de l'inspecteur, Indira s'adressa aux élèves.

– Nous n'avons aucune idée de l'endroit où elle peut être. Quand nous sommes rentrées de promenade le jour de l'enlèvement, tout était en ordre dans sa chambre. L'inspecteur ne voulait pas que nous vous en parlions avant de vous avoir interrogées, mais il semblerait que Nalini ait noué une sorte de... d'amitié avec Mayappan ; nous ne savons pas si elle s'est enfuie avec lui ou si elle a été enlevée. Le guru est parti pour Bombay prévenir sa famille.

Parvati savait que la famille de Nalini serait très affectée par cette nouvelle, puisque le gurukulam cesserait de leur envoyer de l'argent. Et même si le fait de savoir que Nalini aimait Mayappan la consolait un peu, elle ne pouvait s'empêcher d'avoir peur pour son amie.

Indira donna congé aux élèves, mais demanda à Parvati de la suivre dans le bungalow.

– L'inspecteur m'a dit que tu étais au courant de l'amitié entre Nalini et Mayappan, lui dit-elle en arpentant nerveusement la pièce.

Parvati était debout, dos à la porte. Elle acquiesça.

– Dis-moi tout ce que tu sais.

– Au début, elle m'a seulement raconté qu'elle avait rencontré quelqu'un au marché. Le jour de la première attaque, à la réserve, elle m'a avoué que cet homme était Mayappan.

– Pourquoi ne nous as-tu rien dit ?

Parvati rougit.

– Madame, c'était mon amie. Elle devait rencontrer de nouveau Mayappan au bazar, mais il n'est pas venu. Nalini avait peur du genre de vie qu'il menait, elle craignait qu'il se fasse tuer. Et elle pensait aussi qu'il s'était moqué d'elle. J'ai cru ce jour-là qu'elle ne le reverrait plus jamais.

– Il était quand même de ton devoir de m'en informer.

– Je ne pouvais pas trahir Nalini, madame, même au risque d'être renvoyée du gurukulam. Mais je suis persuadée que Mayappan l'a kidnappée. Pourquoi aurait-il pris un tel risque s'il avait pensé qu'elle viendrait de son plein gré ?

Parvati parlait avec franchise et conviction.

– C'est très grave, répondit Indira sans regarder son élève.

– Je vous assure que je n'ai pas voulu enfreindre les règles du gurukulam, ni vous manquer de respect, madame. Je suis désolée, mais je ne pouvais pas trahir mon amie.

– Je te crois, répondit la vieille femme d'un ton qui n'était pas dénué de compassion, mais à partir de maintenant, tu devras observer le règlement à la lettre. À la moindre infraction, même de la règle du silence, je te renvoie dans ta famille.

Parvati opina.

– N'oublie pas, la moindre entorse à la plus petite règle, et...

– Oui, madame. J'ai compris.

Elle salua et quitta la pièce.

. 13

Parvati se plongea dans l'étude et la danse. Sans Nalini, elle se retrouvait de nouveau isolée, mais elle était accoutumée à la solitude.

Devant le grand miroir de la salle de classe, elle s'entraînait longuement à l'*abhinaya*, danse dans laquelle se combinent les mouvements de la tête, du torse, des bras et des jambes, et méditait avant chaque cours. Et puisqu'elle avait choisi d'étudier la flûte en bambou lors de son premier trimestre à l'école, les jours où la chaleur et l'humidité étaient trop oppressantes, elle avait pris l'habitude d'aller en jouer dans la forêt. Les notes s'envolaient jusqu'à la cime des arbres avant de retomber en pluie sur le sol moussu, hypnotisant les oiseaux, les lézards, les tortues, les daims tachetés, les chats sauvages, et même les crocodiles. Mais le son de la flûte ne réussissait pas à animer la statuette de Shiva, ce qui était pourtant son vœu secret. Les autres élèves l'avaient surnommée la reine des singes ou la femme-oiseau et riaient sous cape en sa présence, aussi ses seuls amis étaient-ils désormais les animaux de la jungle.

Indira la mit plusieurs fois en garde sur les dangers qu'il y avait à se promener seule dans la forêt ; elle craignait autant les dacoïts que les tigres et les crocodiles.

– Mais madame, il n'y a pas de tigre ici, protestait Parvati, et l'on n'a pas entendu parler de Mayappan depuis la disparition de Nalini. Il n'y a aucun danger.

Durant les cours, la seule musique était le bruit de la canne en bambou du guru, qui marquait la mesure. Les rythmes étaient de plus en plus complexes : *taiya-taiya, taiya-tai, tai, tai, tai-takka-tai, tai, tai, tai, takka-tai.*

La semaine du récital annuel des élèves arriva et toutes les élèves s'étonnèrent de la rapidité avec laquelle cette année au gurukulam s'était écoulée. Parvati mourait d'impatience. Depuis que Nalini était partie, chaque jour sans danser lui semblait durer une éternité. Le jour de la représentation, elle courut jusqu'au bungalow où le guru l'attendait. Les singes se chamaillaient et batifolaient derrière les arbres du sentier et les oiseaux voletaient devant elle. Elle grimpa les escaliers quatre à quatre et s'arrêta sur le seuil de la véranda pour reprendre son souffle. Le guru était assis sur un matelas de paille, dans le parloir.

– Entre, entre. Assieds-toi, s'il te plaît.

Il lui indiqua un autre matelas, en face de lui, sur lequel étaient posés un coussin et un traversin rouge. Parvati remarqua qu'il ne l'avait pas appelée mon enfant cette fois-ci, et s'assit.

– Je suis très content de tes progrès, lui dit-il. À vrai dire, je suis très admiratif car tu as un talent tout à fait hors du commun !

Une onde d'excitation parcourut Parvati. Indira entra dans la pièce avec un plateau de limonade et de biscuits. Elle servit le guru en premier, puis la jeune fille.

– J'ai envoyé de l'argent à ta mère – une somme plus importante, cette fois. Mais une fois de plus, tout dépend de toi. As-tu envie de continuer ?

– Oh oui ! mais pouvez-vous me dire quand nous commencerons à danser, à danser vraiment, je veux dire ?

Le guru la regarda comme si elle lui avait parlé chinois.

– Mais tu danses ! dit-il. Comment appelles-tu ce que tu fais en ce moment ?

– Étudier, répondit Parvati, apprendre. Mais ce que je voudrais savoir, c'est quand nous allons danser sur de la vraie musique !

– Au bout d'une année, la plupart des jeunes filles ne sont pas prêtes à danser sur scène ; il y a tant de choses à apprendre ! Une élève de ce gurukulam ne peut se produire en public avant d'avoir atteint la maîtrise parfaite de son art.

La déception étreignit Parvati, mais elle ne dit rien. Le guru rit, d'un rire bienveillant, et la jeune fille baissa les yeux.

– Mais tu es différente, ajouta-t-il.

– Qu'entendez-vous par là, maître ? demanda-t-elle.

Le guru devint grave.

– Je comprends ton impatience. La musique fait partie de toi, c'est comme si tu avais toujours su danser, depuis le jour de ta naissance...

Parvati se demanda s'il avait entendu parler du cyclone, du jour où elle avait dansé au milieu des flammes ou encore de son tête-à-tête avec le cobra ; toutes les choses qui avaient fait d'elle une enfant différente. Elle fixa le sol un instant comme si les réponses qu'elle cherchait étaient cachées dans la natte de paille.

– Qu'as-tu ? demanda le guru avec bonté.

Elle avala sa salive et respira profondément avant de lui répondre.

– Toute ma vie, les gens ont dit que j'étais différente ; à cause de cette différence, ils ont fait de moi leur bouc émissaire. Cela n'a créé que des ennuis à ma pauvre mère, alors j'ai du mal à comprendre que tout d'un coup, vous en parliez... comme si c'était une bénédiction.

– Il y aura toujours des gens qui auront peur et qui seront jaloux de ton talent. Ces gens-là te causeront toujours des ennuis. Tu n'y peux rien, sinon les ignorer et travailler dur pour te perfectionner. Tel est ton dharma. Ce serait contre nature et contre la volonté de dieu de ne pas développer ce talent que tu as reçu. Je me sens comme un père qui aurait refusé de voir sa fille grandir, ajouta-t-il en souriant. Il est vrai que tu ne peux plus rester dans le même cours que tes compagnes. Tu as déjà prouvé que tu pouvais être une devadasi accomplie. J'ai essayé jusque-là de ne pas faire de favoritisme, mais je dois reconnaître qu'aucune des élèves du gurukulam, même si toutes seront un jour de bonnes danseuses, n'a ton talent. À partir de maintenant nous devrons travailler tous les deux ensemble pour t'amener à la perfection et préparer ton *arangetram* ; cette audition sera ta première apparition en public. Tu continueras à suivre les cours de littérature et de philosophie ; le reste du temps, tu travailleras ton style et tu répéteras les danses de ton répertoire.

Parvati le salua en le remerciant. Au moment où elle s'apprêtait à sortir, Indira entra et lui donna deux saris de danse avec des blouses et des churidars assortis. Ces saris – les premiers que posséderait Parvati – étaient tissés plus serrés que les vêtements ordinaires, pour éviter que les pieds ne s'accrochent dans la jupe. Indira lui confia également une petite lanterne en étain pour qu'elle puisse lire et étudier pendant la nuit.

– Si tu as besoin d'huile pour ta lampe, viens me voir avec ce récipient – elle lui tendit un petit bidon –, je te le remplirai.

Le guru sortit une enveloppe bleue de son sac en toile et la tendit à Parvati.

– Ta famille a envoyé ceci.

Parvati prit l'enveloppe, salua respectueusement le vieil homme et sortit. Elle se hâta jusqu'à sa chambre, en essayant de ne rien laisser tomber. Là, elle glissa la lettre dans les plis de sa ceinture, rangea les saris, le bidon et la lanterne sur les étagères, et courut jusqu'au flamboyant. Son cœur battait à tout rompre. Elle grimpa le long de la vigne qui s'enroulait autour du large tronc, ses pieds trouvant facilement appui dans les petites cavités moussues. Elle s'installa à sa place habituelle, au milieu du feuillage rougeoyant, et ouvrit la précieuse lettre de son frère aîné.

Petite sœur,

Grâce à l'argent que nous a envoyé le guru, nous allons pouvoir construire notre nouvelle maison, à l'autre bout du village. Il y aura une chambre pour Venu et une autre pour Amma. Il y aura aussi une cuisine et une pièce pour prendre les repas. Et, bien sûr, il y aura une chambre pour moi. Tu ne le croiras pas, mais je vais me marier après la mousson. Je suis si content que maman ait de nouveau une fille pour l'aider à tenir la maison ! Et toi, tu auras une sœur. Notre nouvelle maison va être tellement plus agréable que la petite pièce en torchis délabrée où nous vivons chez l'oncle Sathya ! Et puis, nous n'aurons plus à supporter la hargne et les humeurs de Tatie...

Parvati demeura longtemps dans l'arbre, à se demander qui Venkat allait épouser. L'oncle Sathya avait sûrement tout arrangé. C'était typique de Venkat de ne pas donner les détails les plus importants !

Des odeurs de citronnelle et de frangipane montèrent du jardin et lui chatouillèrent les narines. Elle finit par descendre de son perchoir. Elle enfila ses sandales et retourna à sa chambre pour revêtir son sari de danse. Tout en marchant vers le bungalow pour assister à ses cours de l'après-midi, elle se sentait gauche dans ce nouveau costume, un vrai costume de danseuse, dont l'étoffe encore rigide frottait légèrement ses jambes, son buste et son dos.

Quand elle entra dans la cuisine, Rukmani et Kamala, qui portaient encore des demi-saris, se penchèrent au-dessus de l'évier et se mirent à chuchoter, puis les deux amies se retournèrent pour la dévisager. Parvati leur sourit. Mais Rukmani alluma la gazinière sans faire de commentaire et Kamala se détourna pour attraper des poêles sur une étagère, sans même lui prêter attention.

Cet après-midi-là, Parvati prit son premier cours avec le guru, dans une salle de classe située derrière le bungalow, près des chambres où les enseignants avaient leurs quartiers. La jeune danseuse n'était jamais entrée dans ce pavillon ouvert avec un toit de chaume pointu que soutenaient des piliers de pierre autour desquels un bougainvillier enroulait ses guirlandes de fleurs brillantes et cuivrées. Des stores en bambous avaient été baissés du côté ouest pour protéger du soleil de l'après-midi, les autres étaient remontés pour laisser entrer la brise marine. La pièce était vaste et des palmiers plantés dans des pots de terre rouges ornaient l'entrée.

Le guru était assis sur une natte posée à même le sol, un vase de tubéreuses près de lui. De petites flammes dansaient dans une douzaine de lampes en bronze et des oiseaux entraient pour se poser sur les stores enroulés. Parvati ôta ses sandales, les rangea sur la marche de l'entrée et salua le maître. La chaleur du sol en béton ciré sous ses pieds nus lui parut agréable.

– La première chose que doit faire une danseuse, dit le guru, c'est de saluer *Bhumi*, la déesse de la terre, en lui demandant la permission de frapper le sol avec ses pieds.

Il récita la prière et lui montra comment elle devait toucher tout d'abord le sol, puis ses yeux, pour implorer le pardon de la divinité. La leçon commença par un *nritta*, une danse pure, qui n'a d'autre sens que celui de la beauté du corps en mouvement. L'expression dépend de l'harmonie entre les yeux, le visage, le menton, le cou, le torse, les bras, les jambes, les mains et les pieds. Le guru marquait le tempo avec sa canne, et en une heure Parvati apprit la séquence complète des poses. Pour chacune d'elles, la danseuse se figeait comme une statue à la posture parfaite et le guru penchait la tête en claquant parfois des doigts pour accompagner ses mouvements.

À partir de ce jour, Parvati n'eut plus besoin de beaucoup de sommeil. Elle restait souvent éveillée tard pour étudier et il lui arrivait même de danser seule dans sa chambre à la lueur de sa lanterne, au rythme de la musique qui résonnait dans sa tête. De ce jour aussi, elle ne prêta plus attention à Kamala et Rukmani quand elles oubliaient de la saluer ou détournaient leur regard, ni aux groupes d'élèves qui se taisaient soudainement quand elle passait. Elle se concentra sur sa tâche et se résigna à l'idée que son dharma lui imposait de ne pas avoir d'amies, que sa solitude était inscrite dans l'ordre cosmique des choses. Elle serait une véritable devadasi, une servante des dieux, dont la dévotion s'exprimerait tout entière à travers la musique.

Il y avait maintenant plus d'un an que Parvati avait quitté Anandanagar et qu'elle n'avait pas revu les siens. Dans sa dernière lettre, Venkat lui avait parlé de son mariage mais, comme à son habitude, sans beaucoup de détails et elle avait dû déployer toute son imagination pour deviner quel bijou il avait donné à sa femme, Sumitra, quels habits elle avait portés ce jour-là et comment s'était déroulée la cérémonie. Parvati relut la lettre une bonne centaine de fois ; à force de la relire, elle pouvait voir les mariés faire sept fois le tour du feu sacré comme si elle avait été présente. Elle les voyait à travers la lueur orangée des flammes. Elle voyait aussi des larmes couler sur les joues de sa mère et le scintillement du sari nuptial brodé de fils d'argent.

Quelques jours après l'arrivée de la lettre de Venkat, le guru la reçut avec une lueur inhabituelle dans les yeux. Il parlait d'une voix aiguë et semblait aussi excité qu'un enfant.

– J'ai pris ma décision, dit-il, l'heure est venue.

– L'heure est venue de quoi ?

– J'ai consulté le prêtre et nous sommes d'accord pour dire que ton arangetram, la cérémonie qui consacrera la fin de tes études de danse, pourra avoir lieu dans trois mois. Tu es prête.

Parvati sentit sa bouche se dessécher. Elle était prête. Elle pourrait bientôt danser en public. Elle sentait qu'elle en était capable. Mais elle savait que sa famille n'aurait jamais assez d'argent pour venir assister à cette cérémonie, au cours de laquelle l'élève honore le guru et sa famille, surtout si peu de temps après le mariage de Venkat.

– Mais ma mère ne pourra jamais…

– Cela n'a pas d'importance, coupa le guru. Le gurukulam a de l'argent pour remédier à ce genre de situation. C'est pour cela que nous vivons frugalement : tout est sacrifié à la danse.

Dès lors, Indira, Kalpana et le guru furent pris d'une agitation frénétique. Ils louèrent une salle au centre de Madras, établirent des listes d'invités, envoyèrent des invitations aux quatre coins du pays, sélectionnèrent les musiciens, commandèrent des fleurs, firent imprimer le programme et transmirent les informations nécessaires à la presse locale. Pendant ce temps-là, Parvati ne faisait que danser et elle était plus heureuse qu'elle ne l'avait jamais été.

Un matin, le guru l'envoya voir Kalpana pour essayer un costume de danse et des parures. La jeune femme était plus grande que Parvati et le sari était trop large.

– Ce n'est pas grave, dit Kalpana, nous irons t'en acheter un au bazar.

Le matin suivant, Arumugam les conduisit en rickshaw et, dès leur arrivée, Kalpana se dirigea vers une allée où l'on vendait des costumes de danse. Elles s'arrêtèrent devant une minuscule échoppe, faiblement éclairée par une ampoule qui pendait du plafond au bout d'un fil électrique. Le propriétaire, assis sur un drap blanc près de l'entrée, était penché sur un morceau d'étoffe en soie verte, brillante, dont la bordure était ornée d'un motif bleu et argent. Kalpana se tourna vers Parvati.

– C'est la plus petite échoppe, et la plus fréquentée aussi. Mais il vend ses costumes de danse à des prix très raisonnables, chuchota-t-elle si bas que Parvati entendit à peine ses paroles.

La soie verte brillait et les fils d'argent étincelaient en tournoyant sous l'aiguille de la machine à coudre du tailleur. Kalpana dit quelques mots à l'homme, qui dégagea l'étoffe de la machine pour que Parvati en touche le plissé. Il leur montra ensuite la blouse, qui était bleue comme le motif de la ganse, avec un motif vert et argent sur les manches.

– Il faudra faire une petite retouche ici, dit-il en pinçant le tissu au niveau de la taille.

Regardant Parvati, puis le costume, il ajouta :

– On dirait qu'il a été fait pour vous.

Kalpana se mit à marchander, mais Parvati n'entendait rien, trop absorbée dans la contemplation de la somptueuse soie verte. Les deux parties se mirent d'accord sur un prix et le tailleur s'assit devant sa machine pour faire les ajustements nécessaires. Quelques minutes plus tard, il plia le costume et l'emballa dans un papier brun soigneusement ficelé.

Dans le rickshaw, Kalpana conseilla à Parvati de ne pas serrer trop fort le paquet contre elle, si elle ne voulait pas retrouver le sari tout froissé. Sitôt de retour, elles se rendirent dans la chambre de Kalpana pour essayer le nouveau costume. Elles ajustèrent la blouse et arrangèrent les plis de la jupe. Puis Kalpana sélectionna quelques bijoux, des médaillons d'argent, des chaînes, des bracelets et des boucles d'oreilles.

Chaque jour, Parvati apprenait une nouvelle posture du *varnam*, la pièce centrale de son récital. Le guru ne la corrigeait presque jamais, tout au plus l'interrompait-il parfois pour préciser un point de détail de la chorégraphie.

Le soir de la cérémonie, la salle se remplit de danseurs, d'étudiants et de maîtres de danse, dont certains avaient voyagé durant plus d'une journée. La bonne société de Madras, que l'on reconnaissait à ses saris de soie et à ses bijoux, était là, elle aussi. La jeune fille du Nandipuram devait danser sur une simple estrade décorée d'un bouquet de fleurs du gurukulam, d'une lampe à huile en bronze, de petits photophores en terre cuite et d'un portrait de

Lakshmi, l'épouse défunte et l'inspiratrice du guru Pazhayanur Muthu Kumara Pillai.

Kalpana était installée en face de l'estrade avec les élèves du gurukulam. Le guru, lui, avait pris place avec les musiciens, sur le côté de la scène. Les billets de train pour la famille de Parvati étaient probablement la seule dépense que l'école n'avait pas consenti à faire pour cette soirée, à la grande déception de Parvati; Kalpana s'assit donc à la place occupée traditionnellement par la mère de la future devadasi.

La jeune fille commença par exécuter un *alarippu* dans lequel se mêlaient des jeux de main et de tête complexes. Elle salua ainsi la déesse Bhumi, Ganesh, celui qui ôte les obstacles, le Shiva Natarajah de santal qu'elle avait posé à un bout de l'estrade, le guru pour lui demander sa bénédiction, Kalpana, sa mère honorifique, puis les musiciens et l'ensemble du public. Elle exécuta ensuite un jatisvaram, danse pure (nritta), un shabdam, développement de danse expressive (nritya) puis un varnam, séquence encore plus complexe.

Quand la musique avait commencé à retentir dans la salle, Parvati avait perdu conscience de ce qui se passait autour d'elle ; le public était devenu invisible, aussi bien ses compagnes qui bavardaient que les personnages distingués adossés aux coussins; il n'y avait plus que la musique, la danse et le tournoiement des flammes sacrées autour du Shiva Natarajah, qui s'était mis à danser pour elle ce soir-là. La danse de Parvati racontait l'histoire de Nilakantha : comment la gorge de Shiva devint bleue après qu'il eut bu le poison issu du bouillonnement de la mer pour sauver l'humanité de la destruction. À la fin de son récital, la salle était aussi silencieuse qu'un temple vide. Le guru et les musiciens pleuraient et il y eut un tonnerre d'applaudissements.

Parvati, qui était désormais une devadasi confirmée, retourna à ses études. Les autres élèves ne lui adressaient toujours pas la parole et il lui semblait que rien n'avait changé. Jusqu'au jour où elle se leva de bonne heure pour aller faire ses ablutions et sa prière au temple, comme à son habitude. Elle avait fait une puja rapide dans la chaleur immobile de l'aube, puis s'était éclipsée avant l'arrivée des autres. Très haut dans le ciel bleu, des nuages ourlés de reflets cuivrés avaient fait leur apparition. Elle se rendit à la cuisine où elle se versa un bol de lait caillé qu'elle but rapidement après y avoir ajouté un peu de sel et d'eau, puis se dépêcha d'accomplir ses tâches ménagères du matin et ses exercices avant l'arrivée du guru. Parvati n'avait jamais demandé à être dispensée du travail en cuisine, mais Indira, qui n'avait pas manqué de remarquer l'attitude des autres élèves, lui avait demandé de balayer chaque jour la cour et de dépoussiérer le salon et le bungalow, travail solitaire plus approprié à sa situation. Quand elle eut terminé, elle se rendit dans la salle de classe du pavillon ouvert, tressa un brin de jasmin dans ses cheveux et s'assit par terre, dos à l'entrée.

Elle plia les jambes, mit ses bras en position de repos et prit une respiration profonde. C'est à ce moment-là que Kalpana fit irruption dans la pièce, hors d'haleine et en proie à une excitation tout à fait inhabituelle.

– Parvati ! cria-t-elle à bout de souffle. Parvati, suis-moi tout de suite !

Elle saisit la jeune fille par le poignet pour l'aider à se relever et l'entraîna à sa suite. Ses cheveux, qui d'habitude étaient toujours tirés en arrière en un chignon très strict, pendaient de chaque côté de son long visage comme si elle venait de sortir du bain.

– Il t'a demandée, toi !

– De qui parles-tu ? demanda Parvati qui avait du mal à sortir de sa méditation et ne comprenait rien.

Kalpana essaya de reprendre son souffle pour lui expliquer de quoi il retournait, tout en continuant à la tirer en direction du bungalow.

– Le maharajah de Nandipuram ! articula-t-elle. Le maharajah Narasimha Deva !

– Mais je viens de Nandipuram, je suis née dans le village d'Anandanagar, tout près du palais du maharajah !

– Le maharajah va organiser de grandes festivités à l'occasion de son anniversaire qu'il avait, comme tu le sais, l'habitude de célébrer en grande pompe autrefois, juste avant le début de la mousson. Sa situation financière et celle de son peuple se sont considérablement améliorées depuis la catastrophe, aussi a-t-il décidé de renouer avec la tradition et de célébrer de nouveau son jour de naissance avec le rituel de la pesée. L'or sera distribué aux pauvres. Il a invité pour l'occasion le Premier ministre, plusieurs ambassadeurs et tout un tas de personnages importants…

Comment Parvati aurait-elle pu oublier ce jour ? Après tout, c'était aussi celui de son anniversaire… Mais elle ne dit rien.

– Le secrétaire du rajah, M. Ramanujan, a contacté

mon père pour lui demander qui était la danseuse la plus talentueuse de toute l'Inde...

Kalpana écarquilla les yeux.

– Et sais-tu ce qu'il a répondu ? Sans hésitation – j'en suis sûre, j'étais à ses côtés – il a répondu que c'était toi, toi, Parvati de Nandipuram, il a dit que tu étais la devadasi la plus talentueuse du gurukulam, la plus douée de toutes ses élèves. Et il a invité M. Ramanujan à assister à ton récital. Ce dernier a été si impressionné par ta prestation qu'il s'est précipité à Nandipuram pour dire au rajah que tu étais bien la danseuse la plus extraordinaire qu'il avait jamais vue. Le maharajah lui a répondu : « Si c'est la meilleure danseuse, c'est elle qu'il nous faut ! » Tu te rends compte, Parvati ? C'est toi qu'ils veulent !

Parvati avait les joues en feu et se sentait oppressée. Bien sûr que le guru n'avait jamais enseigné à une élève comme elle – avant elle, aucune danseuse n'avait causé tant de désastres, aucune danseuse ne frappait aussi désespérément le sol de ses pieds pour que la terre continue de tourner pour éviter sa destruction !

Kalpana poussa la jeune fille à l'intérieur du bungalow.

– Il n'y a pas de temps à perdre, nous devons préparer tes costumes et tes bijoux.

Parvati passa les trois mois suivants à apprendre et à répéter les danses qu'elle allait exécuter à l'occasion des festivités.

. 14

Le voyage en train pour Nandipuram fut très différent de ce que Parvati avait imaginé. Le maharajah Narasimha Devi avait mis ses trois wagons personnels à sa disposition, ainsi qu'un serviteur pour veiller à son bien-être pendant le trajet.

Les meubles de la voiture-salon étaient en bois de teck incrusté d'ivoire ; de somptueux *dhurrie* tissés de motifs traditionnels bleus, bruns et rouges couvraient le sol, les banquettes et les tables. Les deux autres wagons étaient occupés par les couchettes, la cuisine, la réserve et le quartier des domestiques, où dormait la vieille ayah d'Indira, Vilasini. Son dos était courbé par le poids des années, mais Indira avait insisté pour qu'elle accompagne la jeune devadasi, car rien ne lui échappait. Vilasini serait ses yeux et ses oreilles durant le voyage.

Kalpana et Parvati s'installèrent confortablement sur les banquettes en velours de la voiture-salon. Il faisait déjà nuit quand le convoi quitta la gare. Bercée par le roulis du train, Parvati repensa au voyage qu'elle avait fait avec sa mère pour venir au gurukulam et à ce qu'elles avaient souffert, entassées sur les durs bancs de bois, avec l'air chaud qui entrait par les fenêtres ouvertes et leur brûlait le visage ! Cette fois, les wagons étaient climatisés et Parvati avait même dû mettre un châle sur ses épaules.

Kalpana, silencieuse, était assise à côté de Parvati et surveillait Vilasini qui tenait la valise dans laquelle se trouvaient les costumes de danse et les bijoux que la jeune fille porterait – ceux-là mêmes qui avaient appartenu à Lakshmi, la mère de Kalpana, l'une des plus grandes danseuses d'Inde. Parvati avait déjà essayé son costume, mais n'avait pas encore vu les bijoux. Dans le sac de toile posé aux pieds de Vilasini, il y avait ses affaires personnelles, notamment la statuette du Shiva dansant de son père et, dans un autre, les cadeaux qu'elle avait achetés pour sa famille au bazar juste avant le départ : une flûte en bambou pour Venu, des bracelets en verre pour Sumitra, un canif pour Venkat et une brosse à cheveux pour sa mère.

Le guru les rejoignit au moment où le serviteur, qui portait la livrée blanche à boutons argentés du rajah, apportait à chacun des voyageurs un grand *thali*. Tandis qu'il leur servait des soupes raffinées, accompagnées de légumes appétissants et d'une grande variété de pains, Parvati revit le vieux vendeur à la veste élimée qui avait traversé le wagon pendant son premier voyage.

– Quand nous reviendrons à Madras, dit le guru, je veux que tu commences à enseigner aux élèves les plus jeunes.

Parvati le regarda, surprise.

– Tu continueras tes études, bien sûr, mais si tu

veux acquérir la formation d'un maître, c'est une étape nécessaire.

– Merci, guru-ji, répondit Parvati

– Nous t'aiderons, dit Kalpana. Tu verras, ce n'est pas plus compliqué que d'apprendre à danser.

Tout en écoutant ses aînés, Parvati songeait combien les voies du dharma étaient impénétrables : certaines choses étaient difficiles à comprendre et ne s'obtenaient que de haute lutte, tandis que d'autres portes s'ouvraient tout naturellement, comme une fleur qui s'épanouit.

Peu de temps après, alors que le train filait dans la nuit, Parvati remonta sur elle le drap de lin posé sur le confortable matelas et s'endormit sur-le-champ. Il faisait encore nuit quand un serviteur portant un plateau avec de l'eau chaude citronnée la réveilla. Kalpana était déjà debout. Parvati s'assit dans son lit et sirotait le breuvage dans une coupe en fine porcelaine quand Vilasini frappa doucement à sa porte pour la prévenir qu'il ne lui restait plus que quelques minutes pour s'habiller avant que le train n'entre en gare de Chitoor.

Parvati avait l'impression que deux années au moins s'étaient écoulées depuis qu'elle avait passé la nuit sur le quai de cette gare. Elle essaya d'imaginer quelle aurait été sa vie si le guru n'était pas venu la chercher à Anandanagar. Elle n'était qu'une petite villageoise ignorante quand elle avait quitté ces lieux et voilà qu'elle y revenait en devadasi !

Durant tous ces mois au gurukulam, elle avait essayé de ne pas trop penser à sa famille puisque le règlement lui interdisait de voir les siens, et le silence, la solitude et la méditation étaient devenus chez elle une seconde nature. Mais le guru avait insisté, cette fois, pour qu'elle passe une semaine chez elle.

– Tu as beaucoup travaillé, avait-il dit, tu dois te reposer un peu avant le récital. Depuis que tu es une devadasi, le règlement est différent.

Aujourd'hui, elle allait voir sa famille, à laquelle elle n'avait cessé de songer depuis le jour où elle était partie : deux jeunes garçons et une mère qui avaient revêtu leur chagrin comme une seconde peau. Elle essaya d'imaginer à quoi ils pouvaient ressembler maintenant : Venu et Venkat devaient être de jeunes hommes, et Sumitra, la femme de Venkat, attendait déjà son premier enfant. Sa mère avait une nouvelle maison et une nouvelle fille.

À leur descente du train, une rutilante voiture noire aux sièges de cuir rouge les attendait. Le poney qui la tirait, une bête trapue à la robe lustrée, arborait une plume rouge sur son harnais. Le conducteur portait une veste rouge sur un churidar blanc et un turban orné également d'une ganse rouge et d'une plume. Il sauta du jatka et tint le poney par les rênes pendant que le porteur chargeait les bagages à l'arrière de la voiture royale. Quand tout le monde fut installé, il remonta, agita les rênes et l'attelage se mit en marche.

Quand ils arrivèrent en vue des piliers de pierre qui marquaient l'entrée de la province de Nandipuram, le ciel s'embrasa d'une belle teinte rose et le soleil se leva. La route continuait par un sentier poussiéreux qui sinuait sous un tunnel verdoyant d'acacias. À présent, Parvati reconnaissait le paysage. Quand des buissons d'épineux échevelés succédèrent aux arbres bien alignés, elle sut qu'elle était arrivée chez elle, sur cette terre chauve où la forêt ne repousserait jamais, sur cette terre qui ne s'était jamais habituée à sa nudité. Tout était exactement comme dans son souvenir. Tandis que le jatka s'approchait du centre de Nandipuram, Parvati se dressa sur le siège pour apercevoir son village. Un peu plus loin, la route bordée de palmiers s'élargissait. Tandis qu'elle levait les yeux vers le palais d'Opal et ses murs crénelés, la voiture grimpa le raidillon qui menait au palais pour y déposer le guru, Kalpana et Vilasini, ainsi que les valises avec les costumes de danse de Parvati et les bijoux de Lakshmi. Tous trois devaient passer une semaine chez le rajah – temps que le guru comptait mettre à profit pour recruter de nouveaux talents pour le gurukulam. Le jatka allait à vive allure. Les marchands ambulants qui poussaient leurs charrettes et les ouvriers qui montaient d'un pas nonchalant au palais avec leurs outils pour une nouvelle journée de travail se poussèrent pour leur laisser le passage en les dévisageant avec une curiosité non dissimulée. Ils passèrent sous des portes assez larges pour accueillir de front plusieurs éléphants caparaçonnés, flanquées de gardes en grand uniforme portant à la ceinture un long sabre à la poignée dorée dans un fourreau de cuir qui traînait presque par terre. La voiture s'arrêta et le guru, Kalpana et Vilasini descendirent sous un vaste porche en marbre incrusté de fleurs de lapislazuli, de cornaline, de quartz rose et de feuilles de jade. M. Ramanujan, un petit homme rond aux yeux pétillants, les attendait sous une peinture représentant Ganesh. Il salua le guru qui lui serra la main et lui présenta Parvati. M. Ramanujan, muet d'émotion, s'inclina profondément devant la jeune fille qui, saisie d'étonnement, ne fit pas un geste.

– Jamais, commença M. Ramanujan en lui prenant la main, jamais je n'ai vu un aussi beau récital de danse…

Parvati rougit, confuse et heureuse. Elle sourit, s'inclina à son tour et murmura timidement :

– Merci, monsieur.

– Je vous en prie ! lui répondit le petit homme en ouvrant tout grand ses bras dans un élan de jovialité.

Puis il guida ses hôtes dans le hall d'audience, au milieu duquel le rajah et sa famille étaient installés sur une estrade surmontée d'un dôme peint de nuages, supporté par des colonnes de marbre. De part et d'autre, des colombes blanches étaient perchées sur deux énormes chandeliers de cristal qui scintillaient.

La *rani* et ses filles, qui bavardaient entre elles, levèrent les yeux et leur sourirent distraitement. Le yuvarajah, que Parvati reconnut tout de suite pour l'avoir vu dans son enfance lors du défilé de Dusserah, était assis sur le bord de l'estrade, juste devant son père, les jambes ballantes; il portait une tunique crème sur un churidar blanc léger et des anneaux à chacun des doigts de ses pieds nus. La barbe du rajah était soigneusement coupée et ses moustaches cirées formaient de généreuses volutes à leur extrémité. Le visage du yuvarajah était encore lisse, bien qu'un fin duvet ombrât sa lèvre supérieure. Ses yeux, soulignés d'un trait de khôl, lui donnaient une expression tragique. Autant le père était petit et rond, autant le fils était grand et élancé, comme sa mère. Il avait l'air aussi digne et solitaire que dans son souvenir et, pour une raison qu'elle ignorait, elle ressentit une grande sympathie pour lui, exactement comme le jour où elle l'avait vu pour la première fois.

M. Ramanujan fit les présentations. Les visiteurs madrasis s'inclinèrent en baissant les yeux, comme le voulait la coutume.

– C'est un honneur pour nous qu'une artiste aussi prometteuse que vous accepte de venir danser à Nandipuram, dit le rajah.

Ne sachant pas si elle devait répondre, elle leva les yeux, sourit timidement et baissa les paupières à nouveau.

– C'est un grand honneur pour moi d'avoir été conviée à danser à Nandipuram, Majesté, répondit-elle d'une voix tremblante.

– Comment va votre mère ? demanda le rajah.

Parvati, incapable de répondre à cette question, se contenta de hocher la tête.

– Je me souviens avec tendresse de votre père. Je n'ai jamais connu personne qui ait cette aptitude à communiquer avec les éléphants. Et ses sculptures étaient exquises. Sa mort m'a fait beaucoup de peine et je peux dire qu'il m'a beaucoup manqué.

– Merci, Majesté.

Le yuvarajah la fixait. Elle lui sourit, ne sachant trop quelle attitude elle devait adopter en de telles circonstances, mais il continua à la dévisager sans esquisser le moindre sourire.

Dès qu'elle fut remontée en voiture, elle oublia cette scène et ne pensa plus qu'à sa famille. À l'approche d'Anandanagar, une rangée de tamariniers, dont les fruits éclataient sous l'effet de la chaleur sèche, bordait la route poussiéreuse. Parvati demanda au conducteur de s'arrêter devant le temple, à l'entrée du village. Une famille de singes regarda la jeune fille descendre de son attelage et se diriger vers le petit monument qui, dans son souvenir, paraissait beaucoup plus grand. Elle caressa une colonne de granit noircie par le temps et ôta ses sandales devant l'entrée. À l'intérieur, elle regarda attentivement la statue grossière du taureau Nandi, aux pieds duquel étaient répandues les offrandes déposées par les femmes durant la prière du matin : fleurs de jasmin, morceaux de noix de coco et grains de riz safranés. S'il y avait eu des bananes, ce qui était généralement le cas, elles avaient disparu. La statue aussi était beaucoup plus petite et beaucoup plus sommairement sculptée que dans son souvenir. La tête était bien formée et les yeux avaient une expression de grande douceur. Mais comme des centaines de dévots la touchaient rituellement chaque jour, la pierre était lisse et usée à l'endroit de la tête, des cornes et des pieds. Parvati offrit à Nandi une prière silencieuse, toucha du bout des doigts l'extrémité de son museau, puis sortit.

Quand ils atteignirent les abords d'Anandanagar, la route devint trop étroite pour que le jakta pût aller plus loin. Parvati chercha la lettre de son frère dans ses affaires et déplia le plan qu'il avait dessiné pour lui indiquer l'emplacement de leur nouvelle maison, située à l'autre bout du village. Mais la jeune danseuse n'eut pas besoin du plan, car un groupe de femmes et d'enfants venait à leur rencontre. Minakshi courut vers sa fille, les bras grands ouverts. Parvati posa ses paquets sur le siège, sauta de la voiture et se précipita dans ses bras. La jeune fille avait grandi de plusieurs centimètres et devait désormais pencher la tête pour la poser sur les épaules maternelles, qui sentaient le savon bon marché. Minakshi riait et pleurait, tout en prenant le visage de son enfant entre ses mains pour mieux l'admirer. Parvati nota de petits changements chez sa mère : elle avait quelques cheveux gris et de petites rides étaient apparues à la commissure de sa bouche et au coin de ses yeux. Quand elle releva la tête, elle aperçut un beau jeune homme, à peine plus grand qu'elle, qui souriait de toutes ses dents. Elle eut du mal à croire que c'était Venu, qui portait encore des shorts élimés la dernière fois qu'elle l'avait vu. Venkat arrivait derrière lui. Il était grand et sérieux, et à ses côtés se tenait sa frêle et timide épouse, Sumitra.

Parvati embrassa chacun d'eux et les serra dans ses bras à plusieurs reprises, émue de les revoir après une aussi longue absence. Elle se sentit soudain triste à l'idée qu'elle avait grandi loin des siens. Ils rirent tendrement à la vue de ses larmes, car aucun d'eux ne l'avait jamais vue pleurer auparavant. Venu prit les sacs de Parvati dans la voiture, Minakshi sécha les joues de sa fille, et tout le monde se mit à parler en même temps. Que devait-elle voir en premier ? Le champ où Venkat avait retourné la terre et planté de la canne à sucre, le troupeau de buffles d'eau qui produisait suffisamment de lait pour tout le village, le potager familial, le nouveau sentier qui menait à la rivière ou les poissons que Venu y élevait dans de grandes cages ?

Les enfants du village les suivaient en formant une joyeuse procession sur le chemin qui menait à la maison de Minakshi. Puis, quand la nouvelle se répandit que Parvati – qui était désormais une danseuse célèbre – était à Anandanagar, les adultes se joignirent au cortège.

Le village avait l'air beaucoup plus prospère que dans son souvenir. Un palmier s'élevait devant chaque maison, et chaque porte d'entrée était flanquée de pots en terre dans lesquels étaient plantées des fleurs jaunes et orange, du basilic et toutes sortes de plantes aromatiques pour la cuisine; les murs de boue séchée étaient propres et les toits couverts de tuiles rouges en terre cuite.

Les gonds de la grille en bois, peinte d'un beau bleu vif, grincèrent quand Minakshi l'ouvrit pour laisser entrer Parvati dans la cour de sa maison – une bâtisse en pierre surmontée d'un toit de tuiles, dont les pièces étaient grandes et possédaient toutes au moins une fenêtre que l'on fermait la nuit avec un volet en bois. D'un côté de la pièce principale, qui avait deux fenêtres et une porte sur chaque façade, se trouvaient les chambres de Minakshi et Venu, et de l'autre, celle de Venkat et de sa jeune épouse. La cuisine était installée à l'arrière de la petite cour. Un morceau de tronc d'arbre servait de planche à découper. Il y avait aussi des mortiers de pierre et des pilons pour moudre les épices, une cuvette pour laver la vaisselle et les légumes et un plan de travail. Les murs blancs étaient décorés de motifs animaliers peints à l'ocre. Casseroles et paniers étaient soigneusement rangés sur des étagères, et ustensiles et cuillères en bois pendaient d'un râtelier fixé au mur. De larges feuilles de palmier séchées, empilées dans un coin de la pièce, attendaient de servir à allumer le feu dans l'âtre voisin. Une délicieuse odeur d'épices s'échappait du four.

Les tuiles du toit bougèrent et l'œil noir et luisant d'un petit singe, dont la queue pendait par le trou d'évacuation de la fumée, apparut dans un interstice, mais Minakshi agita aussitôt un chiffon dans sa direction pour le chasser.

– Ils me refont le toit tous les jours ! dit-elle en repliant le chiffon pour le ranger sur l'étagère.

Minakshi effleurait tout ce qu'elle montrait à sa fille, qui sentait combien elle était heureuse. Elles s'assirent sur un matelas d'herbe séchée, sous la véranda qui courait tout le long de la maison. Dans la cour, la brise était chaude et sentait la pluie; la mousson, un peu plus au sud, avait déjà commencé.

Sumitra apporta un plateau chargé de tasses remplies de café au lait fumant. Minakshi les distribua pendant que Sumitra retournait chercher des boulettes épicées au jus de tamarin qu'elle fit passer à la ronde. Parvati en goûta une ; elle fondait dans la bouche.

– Sumitra est une merveilleuse cuisinière, dit Minakshi.

Tout le monde approuva. La jeune femme sourit de plaisir et baissa modestement le regard. Elle était petite, avec de grands yeux intelligents, des dents blanches bien alignées, et on pouvait voir que son ventre s'était arrondi sous son sari.

Parvati devait rester une semaine dans sa famille avant de séjourner quelques jours au palais pour préparer son récital de danse. Cela lui parut soudain très court.

– Tu ne bois pas ton café ? demanda sa mère.

– Les devadasi ne boivent pas de café, répondit Parvati.

Minakshi lui apporta un *lassi* sucré et les trois femmes passèrent le reste de l'après-midi à bavarder et à rire, assises le dos au mur de la maison, repliant leurs jambes au fur et à mesure que le soleil progressait dans le ciel et dardait ses rayons sous la véranda. Parvati regardait sa mère et sa belle-sœur avec affection. Elle aurait voulu rester pour voir le ventre de Sumitra s'arrondir, être là le jour de la naissance de l'enfant pour aider Minakshi à prendre soin de lui et de la mère. Elle aurait voulu voir pousser la récolte de son frère. Elle aurait voulu faire partie de la famille à nouveau. Et, en même temps, elle avait conscience que c'était justement parce qu'elle ne faisait plus partie de la famille, au sens où elle l'aurait souhaité, qu'ils avaient une vie si agréable.

Minakshi avait invité l'oncle Sathya, Tatie, Mahesh, ainsi que Mohan et sa femme Asha, à venir dîner avec eux, et Venkat alla les chercher. L'oncle Sathya essaya de soulever Parvati dans les airs comme il l'avait fait le jour de son départ, mais elle avait grandi et tout le monde s'esclaffa. Tatie avait grossi ; ses cheveux grisonnaient, et sa bouche était plissée et affaissée comme un melon qui s'est gâté au soleil.

Mohan salua Parvati chaleureusement et lui présenta son épouse, une grande jeune femme plutôt dodue qui portait un jeune enfant dans les bras : leur fils, Suresh. Asha sourit affectueusement et posa l'enfant à terre. Il s'échappa d'un pas encore incertain et bien qu'il fût nu-pieds, se mit à poursuivre les poules avec un bâton à travers la cour. Venkat et Venu allèrent chercher des chaises et des lits de sangles à l'intérieur pour que tout le monde puisse s'asseoir sous la véranda.

– Es-tu allée te promener un peu pour voir les miracles qu'ont faits tes frères dans les champs ? demanda l'oncle Sathya à Parvati.

Les hommes se mirent à discuter bruyamment de récoltes et de politique. Sumitra, Minakshi et Asha parlaient des saris qu'elles avaient achetés deux semaines auparavant chez le nouveau marchand de soie du bazar.

– Ils sont si fins qu'ils filent comme de l'eau entre les doigts, dit Sumitra.

– Et pourtant, on ne peut rien voir à travers, pas même une ombre, tant ils sont tissés serré, ajouta Asha.

– Cet homme est un malin, dit Minakshi, il vend ses saris moins cher qu'aux Filatures de Mysore, il va faire des affaires, à coup sûr !

Parvati écoutait ce babillage avec ravissement. Durant toutes les années où elle avait vécu avec sa mère, celle-ci n'avait jamais possédé le moindre sari en soie, et voilà que maintenant elle parlait comme si elle en achetait une demi-douzaine chaque jour !

– Et ce bleu, quelle merveille ! dit Sumitra en touchant le bras de sa belle-sœur d'un geste très naturel, il est comme l'azur !

Parvati était enchantée d'avoir été acceptée aussi vite dans le cercle chaleureux des femmes de la famille et il lui sembla que la femme de Venkat avait toujours été sa sœur. Tatie, qui était assise derrière Asha, ne disait rien. Elle inspectait la maison, si grande, et la cour, si bien tenue, en pinçant les lèvres. Quand la conversation dériva sur les raisons pour lesquelles Parvati était revenue à Nandipuram, Tatie pinça les lèvres de plus belle, leva le menton et toisa sa nièce en plissant ses petits yeux noirs. Sumitra et Minakshi se levèrent à regret pour aller finir de préparer le dîner dans la cuisine. Parvati et Asha se proposèrent pour les aider.

– Reste, ma fille, tu as si peu de temps à passer avec tes frères, ton oncle et ta tante ! Asha, reste avec Parvati, vous ferez connaissance.

Les deux jeunes femmes protestèrent, mais Minakshi ne voulut rien entendre.

– Comment vas-tu, Tatie ? demanda Parvati à sa tante, qui avait pris soin depuis le début de la soirée d'ignorer chaque parole prononcée par sa nièce.

– Ummh, grommela la vieille femme qui détourna aussitôt son regard et croisa les bras, feignant de s'intéresser à la conversation des hommes.

– Amma et moi avons essayé de maigrir, dit Asha en regardant sa belle-mère du coin de l'œil, pour combler le blanc que cette dernière avait laissé dans la conversation. J'avais pris tellement de poids après la naissance de Suresh que je n'arrivais pas à le perdre naturellement. Elle a accepté de m'aider.

Parvati lui répondit par un sourire, mais le regard de reproche que sa tante lui avait décoché ne lui avait pas échappé, et elle comprit que rien n'avait changé.

Durant les jours qui suivirent, Sumitra et Minakshi voulurent tout savoir sur la vie de Parvati au gurukulam et lui posèrent mille questions sur ce qu'elle faisait à chaque seconde de la journée, si elle avait des amies, comment était sa chambre, ce qu'elle mangeait, et si Indira était aussi autoritaire qu'elle le paraissait. Parvati leur raconta tout, sauf l'histoire de Nalini et de Mayappan. La fuite de son amie la faisait encore souffrir et elle ne tenait pas à inquiéter inutilement sa famille.

Chaque jour, la jeune fille se levait aux aurores et se rendait au temple avec sa mère. Elle partageait le grand lit de Minakshi et le bruit des ressorts les réveillait souvent très tôt. Elles s'enroulaient alors dans leurs saris et filaient en silence dans le petit matin chaud et humide, faire leur puja. Pendant les semaines qui précèdent la mousson, les nuits sont rarement plus fraîches que les jours, l'air semble se solidifier, et l'aube est le seul moment de répit. Sur le chemin du temple, une brise infime caressait agréablement leur peau et la poussière encore fraîche de la nuit s'insinuait entre leurs orteils. Parvati s'adapta très vite au rythme paisible de la vie de famille, comme si elle n'était jamais partie. Chaque jour, elle balayait la véranda et la cour dans la lueur nacrée de l'aube, à l'heure où les coqs chantent et où les buffles commencent à fourrager dans leurs mangeoires. Après le repas de la mi-journée, tous s'octroyaient une petite sieste, jusqu'à ce que les cris des paons dans les champs les réveillent.

Le deuxième jour, Sumitra et Parvati descendirent le sentier bordé de palmiers jusqu'à la rivière pour y faire la lessive. Elles relevèrent leurs saris en les coinçant dans leur ceinture pour éviter de les mouiller et s'enfoncèrent dans l'eau boueuse jusqu'à mi-jambe pour mieux tremper le linge, après quoi elles le ramenèrent sur la rive pour le savonner et le frapper sur de grandes pierres plates, tout en bavardant. Une fois les vêtements lavés et essorés, elles les étendirent au soleil et s'assirent à l'ombre un moment, les pieds dans l'eau, en attendant qu'ils sèchent. Parvati souleva le petit panier de linge propre et le mit sur la tête de Sumitra, se réservant le plus lourd. Tandis qu'elles longeaient la rivière pour retourner au village, Sumitra remarqua qu'une multitude de poissons, dans le courant, les suivaient ; elle rit, mais ne fit aucun commentaire. Parvati passa affectueusement un bras autour de ses épaules et marcha ainsi jusqu'à la maison.

. 15

Parvati et Sumitra se rendaient chaque jour au bazar pour vendre les légumes du potager de Minakshi. Un matin, Sumitra fut prise d'un malaise. Parvati installa sa belle-sœur sur un lit de sangles, sous la véranda, baissa le store en bambou qu'elle arrosa pour rafraîchir l'atmosphère et s'apprêta à se rendre seule au bazar, portant sur sa tête un grand panier rond rempli de petites tomates rouges et de piments verts.

– Parvati ! cria Sumitra alors qu'elle passait la grille. Rapporte-moi des ananas, s'il te plaît, j'ai envie d'ananas plus que tout au monde !

Elle retomba en arrière au milieu des coussins, le visage aussi pâle que le soleil dans le ciel embrumé de la mousson.

Après avoir déposé le contenu de son panier chez le marchand de légumes, Parvati se dirigea vers un petit étal dans la partie de l'allée réservée aux marchands de fruits. L'air était étouffant et des bataillons de mouches tournoyaient inlassablement au-dessus de la pyramide d'ananas, dont l'odeur suave devenait presque insupportable par cette chaleur. Le vendeur, un gros homme jovial, éplucha un ananas, détachant du fruit une longue spirale de peau, et en proposa un morceau à Parvati.

– Goûtez, dit-il, vous ne trouverez pas de meilleur ananas dans tout le Nandipuram !

Parvati rit et prit le morceau qu'il lui offrait. Il était si sucré et juteux qu'elle en acheta deux. Sur le chemin du retour, elle eut la curieuse sensation d'avoir aperçu un visage familier au milieu de la foule. Son cœur se mit à battre à tout rompre. Elle dévisagea les marchands, dont elle connaissait certains depuis toujours, tandis que d'autres lui étaient inconnus. Mais le visage qu'elle avait cru voir n'était pas celui d'un habitant du village. C'était une femme qui ressemblait à une gitane, une étrangère, avec des yeux noirs, inquiets et durs. C'était impossible ! Ce ne pouvait être Nalini !

La jeune fille pressa le pas. Non, elle avait dû se tromper...

Sumitra n'ouvrit pas les yeux quand elle entendit la voix de Parvati.

– As-tu rapporté des ananas ? demanda-t-elle.

Son visage cendreux se détachait sur le rouge des coussins où elle reposait. Parvati se dépêcha de laver, éplucher et trancher un ananas qu'elle apporta sous la véranda dans une grande assiette, aida Sumitra à s'asseoir, et épongea son front avec un linge humide. La jeune femme prit l'assiette et dévora une rondelle d'ananas dont le jus dégoulina sur son menton. Puis elle en engloutit une autre et une autre encore, sans même prendre la peine de les mâcher ; enfin, repue, elle s'affala sur les coussins avec un grand soupir. Quand Parvati essuya sa bouche et ses mains poisseuses, elle dormait déjà profondément.

Elle se réveilla un peu plus tard dans l'après-midi, pleine d'énergie malgré la chaleur. Parvati, qui venait juste de s'endormir sur le lit de sa mère, entendit soudain la voix de Sumitra.

– On pourrait aller laver du linge à la rivière ?

Elle se mit à éventer la jeune fille avec une large feuille de palmier séchée.

– Le soleil est trop haut, répondit Parvati. Et, il y a à peine deux heures, tu étais sur le point de t'évanouir. Tu devrais passer le reste de l'après-midi à te reposer. Nous pourrons faire une lessive demain.

Sumitra rit et Parvati la regarda d'un œil ensommeillé.

– Je t'assure, tu n'étais vraiment pas bien !

Mais Sumitra tira sa belle-sœur par le bras jusqu'à ce qu'elle cède et se lève.

Parvati, qui portait le panier chargé de linge sur sa tête, prenait garde à ne pas aller trop vite pour ne pas semer Sumitra qui flânait en chantonnant et en bavardant. À mi-chemin de la rivière, la jeune fille eut l'étrange sensation que quelqu'un, derrière elles, les épiait. Elle se retourna brusquement, manquant faire chavirer le panier de linge, mais elle ne vit personne. Le chemin était désert.

Pendant qu'elles attendaient à l'ombre que le linge finisse de sécher, les deux jeunes femmes entendirent le cri déchirant d'un oiseau, puis aperçurent, quelques mètres plus loin sur la rive, un jeune homme qui, d'un geste ample, lançait un filet au-dessus de la rivière. Parvati le dévisagea : il devait avoir à peu près son âge, portait un simple dhoti autour des hanches et était torse nu, à part les trois cordons sacrés qui pendaient sur son épaule gauche et autour de sa taille. Seuls les prêtres et les souverains avaient le droit d'arborer ces cordons. La jeune danseuse, elle, était une intouchable, cette caste indienne destinée par naissance à servir les autres. Tandis que le jeune homme s'enfonçait dans l'eau jusqu'à la taille, Parvati fixa un moment cette silhouette qui se détachait sur les reflets argentés de l'eau inondée de soleil, leur tournant le dos, et reconnut alors le mouvement gracieux de ses bras. Bien qu'il ne portât pas sa tunique d'apparat, elle était certaine que c'était le fils du maharajah Narasimha Deva qui se trouvait devant elle.

Il regarda vers la rive et Parvati pensa qu'il l'avait peut-être aperçue. Lorsqu'elle mit sa main au-dessus de ses yeux pour se protéger du soleil, il la fixa un instant, puis se retourna et continua à descendre le courant avec son filet. Elle se leva, intriguée : pourquoi le yuvarajah venait-il pêcher dans la rivière tout seul, habillé en simple pêcheur ?

Deux jours plus tard, Sumitra était de nouveau indisposée et ne put accompagner Parvati à la rivière. Arrivée près de l'eau, la jeune fille releva son sari, entra dans le courant pour laver le linge, l'étala sur des pierres plates pour le savonner, puis le rinça et le mit sur son épaule. L'eau qui dégoulinait dans son dos était délicieusement fraîche. Elle sentit soudain le frétillement de petits poissons qui s'étaient rassemblés autour d'elle et venaient se frotter à ses jambes.

Elle les éclaboussa pour les faire fuir, mais ils revinrent aussitôt.

– Comment pourrais-je attraper des poissons s'ils sont tous autour de toi ? demanda une voix derrière elle.

Parvati leva les yeux. Le yuvarajah était là, à quelques mètres à peine, son filet, dont une extrémité traînait encore dans le courant, sur l'épaule. Son cœur s'emballa. Elle concentra son attention sur le linge et lui tourna le dos, incapable de prononcer le moindre mot.

– Attends ! dit le yuvarajah, mais Parvati fit la sourde oreille et remonta sur la rive.

Les poissons se dispersèrent.

– Reviens ! cria le jeune homme.

Mais une jeune fille ne devait pas parler à un homme, surtout un homme qu'elle ne connaissait pas, alors qu'elle était seule, même s'il était le fils du maharajah. Parvati empila en toute hâte le linge mouillé dans son panier et le posa sur sa tête. Elle jeta un rapide coup d'œil vers la rivière. Le yuvarajah était toujours debout au milieu du courant, les mains sur les hanches

– Tu n'as rien à craindre de moi ! lui cria-t-il.

Le lendemain matin, Parvati porta les légumes de sa mère au bazar et elle acheta de nouveau des ananas pour Sumitra. Sur le chemin du retour, quelques singes espiègles la suivaient en tirant sur le pan de son sari, ignorant ses protestations. Soudain, elle eut de nouveau la sensation d'une présence toute proche. Elle s'immobilisa et le yuvarajah, qui se trouvait juste derrière elle, évita de peu la collision.

– Pourquoi me suivez-vous ? demanda-t-elle.

– Il faut que je te parle, dit-il d'une voix pressante.

– Je suis désolée, mais c'est impossible, répondit Parvati en faisant demi-tour pour reprendre sa route.

Le yuvarajah la contourna prestement et lui barra le chemin.

– Je suis le yuvarajah, dit-il d'une voix impérieuse, tu dois m'obéir.

Parvati voulut le repousser, mais de nouveau il se mit en travers de sa route.

– Je t'en prie, ajouta-t-il d'une voix plus implorante qu'autoritaire.

– Je ne peux pas, je suis désolée, répondit Parvati.

– Mais c'est très important que nous parlions.

Ses yeux la suppliaient d'accéder à sa requête.

– Non, murmura-t-elle.

Vaincu, il la laissa passer. Parvati courut tout le long du chemin. Une fois dans la cour de la maison de sa mère, elle chercha à retrouver son souffle. Son cœur battait à tout rompre.

C'était sa dernière soirée parmi les siens, et elle aurait bien voulu pouvoir remonter le temps pour rester encore un peu chez elle. Après le dîner, quand les autres furent couchés, elle décida de faire un tour dans le jardin. Le parfum des jasmins était grisant et l'air frais du soir enveloppait son corps comme un fin voile de mousseline. Elle s'appuya à la grille et scruta le chemin plongé dans l'obscurité. Çà et là, elle distinguait les lueurs des petites lanternes accrochées aux portes et aux fenêtres des maisons voisines. Puis, de nouveau, il lui sembla qu'elle n'était pas seule. Elle s'éloignait de la grille quand le yuvarajah surgit de l'ombre, un doigt sur la bouche.

– S'il te plaît, murmura-t-il, il faut que je te parle. C'est très important. Je ne resterai qu'une minute.

La jeune fille s'écarta d'un pas et la grille émit un léger grincement quand il l'ouvrit. Tout semblait dormir.

– Je ne devrais pas, mais...

Elle lui indiqua un petit banc, derrière la cuisine, où Sumitra et sa mère s'installaient souvent pour mélanger la farine à l'eau et peler les oignons. Elle avait peur d'allumer une lanterne, mais elle se sentait très mal à l'aise ainsi, assise dans le noir avec un étranger.

– Que voulez-vous ? demanda-t-elle d'une voix à peine audible.

Le yuvarajah s'assit à côté d'elle sur le banc et inspira profondément. Parvati, dont les yeux s'étaient accoutumés à l'obscurité, remarqua qu'il souriait. Il avait un beau sourire.

– Je suis désolé... Je m'appelle Rama.

– Je sais qui vous êtes... Enfin, je sais que vous êtes le fils du rajah, mais je ne connaissais pas votre nom. Moi, je m'appelle Parvati.

– Je sais également qui tu es. Quelqu'un sait-il que tu m'as vu, à la rivière ? J'ai compris que tu m'avais reconnu, et j'ai craint...

– Non, je n'ai rien dit à personne. Pourquoi étiez-vous habillé ainsi ? Et pourquoi ne voulez-vous pas qu'on vous reconnaisse ?

– Je n'ai pas le droit de sortir de l'enceinte du palais. Je n'en ai jamais eu le droit, comme je n'ai jamais eu d'amis ; je n'ai jamais non plus joué avec d'autres enfants.

Parvati inclina la tête. Il leva les yeux, persuadé qu'elle allait dire quelque chose, mais elle resta silencieuse.

– Les gens ne vous reconnaissent donc pas ? finit par demander la jeune fille. Personne n'a jamais dit à votre père que vous pêchiez dans la rivière ?

– Personne ne s'attend à me voir dehors, donc personne ne pense que c'est moi. Tu es la première. Et puis, tout le monde m'imagine en tenue d'apparat avec ce maquillage noir ridicule aux yeux ; qui irait imaginer que je me promène vêtu comme un simple pêcheur ? De plus, les hommes viennent de tous les villages voisins pour pêcher à cet endroit de la rivière ; la présence d'un étranger n'étonne personne, tandis qu'au bazar ou en ville, mes allées et venues éveilleraient la curiosité.

Parvati aurait voulu lui poser mille questions, mais elle n'osait pas. Si quelqu'un les avait vus...

– Je dois rentrer à présent.

– Attends ! Est-ce que je pourrai te revoir ?

– C'est mon dernier soir ici. Demain, je serai au palais.

– Alors, je te verrai là-bas, affirma-t-il d'un air réjoui.

– Impossible ! Je serai avec le guru, sa fille et la vieille ayah.

Une voix endormie s'éleva alors. C'était Minakshi.

– Parvati, viens te coucher !

– J'arrive, Amma. Je dois y aller, maintenant, murmura-t-elle.

Le jeune homme posa sa main sur son bras.

– Promets-moi que nous nous reverrons.

– Je ne peux rien promettre.

– Promets-le moi, insista Rama.

Parvati secoua la tête et se leva. Rama lui sourit, et elle ne put s'empêcher, malgré elle, de lui rendre son sourire. L'expression de son regard passe si vite de la joie à la tristesse..., pensa-t-elle en s'éloignant.

Le lendemain matin, le soleil dardait déjà ses rayons aveuglants sur le village quand le jatka vint chercher la jeune danseuse pour l'emmener au palais d'Opal. Parvati était assise près de sa mère, qui disposait des beignets de riz fermenté et de farine de lentilles dans une grande poêle, tandis qu'une famille de singes se chamaillait sur le toit.

– Quand reviendras-tu nous voir ? demanda Minakshi à sa fille, tout en retournant les *dosais* avec une spatule.

– Je n'étais pas censée venir du tout, mais maintenant que je vais être professeur au gurukulam, peut-être me sera-t-il possible de vous rendre visite une ou deux fois par an. Je ne veux pas demander trop de faveurs.

Sa mère secoua la tête, mais ne dit rien. Elles avaient à peine terminé leur petit déjeuner quand Venu arriva en courant pour les prévenir que le jatka était arrivé. Le sac de Parvati était posé près de la porte. Sumitra, encore très pâle, se reposait sous la véranda.

– Il faudra lui donner un ananas chaque jour, recommanda Parvati à sa mère.

Sa gorge se serra. Elle réalisait combien elle aurait été heureuse d'avoir une sœur. Sumitra s'éveilla, se redressa sur ses coudes, sourit à Parvati et lui demanda de revenir après la naissance du bébé. « Ce ne sera jamais trop tôt ! » soupira-t-elle avant de s'effondrer de nouveau sur les coussins. Parvati étreignit sa belle-sœur, repoussa doucement les cheveux qui barraient son front et l'embrassa une dernière fois. Puis elle dit au revoir à Venkat. Venu prit son sac, qui contenait à présent deux nouveaux saris, un en coton et un en soie, présents de Minakshi et de Sumitra. La jeune danseuse embrassa sa mère et toucha les doigts et le visage de son frère. C'était difficile de se séparer à nouveau. Elle avait savouré chaque instant de cette semaine trop vite passée. Elle avait également suivi les conseils du guru, et n'avait pas dansé une seule fois, y pensant même le moins possible. Mais à présent, la danse commençait de nouveau à envahir son esprit. Cela l'aida à supporter son chagrin.

. 16

La voiture s'arrêta sous la vaste coupole qui coiffait l'entrée principale du palais, tandis qu'un minibus, rempli d'hommes arborant des turbans de couleurs vives, s'arrêtait juste derrière eux. La maharani et ses deux filles, Mira et Gita, toutes deux à peine plus âgées que Parvati, accueillaient les nombreux invités. Parvati descendit du jatka pendant qu'un serviteur s'emparait de son sac. La jeune danseuse attendit son tour pour saluer la maîtresse des lieux, qui semblait avoir à cœur d'adresser à chacun un petit mot de bienvenue.

Quand vint son tour, la maharani prit dans les siennes les mains de la jeune fille et les serra chaleureusement.

– Nous sommes si heureux que vous soyez de retour à Nandipuram, lui assura-t-elle.

Parvati s'inclina et la souveraine demanda à ses filles de montrer sa chambre à la jeune danseuse. Le serviteur suivit avec le sac. Mira et Gita marchaient d'un pas alerte tout en échangeant des commentaires sur les invités : il y avait des souverains indiens, des membres du gouvernement, des diplomates étrangers en poste à New Delhi et des danseurs et musiciens venus de toute l'Inde.

– Ces hommes qui sont arrivés juste derrière vous, ce sont de célèbres musiciens du Rajasthan, ils ont joué devant la reine d'Angleterre, à Londres !

Parvati écoutait avec respect et regardait autour d'elle. Le sol était incrusté de médaillons en malachite, en lapis-lazuli et en cornaline, et des lustres de cristal pendaient du plafond à intervalles réguliers. Elles arrivèrent bientôt devant une lourde porte en bois massif, devant laquelle les attendait Vilasini ; la vieille femme s'adossa à la porte qui s'ouvrit doucement. Vilasini s'était prise d'affection pour Parvati depuis qu'elle avait été choisie pour danser devant le maharajah, ce qui la hissait au niveau de Lakshmi et la rendait digne d'être l'objet de ses soins. Parvati ôta ses sandales avant d'entrer dans la pièce.

Les murs de la chambre étaient mauve pâle. La peinture, sur laquelle apparaissaient çà et là des taches de moisissure, s'écaillait par endroits. Une petite porte menait à une salle de bains carrelée de faïence blanche. Deux chaises et une petite table étaient disposées sous l'embrasure profonde de la fenêtre, d'où une lumière pâle se déversait sur le sol de marbre blanc. Une armoire massive se dressait à côté de la porte et un vieux ventilateur tournait lentement au plafond. Le lit était en cuivre et les draps verts et roses semblaient passés par des lavages fréquents. Parvati trouva la chambre élégante et fascinante.

Après avoir commandé de la limonade et de l'eau et s'être assurées que Parvati était bien installée, les filles de la rani et Vilasini prirent congé. La jeune fille ouvrit l'armoire. Sur les étagères, elle trouva ses costumes de danse enveloppés dans du papier de soie, la cassette contenant les bijoux dont elle se parerait lors du récital, du linge et deux saris, soigneusement pliés, qu'elle n'avait encore jamais vus. Elle vida son sac, rangea ses effets, referma l'armoire et posa la statuette de Shiva sur la table. Puis elle enfila un sari de danse pour répéter et se concentrer. Elle méditait, assise en tailleur dans la position du lotus, quand elle entendit quelqu'un frapper à la porte. Pensant que c'était Kalpana, elle se leva pour aller ouvrir. Mais c'était Rama, vêtu d'une veste en coton, très simple, et d'un large pantalon d'intérieur. Elle était trop surprise pour parler, mais quand elle vit le yuvarajah regarder anxieusement autour de lui pour s'assurer que personne ne pouvait le voir, elle prit soudain conscience de la situation. Il était très incorrect, et à vrai dire à peine croyable, que le fils du maharajah ose venir frapper à la porte de sa chambre.

– Que voulez-vous ?

– Je dois te parler, murmura le yuvarajah.

– C'est impossible, répondit Parvati fermement.

Elle tenta de repousser le battant, mais le jeune homme glissa son pied dans l'entrebâillement.

– Si le guru me voyait parler avec vous...

– ... moi aussi, j'aurais des problèmes, répondit Rama.

Parvati, effrayée à l'idée que quelqu'un pourrait passer dans le couloir et les voir ensemble, s'écarta pour le laisser entrer, ferma la porte et s'y adossa, effrayée.

– Pourquoi as-tu si peur de me laisser entrer ? demanda-t-il.

Parvati ne voulait rien faire que le guru puisse désapprouver. Mais comment aurait-il pu la blâmer d'avoir parlé avec le fils du maharajah ?

– Comment faites-vous pour vous échapper ? Personne ne s'aperçoit de votre absence ? demanda Parvati.

Il sourit mystérieusement.

– Je ne peux rien dire, chuchota-t-il en relevant le menton.

– Mais qu'avez-vous de si important à me dire ?

– C'est assez compliqué à expliquer... en fait, c'est à propos de ton père, et de quelques coïncidences très étranges.

Parvati vérifia que la porte était bien fermée. Elle avait terriblement envie d'entendre ce que Rama avait à dire.

– Les serviteurs frappent toujours avant d'entrer, lui dit-il pour la rassurer, et la fenêtre est beaucoup trop haute pour que quelqu'un puisse nous apercevoir de l'extérieur.

Résignée, elle lui indiqua une des chaises près de la fenêtre. Rama sourit en la regardant contourner la table pour s'asseoir sur l'autre chaise, en face de lui. Apercevant la statuette de Shiva, il la prit pour mieux l'examiner.

– C'est ton père qui l'a sculptée ? demanda-t-il en caressant du bout des doigts la main et les yeux du petit dieu en bois.

– Comment le savez-vous ? C'est une statuette qui... (Elle se souvint qu'elle ne devait rien dire à propos de la magie de la statuette)... qui est précieuse à mes yeux.

– Mon père possède beaucoup de statuettes sculptées par ton père. Savais-tu que nos pères se connaissaient ?

– C'est ce que dit le rajah, répondit Parvati d'un ton sceptique.

Elle pensait que le rajah avait évoqué cette amitié par pure politesse.

– Sais-tu que ton père a sauvé la vie de mon père ? continua le jeune prince.

Parvati, qui n'avait jamais entendu parler de cet épisode, écarquilla les yeux.

– Absolument, dit-il, et il lui raconta l'histoire.

Un jour, quand Sundar était encore un jeune homme, le rajah avait convié des étrangers qui étudiaient la forêt indienne à voir le dressage des jeunes éléphants au travail du bois. Les invités étaient assis à l'ombre des arbres, en bordure de la clairière, et des serviteurs les éventaient avec de larges feuilles de palmiers tressées. Le rajah pria Sundar d'expliquer à ses hôtes comment les éléphants sauvages étaient capturés, dressés et soignés. Sundar fit amener un jeune éléphant et le rajah traduisit ce qu'il disait en anglais pour ses hôtes. Le cornac leur précisa que l'animal avait été capturé seulement un mois auparavant. Les hommes enchaînèrent les pattes arrière de l'éléphant à deux gros arbres et lui crièrent des ordres. Quand il ne s'exécutait pas, ils le frappaient avec une badine en bambou. L'éléphant, effrayé, levait sa trompe et se mettait à barrir, protestant à sa manière.

– C'est un spectacle horrible, ajouta Rama, c'est cruel, mais c'est une étape essentielle si l'on veut que les éléphants obéissent aux cornacs. S'ils n'ont pas peur d'eux, ils ne font rien de ce qu'on leur demande.

– C'est faux ! je pourrais dresser un éléphant sans lui faire de mal ! s'insurgea Parvati.

– Je sais, comme ton père… mais ton père était un magicien.

Parvati rougit. Rama continua son histoire :

– Le jeune éléphant, qui était exceptionnellement fort pour sa taille et son âge, réussit à briser les chaînes qui l'entravaient et, levant sa trompe en signe de révolte, chargea les cornacs qui, affolés, s'enfuirent. Ce n'était pas la première fois qu'une telle chose arrivait, et il est connu que l'animal furieux est désorienté si les personnes présentes partent dans des directions opposées. Sundar était resté debout à côté du rajah et de ses invités, qui n'avaient pas bougé, paralysés par la peur, mais, les cornacs ayant disparu, l'éléphant enragé se tourna vers eux. Il commença à se balancer et à gratter le sol, dans un nuage de poussière. Enfin, il leva sa trompe et se mit à charger dans leur direction. Sundar s'avança calmement et, s'interposant entre le pachyderme et le petit groupe, il se pencha et ramassa de la poussière qu'il lança en l'air. Surpris, l'animal s'arrêta net et fit marche arrière en se dandinant. Il se calma aussi soudainement qu'il était entré en furie.

– Mon père était persuadé que ton père avait envoûté cet éléphant ; il avait fait preuve d'un incroyable courage. Puis il s'est approché tranquillement de la bête, l'a entravée de nouveau, et l'éléphant s'est laissé faire, docile comme un agneau !

– C'est la première fois que j'entends cette histoire ! dit Parvati. Se pourrait-il que ma mère ne soit pas au courant de cet incident ?

– Ton père était un homme modeste. Après avoir attaché l'éléphant, il est revenu près de mon père et de ses invités, encore sous le choc, il s'est excusé pour le comportement de l'animal et a demandé à mon père de leur accorder à tous deux leur pardon, en promettant que cela ne se reproduirait jamais. C'est un jeune, et il n'est avec nous que depuis très peu de temps, Votre Excellence, a dit ton père. Tout cela est de ma faute, car il n'était pas prêt pour cette démonstration ; je m'occuperai personnellement de son dressage et je vous assure que cela n'arrivera plus. Tu comprends, ton père savait très bien que l'éléphant risquait d'être mis à mort pour avoir menacé la vie du maharajah, et cette idée lui était intolérable. Et vois-tu, cet éléphant, c'est celui que mon père choisit pour monture chaque année, pour la grande procession de Dussehra !

– Merci de m'avoir raconté cela...

Parvati aurait aimé en savoir plus, mais quelqu'un frappa à la porte.

– Est-ce que je pourrai revenir ce soir ? demanda Rama à voix basse. Je ne t'ai toujours pas dit ce pour quoi j'étais venu.

Mais la jeune fille s'était levée d'un bond.

– Un instant ! cria-t-elle.

Puis, se tournant vers le jeune homme :

– Je ne crois pas que ce soit raisonnable, dit-elle d'une voix douce et basse, qui trahissait sa déception.

– Alors je reviendrai ce soir, murmura Rama en ouvrant l'armoire.

Parvati ne put s'empêcher de sourire devant cette détermination.

Elle referma précipitamment l'armoire et alla ouvrir la porte de la chambre. C'était Kalpana.

– Je suis dans la chambre voisine, dit la jeune femme. As-tu regardé dans ton armoire ?

– Oui. Enfin, c'est-à-dire que j'ai... j'y ai rangé mes affaires. Pourquoi ?

– Les saris ! Tu n'as pas vu les saris ! Ce sont des cadeaux de la maharani !

Elle se dirigea vers l'armoire. Parvati se figea, muette de peur. Les vêtements se trouvaient toujours sur les étagères, impeccablement pliés... mais elle ne voyait aucune trace de Rama ! Kalpana sortit les deux saris en soie, dont Parvati pensait qu'ils avaient été oubliés par une autre invitée.

– Ils viennent de Kanchipuram ; cela se voit au tissage, commenta Kalpana qui semblait animée d'une joie fébrile.

Parvati jeta un œil à l'intérieur du meuble ; à part les vêtements, il était vide. Elle se demanda où Rama avait bien pu se cacher.

Elles allèrent admirer les saris à la lumière du jour, près de la fenêtre. L'un était en soie moirée, rouge d'un côté et noire de l'autre, avec des broderies or, rouges, noires et vertes sur les ganses.

– Crois-tu qu'ils pensent que nous n'avons pas de costumes corrects pour le récital ? interrogea Kalpana en repliant avec soin le vêtement.

– Peut-être ont-ils raison, répondit Parvati en dépliant le second sari, un vêtement de soie bleue de toute beauté, brodé de motifs bleu foncé, verts et or.

Kalpana lui prit le sari des mains, le replia et ouvrit de nouveau l'armoire pour le ranger. Le cœur de Parvati fit un bond, mais il n'y avait toujours pas trace de Rama.

– Nous avons deux jours pour répéter, dit Kalpana en refermant l'armoire. Il y a des réunions, des conférences et des spectacles pendant les deux premiers jours et, le troisième, c'est l'anniversaire du rajah. C'est ce soir-là que tu dois danser.

– Où devons-nous répéter ? demanda la jeune danseuse.

– Dans la pièce qui est au bout du couloir. Je t'y retrouve dans dix minutes.

Parvati acquiesça. À peine Kalpana fut-elle sortie qu'elle se précipita vers l'armoire. Tout était en ordre. Elle frappa sur le panneau du fond, derrière les étagères, mais il ne sonnait pas creux. Elle ouvrit la porte de sa chambre, inspecta le couloir, mais il n'y avait personne.

Dans la salle de répétition, une estrade avait été montée. L'air embaumait l'odeur du bois fraîchement coupé. Les fenêtres étaient ouvertes, laissant entrer un peu d'air frais.

– Cette estrade a la même taille que celle sur laquelle tu danseras. Tu la partageras avec les musiciens. Mais tu ne répéteras qu'une seule fois avec eux.

Kalpana s'assit en face de la scène et fit signe à Parvati d'y monter. Elle commença à battre la mesure avec sa baguette, en fredonnant les airs sur lesquels dansait son amie ; elle avait une belle voix et Parvati se laissa emporter par la musique et par la danse. Peu à peu, elle perdit la notion du temps.

Quand la répétition fut terminée, la jeune fille regagna sa chambre. Elle se demanda de nouveau comment Rama avait bien pu sortir de cette armoire sans qu'elle le vît.

Un serviteur, qui apportait un plateau avec de la limonade, des pâtisseries et des beignets, frappa à sa porte. Il déposa le plateau sur la petite table près de la fenêtre et lui demanda si elle avait besoin d'autre chose avant de se retirer. Elle le remercia, referma la porte derrière lui et retourna immédiatement inspecter la mystérieuse armoire, sans trouver, cette fois encore, trace de porte ou de passage secret.

Parvati savoura les sucreries et but un peu de limonade. Elle n'aimait pas l'idée que Rama pouvait aller et venir par cette armoire à sa guise sans être vu et décida qu'elle ne devait plus le laisser entrer dans sa chambre ; mais il fallait trouver un moyen de le lui faire savoir. Avant tout, elle ne voulait pas décevoir le guru qui avait mis toute sa confiance en elle en la laissant danser devant le maharajah. Elle posa le plateau devant sa porte pour ne pas être dérangée par le serviteur quand il reviendrait le prendre. Dans deux jours, elle danserait devant un parterre de dignitaires et de musiciens et danseurs de renom. Elle devait se concentrer. Si Rama revenait ce soir, elle lui expliquerait qu'elle ne pouvait pas se permettre d'être distraite.

. 17

Ce soir-là, après le dîner, le guru évoqua, pour Kalpana et Parvati, le récital que Lakshmi avait donné devant le Premier ministre indien, Jawaharlal Nehru, et lord Mountbatten, vice-roi des Indes avant l'indépendance.

– Le rajah était là aussi, et il nous a vus.

– Mais il n'est certainement pas aussi vieux ! s'exclama Kalpana.

Son père éclata de rire.

– L'indépendance a été proclamée il y a cinquante ans, mon enfant, pas cinq cents ans ! Il était encore très jeune, comme l'actuel yuvarajah. Je crois qu'il avait un petit faible pour ta mère mais, bien sûr, nous étions mariés…

Son regard se perdit dans le vide.

– C'est, encore aujourd'hui, un des souverains les plus aimés de ce pays. Quand son père était au pouvoir, il était lui aussi l'un des princes les plus respectés, même si Nandipuram ne compte pas parmi les royaumes les plus prestigieux de l'Inde. Comme son père, le rajah a beaucoup fait pour améliorer les écoles, il a donné de l'argent aux temples et aidé les familles dans le besoin. C'est pour cela que son peuple l'aime et le respecte. Les gens continuent de l'appeler monseigneur et viennent toujours le voir pour lui demander conseil. Après le terrible cyclone qui a ravagé son royaume il y a quatorze ans, il a œuvré avec toute la population pour remettre la terre désolée en culture et retrouver le chemin de la prospérité.

Kalpana et Parvati restèrent un moment ensemble après que le guru se fut retiré dans sa chambre. Parvati était étrangement silencieuse.

– Tu ne te sens pas bien ? demanda Kalpana. Tu n'as rien dit de toute la journée…

– Ma famille me manque. Je ne sais même pas quand je pourrai les revoir…

Elle ne voulait pas penser à Rama, mais elle ne pouvait pas le chasser de son esprit non plus.

Kalpana posa sa main sur le bras de Parvati.

– Ce que tu fais est très important. Avoir un talent comme le tien est une grosse responsabilité. Et en même temps, cela peut t'apporter beaucoup.

Parvati sourit.

– Je suis fière de mon talent et je suis contente d'avoir contribué à la prospérité de ma famille, mais parfois je me sens terriblement seule.

– Je sais, répondit Kalpana. Mais, dans deux jours, quand tu auras dansé devant le maharajah, tu comprendras mieux pourquoi tu fais tous ces sacrifices. Pouvons-nous répéter demain matin ?

Elles se mirent d'accord pour travailler après le petit déjeuner, puis de nouveau l'après-midi, avec les musiciens cette fois.

Quand elle referma la porte de sa chambre, Parvati prit conscience de son épuisement. Une petite lampe était allumée sur la table, à côté de la statuette de Shiva et elle caressa le bois odorant en pensant à sa mère ; elle allait lui écrire avant d'aller se coucher. Quand elle ouvrit l'armoire pour prendre le papier à lettres resté dans son sac, elle crut voir quelque chose bouger, puis une serviette tomba d'une étagère. Elle recula en poussant un petit cri et, à cet instant, Rama surgit comme s'il montait des escaliers invisibles, un doigt sur la bouche. Il se dirigea vers la porte, tendit l'oreille, puis se retourna vers Parvati.

La jeune fille était furieuse.

– Vous ne pouvez pas entrer dans ma chambre ainsi, quand bon vous semble ! C'est un récital très important et vous...

Mais elle était si contente de le voir que sa colère retomba aussitôt.

– Shhhhuttt ! dit Rama en posant de nouveau un doigt sur ses lèvres.

Il portait une tunique en soie couleur crème et un turban saumon, et arborait un collier de perles d'un orient parfait. Ses yeux étaient soulignés d'un trait de khôl. Quand il fut certain que personne ne les épiait, il prit place sur une des chaises, près de la fenêtre.

– Vous êtes resté caché là tout ce temps ? demanda naïvement Parvati.

En prononçant ces mots, elle comprit combien sa question était stupide. Il n'aurait pas pu changer de vêtements, si tel avait été le cas.

– Comment faites-vous pour entrer et sortir de cette armoire ?

Rama ignora la question.

– Ne t'inquiète pas, je ne resterai pas longtemps. Je voulais seulement t'expliquer pourquoi je suis confiné dans le palais. Je ne l'ai jamais dit à personne car, à vrai dire, je n'ai jamais eu d'ami.

Et il lui raconta une histoire qui la laissa sans voix.

– Je suis né le jour de l'anniversaire de mon père, et les choses qui sont arrivées ce jour-là sont tellement incroyables et tragiques que je me souviens de tout, depuis la minute où je suis né. En quelques heures, les palmiers se sont mis à voler comme des flèches dans le ciel, et la forêt que mon père possédait jadis – et son père et son grand-père avant lui, et tellement d'ancêtres qu'il est impossible de les compter – cette forêt fut littéralement détruite par la plus terrible tempête de toute l'histoire du Nandipuram. C'est le seul cyclone qui ait jamais touché la région ; le même qui a tué ton père.

– Pourquoi me racontez-vous cela ?

– Avant que nous puissions être amis, je dois te dire que je suis responsable de cette tempête. Je ne voulais pas que tu le découvres toute seule, je voulais te le dire moi-même. Si tu ne veux pas être mon amie, tu dois me le dire maintenant.

– Non ! s'écria-t-elle. Ce n'était pas votre faute ! (Elle parlait d'une voix basse, mais avec ardeur.) C'était la mienne !

Rama prit sa main entre les siennes.

– Tu n'es pas obligée d'être gentille, Parvati. J'ai toujours su que j'avais des pouvoirs destructeurs.

– Moi aussi je suis née ce jour-là, le jour du cyclone, et moi aussi je me souviens de tout depuis l'instant où je suis venue au monde !

Rama la regarda d'un air surpris. Parvati lui raconta alors comment sa famille avait survécu à la tempête.

– Quelle incroyable coïncidence ! s'exclama Rama. Mais il y a autre chose. Peu après ma naissance, je suis tombé très malade. Je ne supportais ni le lait ni l'eau, et je me tordais de douleur. Tout le monde craignait que je ne vive pas. Peu après, tous les enfants du palais sont tombés malades à leur tour et ils sont morts les uns après les autres ; je suis le seul à avoir survécu.

– Mais c'est la faute du cyclone, pas la vôtre ! dit Parvati.

– Non, c'est moi le responsable.

La jeune fille lui dit alors que sa tante et les autres villageois pensaient que sa mère et elle avaient une influence néfaste.

– Ils m'ont même accusée d'être responsable de votre maladie, conclut-elle.

Rama hésita un peu, puis continua :

– Comme si le malheur des autres ne suffisait pas, il semble que j'aie aussi hérité de pouvoirs extraordinaires. C'est difficile pour moi d'expliquer de quoi il s'agit exactement. Mais je vais essayer. Depuis que je suis petit, on m'a isolé des autres enfants. Longtemps après ma guérison, mon père a même demandé à deux serviteurs de me transporter partout où je voulais aller sur une chaise à porteurs, si bien que, pendant sept ans, je n'ai pas été autorisé à marcher !

– Et quand avez-vous appris à marcher ? demanda Parvati.

– J'ai toujours su marcher ! Cela faisait partie de mes dons. Petit, quand tout le monde dormait, j'escaladais mon berceau et j'allais me promener dans tout le palais. Mon père m'a toujours surprotégé. Il ne règne plus depuis longtemps, et pourtant il continue à suivre l'étiquette à la lettre. Il n'est nul besoin pour le fils d'un rajah déchu d'être choyé comme je l'ai été. C'était déjà inhumain quand le yuvarajah était destiné à hériter d'un trône, alors maintenant que nous sommes de simples citoyens, ça devrait tout simplement être interdit !

Ils se turent pendant un long moment, chacun pensant à ce que l'autre venait de lui raconter.

– Ne pouvez-vous raisonner votre père ? hasarda Parvati.

– Mon père pense que c'est mon dharma ! Ce qu'il oublie, c'est que son père régnait encore quand il était petit, et qu'il y avait par conséquent des raisons de le traiter différemment des autres enfants. Mon père ne règne plus, je ne régnerai pas non plus, et je ne pense donc pas que ce soit mon dharma de me préparer à quelque chose qui n'arrivera jamais.

– Moi aussi je suis née avec des dons particuliers. Quand j'étais petite, je ne savais pas que j'étais différente des autres. Mais maintenant j'ai compris que ces dons étaient mon dharma. C'est difficile d'en parler. Quand j'essaie de me confier, je mets les gens mal à l'aise. C'est pourquoi j'ai appris à garder tout cela pour moi, même si je pense que c'est important. La danse est un de mes dons, comme vous pourrez bientôt le constater. Les autres… comment vous faire comprendre ? Ce sont des… des sortes d'enchantements sur lesquels je n'ai cependant aucun pouvoir.

– Pourquoi penses-tu, toi, être la cause du cyclone ? lui demanda Rama.

– Peut-être pour la même raison que vous, répondit Parvati fièrement.

Ils se regardèrent, ahuris de revendiquer chacun la possession du plus honteux des secrets de l'autre, et partirent d'un fou rire irrépressible.

Parvati remarqua alors un gecko qui grimpait le long de la fenêtre, la tête tournée vers elle. Elle approcha sa main de l'animal, qui sauta aussitôt à l'intérieur.

– Comment as-tu fait cela ? demanda Rama ébahi.

– C'est mon ami, dit-elle au gecko qui tendait la tête comme s'il l'écoutait. Va t'asseoir sur l'épaule de Rama, maintenant !

Le gecko sauta sur le dos du jeune homme. Rama frémit, mais l'animal, pas du tout effrayé, s'immobilisa.

– Cela fait partie de mes dons, expliqua la jeune fille. J'ai toujours su communiquer avec les animaux et ils m'ont toujours parlé à leur manière. Nous sommes des créatures de la même espèce. Mais les gens trouvent ça bizarre… ça leur fait peur, je crois.

Elle se pencha et demanda au gecko de revenir dans sa main, mais l'animal resta sur l'épaule de Rama. Parvati était aux anges.

– Vous comprenez ce que je dis, et il le sait.

Ils échangèrent un long regard.

– Quoi qu'il en soit, dit-il au bout d'un moment, veux-tu toujours être mon amie ?

– Vous parlez comme si personne ne vous avait jamais dit non ! dit Parvati en riant.

Le jeune homme baissa les yeux.

– Tu serais surprise, murmura-t-il.

– Bien sûr que je veux être votre amie, répondit-elle sans chercher à dissimuler son émotion. J'ai l'impression d'avoir enfin trouvé l'âme sœur.

Rama sourit. Il prit sa main dans les siennes.

– C'est exactement ce que je ressens, moi aussi, dit-il. Demain, j'aimerais te faire visiter le palais, à ma manière.

– Non ! s'écria Parvati. Si nous nous promenons ensemble, quelqu'un nous verra, c'est inévitable.

– Personne ne nous verra, chuchota-t-il. Tu ne penses tout de même pas que j'ai vécu enfermé toutes ces années sans avoir appris un ou deux trucs pour me promener sans être repéré ?

– Je ne sais pas... C'est tellement risqué !

– Jure-moi que tu viendras ! lui demanda-t-il.

Parvati refusa, jusqu'à ce qu'il lui promette de lui révéler le secret de l'armoire si elle acceptait de l'accompagner.

– Vous pouvez vraiment aller et venir comme vous voulez ?

Rama rougit.

– Je te promets de ne jamais revenir par l'armoire sans te prévenir. Je serai de retour demain après-midi, et alors je te dirai tout.

Il se leva, s'engouffra dans l'armoire, mais il se retourna et lui dit avec une petite grimace moqueuse :

– Je t'expliquerai demain.

Puis, le gecko toujours sur l'épaule, il referma la porte derrière lui et disparut.

. 18

Cette nuit-là, Parvati, allongée sur son lit, pensait au yuvarajah. Leur rencontre n'était-elle pas une étrange coïncidence ? Étaient-ils tous deux responsables du cyclone et de son long cortège de souffrances ? Tout cela était-il le fruit d'un dessein cosmique, dont la signification profonde leur échappait ? Peut-être étaient-ils nés à la même minute de la même heure ; Parvati en était persuadée. Mais qu'en était-il de leurs dons, alors ? Peut-être que les dons de Rama, ainsi que les siens propres, étaient plus ordinaires qu'ils ne se l'imaginaient depuis leur petite enfance. Peut-être Parvati était-elle comme Lakshmi, une danseuse de grande agilité et de grand talent qui avait choisi de dédier sa vie à son art. Peut-être que son don particulier – la magie de la danse – se résumait au fait de savoir que son corps était un instrument de musique et à la confiance qu'elle avait dans son art. Et que penser, alors, de la magie du Shiva Natarajah ? Était-ce un cadeau de son père ?

Elle s'endormit en songeant que Rama avait peut-être des dons qu'il ignorait lui-même, comme son sourire, capable d'illuminer son visage triste en une fraction de seconde.

Le lendemain matin, le soleil pointait tout juste au-dessus de l'horizon et ses rayons venaient à peine d'effleurer les persiennes de sa fenêtre quand elle ouvrit les yeux. Elle contempla longuement les branches généreuses du flamboyant qui se dressait dans la cour. Elle se sentait heureuse sans savoir très bien pourquoi, ou plutôt si : elle pensait de nouveau à Rama, et cette pensée la remplissait de bonheur.

Une vieille guenon au poil grisonnant et un jeune singe étaient assis sur une branche, juste devant sa fenêtre. Parvati les salua. Ils la dévisagèrent un instant de leurs yeux brillants avant de se rapprocher de la fenêtre en sautant de branche en branche. Au passage, la guenon attrapa une grosse fleur rouge qu'elle déposa à portée de main de Parvati, sur le rebord de la fenêtre.

La jeune fille alluma une petite bougie qu'elle déposa aux pieds du Shiva Natarajah et se mit à prier. Elle venait à peine de finir ses dévotions quand Vilasini frappa à sa porte. Parvati l'invita à entrer. La vieille femme alla directement dans la salle de bains pour faire couler un bain chaud, puis défit les papiers de soie qui enveloppaient les costumes de danse de Lakshmi. Elle ouvrit la cassette à bijoux et choisit quelques pièces qu'elle déposa sur le lit à côté des vêtements. Quand Parvati sortit du bain, elle l'enveloppa dans une grande serviette et la frictionna pour la sécher, comme une enfant. La jeune danseuse protesta, mais la vieille femme n'y prêta pas attention. Elle talqua la jeune fille et lui tendit un peignoir blanc. Puis elle la prit par la main et l'entraîna dans la chambre où l'attendait Kalpana, assise devant la fenêtre ; sur l'autre chaise était disposé un costume de danse taillé dans un sari rouge et jaune. Vilasini déplia la blouse, déboutonna la rangée de boutons qui se trouvait dans le dos et la passa à Parvati. La soie avait la couleur des capucines qui brillaient dans le soleil, devant la porte d'entrée de la maison de sa mère. Les manches étaient gansées de broderies dorées et rouges, le même rouge cramoisi que celui des pétales de rose que l'on répandait devant le rajah. Le sari était rouge, lui aussi, avec des broderies dorées sur l'ourlet. Kalpana tressa les cheveux de Parvati, et Vilasini lui enfila cinq bracelets d'or à chaque poignet et passa autour de son cou une rangée de perles ; un médaillon incrusté d'émeraudes et de rubis retombait sur sa poitrine, ainsi qu'un petit pendentif en émail orné de perles. La jeune femme glissa dans les cheveux de son élève une barrette dorée en forme de harpe, d'où partait une chaînette reliée à l'une de ses boucles d'oreilles, un lourd bijou incrusté de pierres précieuses. Un autre pendentif, accroché à une chaîne en or passant dans les cheveux, tombait sur son front. Puis Vilasini ajusta l'anneau de nez, qui la pinça si fort que les larmes lui montèrent aux yeux. Les deux femmes s'affairaient autour de Parvati comme des abeilles autour d'une ruche. Enfin, Vilasini attacha autour de chacune de ses chevilles une bande de cuir à laquelle étaient fixées quatre rangées de petites cloches en bronze et de fines chaînes en or.

– Tu dois répéter en costume, dit Kalpana en faisant tourner Parvati une dernière fois sur elle-même pour s'assurer que tout était en ordre. Il faut que tu t'habitues au costume plus serré et au poids des bijoux.

Kalpana recula pour admirer son œuvre.

– Tu ressembles à Lakshmi quand elle était jeune ! s'écria-t-elle, les larmes aux yeux.

Vilasini approuva d'un signe de tête et lui tendit un mouchoir. La jeune femme sécha ses yeux et reprit ses esprits. Assise sur la table, elle martelait le rythme pour que la jeune fille répète ses poses. Parvati appréciait le poids des bijoux et l'étroitesse du costume qui l'obligeaient à se tenir très droite, même lorsqu'elle dansait. Mais, au bout de quelques minutes à peine, Kalpana lui demanda d'arrêter.

– Très bien, tu peux remettre ton sari en coton maintenant, je voulais juste m'assurer que le costume t'allait bien. Mieux vaut ne pas trop le froisser avant le récital.

Vilasini aida Parvati à se déshabiller et lui tendit un des saris de coton qu'elle portait pour les répétitions au gurukulam. Elle garda les bijoux pour s'y accoutumer et passa la matinée entière à répéter avec Kalpana. Parvati dansa, mais la magie de la danse l'avait abandonnée. À la fin de la répétition, bien que son sari de coton soit trempé de sueur, elle ne voulait pas s'arrêter. Kalpana insista pour qu'elle prenne un peu de repos et Vilasini lui confia alors la clé du coffret à bijoux, accrochée à une épingle à nourrice en argent.

– Accroche-la à ta blouse et ne t'en sépare sous aucun prétexte, chuchota-t-elle. Enferme les bijoux de Lakshmi dans la cassette et range-la dans ton armoire jusqu'au moment de t'habiller pour ton récital, demain. Tu dois en prendre soin comme s'il s'agissait de ta propre vie !

Elle lui tapota affectueusement les mains et la laissa. Parvati accrocha l'épingle à sa blouse, comme le lui avait conseillé la vieille femme, et sentit le froid du métal sur sa peau moite.

De retour dans sa chambre, la jeune fille examina chacun des bijoux au fur et à mesure qu'elle les enlevait. Elle les fit scintiller dans la lumière, puis caressa chaque pièce du bout des doigts. Les perles se lovèrent dans sa paume comme un lézard qui se chauffe au soleil. Elle entendit alors des craquements et regarda par la fenêtre. Là, juste derrière le carreau, elle aperçut les deux singes qui l'observaient. Son rire les fit fuir dans le feuillage du flamboyant mais, même derrière le rempart de feuilles, elle distinguait encore leurs yeux brillants.

Parvati sortit la cassette de l'armoire, l'ouvrit et remit l'épingle à sa place. L'intérieur était tapissé de velours rouge. Chaque bijou était enfermé dans une pochette de velours. Une fois le tout en sûreté, elle s'allongea et s'endormit immédiatement.

Un léger bruit la réveilla. Elle tendit l'oreille. Le bruit continuait ; quelqu'un frappait doucement. Elle ouvrit la porte de l'armoire : c'était Rama, vêtu de son costume de pêcheur. Il souriait de toutes ses dents.

– Vous aviez promis de ne pas revenir sans m'avertir !

– Je t'avais dit que je viendrais aujourd'hui... répondit-il en baissant les yeux. Tu n'as pas oublié que ce soir nous faisons le tour du palais ? Personne ne nous verra, je te le promets. Fais-moi confiance.

– Pourquoi devrais-je vous faire confiance, alors que vous ne voulez même pas me dire comment vous entrez et sortez de cette armoire ?

Mais la colère de Parvati sonnait faux, même à ses propres oreilles. Après toutes ces années de solitude, de stricte discipline et de dévouement à la danse, elle réalisa qu'elle désirait l'amitié de Rama plus que tout au monde.

– Je vais t'expliquer, répondit-il. Ainsi tu me croiras peut-être quand je te dis que tu peux te promener dans le palais avec moi en toute sécurité. Après ma maladie, je n'avais le droit d'aller nulle part. Je ne faisais jamais d'exercice et ne sortais jamais à l'air libre. On me nourrissait de bouillon de viande, de riz complet et de légumes cuits à la vapeur.

– Cela semble bien cruel !

– Ça l'était, je t'assure. L'ayah m'envoyait toujours au lit de très bonne heure. Une fois seul dans la nursery, je me relevais et j'allais explorer chaque pièce, chaque couloir, chaque placard du palais. Un jour, je trouvai une porte qui menait à un couloir que plus personne n'empruntait depuis longtemps. Les serviteurs prétendaient que certaines parties du palais étaient hantées par les fantômes des enfants morts empoisonnés sous le règne d'un de mes ancêtres. Ce couloir m'amena jusqu'à une grille désaffectée par laquelle je pouvais sortir du palais sans être vu, ainsi qu'à un passage secret qui menait à divers endroits du palais, dont cette armoire. C'est comme ça que j'ai découvert mes pouvoirs spéciaux. Tu me crois, au moins ?

– À propos de vos dons ? Bien sûr que je vous crois. Toute ma vie, je n'ai rencontré que des gens qui refusaient de me croire, alors je ne vais pas commencer, moi aussi.

– Je les ai découverts il y a cinq ans, juste après mon *upanayana*, la cérémonie des cordons sacrés, au cours de laquelle les brahmanes renaissent une seconde fois. J'avais neuf ans et mes parents avaient organisé une grande fête au cours de laquelle je devais parcourir les rues de la ville à dos d'éléphant. Tu sais...

– Je me souviens de vous avoir vu ce jour-là. On vous avait rasé les cheveux, à l'exception d'une petite mèche à l'arrière du crâne, et vous ne portiez qu'un simple dhoti autour de la taille.

– Ce soir-là, quand la cérémonie fut terminée, je fus envoyé au lit de bonne heure, comme d'habitude. Beaucoup de mes cousins passaient la nuit au palais et je ne voulais pas quitter la fête. Mais l'ayah insista et, à contrecœur, je dus saluer tout le monde et aller me coucher. C'est alors que je me souvins que les villageois célébraient eux aussi mon upanayana. Je me faufilai hors de la nursery et j'empruntai une succession de couloirs et de portes pour rejoindre le couloir secret. Cette nuit-là, pour la première fois, j'entendis des voix et je vis une lumière qui s'approchait de moi. Comme le couloir était étroit, je fis marche arrière, mais il était trop tard: j'allais être découvert. Je vis apparaître deux de mes cousins plus âgés. L'un d'eux portait une lampe à pétrole. Mon oncle dit que c'est ici qu'ils ont été tués, disait mon cousin Sethu. Tous deux riaient et plaisantaient au sujet des fantômes, mais je sentais bien que, dans le fond, ils étaient mal à l'aise. Je me campai au milieu du couloir, tout en réfléchissant à ce que j'allais bien pouvoir leur dire. Mais ils ne semblaient pas me voir et faillirent me heurter de plein fouet. J'eus tout juste le temps de m'écarter de leur chemin. Je les regardai s'éloigner, ahuri: ils étaient passés tout près de moi, à me frôler, et ils ne m'avaient pas vu! Tu comprends, c'est pour cela que j'ai été surpris quand tu m'as reconnu, à la rivière: car la plupart des gens ne me voient pas ou, s'ils me voient, ils me prennent pour quelqu'un d'autre, un paysan ou un pêcheur, que sais-je, mais certainement pas pour un prince.

– Comment pouvez-vous être sûr qu'ils ne vous voient pas ? Peut-être les gens savent-ils que vous avez été confiné dans le palais toute votre vie ; ils vous laissent sortir à l'insu de votre père, car ils ont pitié de vous.

– C'est ce que j'ai pensé au début, mais personne au palais n'aurait osé désobéir à mon père, même par pitié pour moi. C'est un homme bon, mais très sévère. Nul ne nous remarquera quand nous traverserons le palais.

– Je n'ai pas encore pris ma décision ; pour l'instant, je dois répéter avec les musiciens.

– Et moi, je dois étudier, répondit Rama en se croisant les bras. Mais tu dois me promettre que tu m'accompagneras ce soir.

– Comment pourrais-je être certaine de ne pas être vue ? demanda Parvati.

– Tu dois me faire confiance.

La jeune fille hésita.

– D'accord, finit-elle par répondre.

Et, comme elle voulait qu'il s'en aille, elle ajouta :

– Je viendrai avec vous ce soir.

Il lui adressa une petite grimace pour exprimer sa joie et disparut. Parvati se précipita chez Kalpana, car elles devaient se rendre à la répétition générale dans le hall de réception, celui où le maharajah les avait accueillis le jour de son arrivée.

Une estrade avait été dressée au milieu du hall, juste en face de celle où le roi et sa famille prenaient place pour les audiences. Les musiciens, sur le grand tapis de soie rouge, accordaient leurs instruments. De petites lampes en argent remplies d'huile attendaient d'être allumées. Le fond de la scène avait été tendu de panneaux de tissus brodés. Une multitude de coussins et de traversins était disposée sur le sol à l'intention des spectateurs.

La jeune danseuse fut transportée au premier son de la vina. Il lui semblait que le mridangam jouait à même son cœur et que ses rythmes coulaient dans ses veines. Ses doigts bougeaient en parfaite harmonie avec chaque son de la flûte et, une fois de plus, elle sentit la magie de ses pouvoirs.

Ce soir-là, le maharajah invita les artistes à une fête. Vilasini vint aider la jeune fille à se préparer. Mais, cette fois, Parvati avait fermé à clé la porte de la salle de bains. Allongée paresseusement dans l'eau parfumée, elle pensait à Rama. Les coups que la vieille ayah frappa à la porte interrompirent ses rêveries; elle soupira et enfila son peignoir après s'être séchée. Vilasini avait préparé le somptueux sari rouge et noir que la maharani avait offert à la jeune danseuse, ainsi que quelques-uns des bijoux de Lakshmi : un pendentif en rubis, une rangée de perles et une paire de boucles d'oreille en rubis également, ainsi que des bracelets de chevilles en or. Elle lui releva les cheveux en chignon, qu'elle orna d'une branche de jasmin. Une fois habillée, Parvati contempla son reflet dans le miroir au cadre d'argent défraîchi qui était accroché au mur. Elle pouvait à peine en croire ses yeux. Dans le miroir, elle voyait une femme. Un frisson d'excitation la parcourut.

On frappa à la porte. Parvati ouvrit à Kalpana, qui resta bouche bée d'admiration.

– Tu es magnifique ! s'écria-t-elle spontanément.

La jeune fille sourit. Kalpana aussi était très belle, grande et élégante dans son sari violet brodé d'or, cadeau de la maharani.

– C'est à peine si je nous reconnais ! dit Parvati en éclatant de rire.

Elles parcoururent côte à côte le long couloir au sol de marbre qui menait à la salle à manger. Parvati était perdue dans un tel tumulte de pensées que lorque Kalpana lui parlait, elle lui répondait, mais elle aurait été bien incapable de répéter ce qu'elles s'étaient dit.

Elles rencontrèrent le guru au milieu de la foule rassemblée devant la salle à manger. Il portait son jibba et son dhoti habituels, immaculés et bien repassés. Ses cheveux blancs encadraient son visage énergique et serein. Ils entrèrent dans la salle à manger par deux larges portes de verre, gardées par des pages vêtus d'*achkans* bleus.

Des chandeliers en cristal brillaient de mille feux au-dessus d'une immense table couverte d'une nappe blanche sur laquelle on avait répandu des pétales de roses rouges. Des vases de fleurs étaient posés à côté de chacune des douze colonnes sculptées qui ornaient la pièce, et des flammes vacillaient dans les petites lampes en argent disposées un peu partout.

Le guru et Kalpana semblaient indifférents à cet étalage d'opulence. Ils souriaient et parlaient à chacun avec une aisance naturelle qui étonnait Parvati. À un bout de la pièce, huit musiciens avaient pris place sur un tapis de scène. Le chant envoûtant du violon répondait à la voix chaude d'une femme.

Le rajah, la rani, Gita, Mira et Rama se tenaient

sur une estrade qui leur permettait de dominer légèrement l'assistance ; les invités défilaient devant eux et s'inclinaient respectueusement devant chaque membre de la famille.

Le regard de Parvati se posa sur Rama, coiffé d'un turban jaune pâle orné d'une broche en topaze et perles, de laquelle émergeait une plume de paon doré ; le jeune homme arborait un gros diamant jaune au majeur de la main droite, et ses yeux étaient soulignés de khôl. Quand il aperçut Parvati, son visage s'adoucit. Il la regarda un long moment avant de détourner les yeux.

Parmi les artistes présents, il y avait des danseurs d'épées de la région de Bikaner, dans le désert de Thar, des danseurs de *kathakali* du Kerala, des joueurs d'*Odissi* d'Orissa, des marionnettistes et des jongleurs de Gwalior, et même un orchestre de jazz de Bombay, qui s'étaient mêlés pour l'occasion à des étrangers et des dignitaires venus d'autres pays et du nord de l'Inde.

Parvati, derrière Kalpana, attendait pour saluer le maharajah et sa famille. Le roi et sa femme adressaient à chacun une parole aimable. Gita sourit à Parvati et Mira lui fit un clin d'œil. Quand la jeune fille fut devant Rama, elle se prosterna et sentit ses joues et son cou s'empourprer, mais il fit mine de l'ignorer.

Lorsque tout le monde fut assis, des serveurs vêtus de longues tuniques amidonnées, coiffés de turbans rouges, apportèrent une multitude de plats : des curries de crevettes et de poissons du Malabar, des légumes odorants, des montagnes de riz parfumé, des assiettes de pickles et une infinité de soupes et de sauces fumantes... Parvati n'avait jamais vu autant de nourriture. Elle goûta un ou deux plats de légumes, sans appétit, car son esprit était tout entier absorbé par la pensée de Rama.

. 19

Quand le banquet fut terminé, Kalpana et son élève regagnèrent ensemble leurs chambres. Alors que la jeune femme bavardait avec animation, Parvati se montra taciturne, et lorsque Kalpana réalisa que sa jeune compagne ne l'écoutait pas, elle se tut à son tour et on n'entendit plus que le froissement soyeux de leurs saris et le bruit mat de leurs semelles sur les dalles de marbre du couloir.

La jeune fille redoutait les conséquences de son amitié avec Rama. Rencontrer le yuvarajah en secret, dans sa chambre, ne pouvait pas faire partie de son dharma. Et puis elle ne voulait causer ni gêne ni ennui au guru et à sa famille. En même temps, elle pensait avec émotion à la main du prince posée sur la sienne.

Au moment de lui dire bonsoir, Kalpana la regarda derrière ses paupières mi-closes ; c'était le regard que sa mère avait porté sur elle quand elle était née. Ces yeux-là, elle le savait, annonçaient des bouleversements prochains.

– Je suis désolée, je n'ai pas été de très bonne compagnie ce soir, murmura-t-elle.

Kalpana, qui n'attendait pas d'explication, se contenta de l'embrasser sur les deux joues et de lui souhaiter bonne nuit. Parvati, reconnaissante, lui sourit.

– Tout ira bien demain. Repose-toi.

Quand enfin elle se retrouva seule, Parvati ouvrit l'armoire et se déshabilla à la hâte. Puis elle enfila le costume de Lakshmi, détacha ses cheveux pour les laisser retomber sur ses épaules, glissa un autre bijou dans ses cheveux et referma la cassette à clé. Quand Rama frappa à la porte de l'armoire, quelques minutes plus tard, elle était en train de se regarder dans le miroir. Elle ressemblait effectivement à Lakshmi, dont la photographie était accrochée sur l'un de murs du bungalow, au gurukulam.

– Tu es prête ? interrogea le jeune homme.

Il ne s'était pas changé et portait les mêmes vêtements qu'au dîner.

– Tu ressembles aux devadasi qui sont sculptées sur les murs du temple de Chidambaram, ajouta-t-il d'une voix très douce.

– Mais je suis une devadasi. J'ai tout sacrifié à la danse. C'est toute ma vie. Et c'est exactement pour cette raison que je ne peux pas me permettre de faire des choses aussi bêtes que de visiter le palais avec vous la nuit ! Je préfère vous montrer la magie de la danse.

Il la prit par la main et l'emmena s'asseoir près de la fenêtre. Une brise chaude caressait leurs visages.

– Je t'en prie, viens avec moi ! Je t'assure que personne ne te verra.

Il traversa la pièce en direction du lit, prit quelques coussins sur la banquette et les disposa sous les draps qu'il prit soin de froisser, puis il installa la moustiquaire de façon à ce qu'elle frémisse dans le souffle du ventilateur, donnant ainsi l'illusion que quelqu'un respirait sous les draps.

– C'est un vieux truc, mais ça marche à tous les coups !

– Comment pouvez-vous savoir si je serai invisible, moi aussi ? Je ne peux pas prendre un tel risque !

– Fais-moi confiance, c'est tout ce que je peux te dire.

– J'aimerais bien, mais l'enjeu est trop important. D'ailleurs, ma décision est prise.

À peine avait-elle prononcé ces mots que quelqu'un frappa à la porte. Elle sursauta. Rama lui fit signe de ne pas faire de bruit. Kalpana passa sa tête à la porte, puis se retourna pour parler à Vilasini qui se tenait juste derrière elle dans le couloir.

– Elle dort déjà. La pauvre enfant était si fatiguée après le dîner qu'elle a dû se coucher immédiatement.

La jeune femme referma doucement la porte et s'éloigna.

– Tu vois ? dit Rama triomphalement. C'est exactement ainsi que ça se passe.

Parvati resta sans voix.

– Alors ? Es-tu décidée, à présent ?

Elle n'avait aucun autre argument à lui opposer, aussi ôta-t-elle les clochettes d'argent de ses chevilles et suivit-elle Rama dans l'armoire.

Le passage secret était sombre, humide et froid et il y régnait une odeur âcre de chauve-souris. Parvati, qui marchait juste derrière Rama, regrettait d'avoir gardé les vêtements de Lakshmi. Ils suivirent un autre couloir, puis arrivèrent devant une grande porte en bois. Rama ferrailla dans la serrure à l'aide d'une petite tige métallique et la porte finit par s'ouvrir. Elle donnait dans un passage étroit qu'empruntaient les serviteurs pour aller de l'office à la salle à manger. Rama prit soin de refermer la porte derrière lui. Il jeta un coup d'œil dans l'imposante salle à manger pour s'assurer qu'elle était vide. Le sol en marbre venait d'être balayé et lavé à grande eau quelques minutes auparavant et l'on voyait encore des traces d'humidité miroiter sur la pierre sombre.

– Viens. Je voudrais te montrer comment les lustres sont accrochés. Ils sont en cristal et en or massif, tu sais, et pèsent chacun plus d'une tonne !

Les mastodontes de cristal et d'or étaient suspendus à d'étranges dômes de verre. Rama l'entraîna dans un escalier en colimaçon qui menait sur le toit, où soufflait une brise humide; quelques étoiles brillaient entre les nuages qui avaient envahi le ciel en cette veille de mousson. Les pluies devaient débuter dès le lendemain et le temps avait déjà changé. Il lui expliqua par quelle prouesse technique on avait réussi à suspendre les lustres en les accrochant à des poutres métalliques que l'on avait hissées au-dessus des dômes de verre grâce à un système de poulies actionnées par des éléphants. Il lui montra aussi les rampes par lesquelles les éléphants transportaient l'eau jusque dans des réservoirs en béton installés sur les toits, et comment, par le seul jeu de la gravité, les fontaines du jardin étaient alimentées.

Pendant deux longues heures, Rama montra le palais à Parvati, depuis la chambre de sa grand-mère, au milieu de laquelle trônait un superbe lit à baldaquin tout en argent et teck, jusqu'à la salle des trophées dans laquelle les têtes empaillées de tigres, de lions, d'éléphants, de léopards, de cerfs et de daims occupaient un mur de trois étages.

– Je n'aime pas cette pièce, dit Parvati en frissonnant. Toutes ces dépouilles d'animaux...

Rama lui prit la main et la conduisit à la salle du trésor, qui était protégée par un système d'alarme électronique, et où étaient conservés tous les bijoux de la famille royale, puis enfin au garage où une douzaine de vieilles berlines dormaient sous une épaisse couche de poussière.

Tandis qu'ils allaient de pièce en pièce, ils ne rencontrèrent que deux serviteurs ; ceux-ci ne semblèrent pas les voir et ils n'eurent pas besoin de recourir aux dons de Rama.

– Il y a trop de choses à voir, nous ne pourrons jamais tout faire en une soirée, dit Rama à regret. Il vaut mieux rentrer à présent. Tu dois te reposer pour demain. Et nous devons en laisser un peu pour la prochaine fois.

– Vous avez raison, répondit Parvati.

Elle pensait qu'il n'y aurait probablement jamais de prochaine fois, mais elle garda cette pensée pour elle.

– Que ferez-vous quand vous aurez terminé vos études ? demanda-t-elle au jeune homme.

– Je voudrais étudier la médecine aux États-Unis, mais mon père préférerait que je reste ici pour gérer le domaine familial. Depuis que la forêt a été détruite, la plupart de nos terres sont cultivées et je ne m'intéresse pas beaucoup à l'agriculture.

Parvati songea combien Venkat aurait été heureux d'avoir un tel domaine à administrer.

La chambre de la jeune fille était silencieuse et paisible. Le Shiva Natarajah brillait dans le halo de lumière de la petite lampe électrique qu'elle avait laissée allumée sur la table, près de la fenêtre.

– Asseyez-vous là.

Elle désignait une chaise à côté de la table.

Parvati rattacha ses clochettes de chevilles et alluma un feu de petit bois dans la cheminée à l'aide une longue bougie. Quand les flammes commencèrent à s'élever, le son magique d'une vina emplit la pièce et les rythmes complexes d'un mridangam résonnèrent, accompagnés par les consonances caverneuses de l'harmonium. Parvati se pencha, toucha du bout de ses doigts le sol, puis ses yeux, et demanda dans un murmure la permission à Bhumi de frapper le sol avec ses pieds.

Le raga débuta. Parvati dansait les possibilités de la vie – l'amitié, le bonheur de sa famille, la liberté de Rama – qui tournoyaient vertigineusement sous ses pieds. La magie l'enveloppa et la transporta dans un endroit où elle n'était encore jamais allée auparavant. Quand la danse prit fin, le dernier accord de vina était encore en suspension dans l'air. Mains jointes, Parvati s'inclina devant Rama, qui se tenait immobile, les yeux inondés de larmes. Il la releva, la prit par les épaules et l'embrassa doucement sur la bouche. C'était un instant hors du temps, comme certains moments de la danse, quand plus rien d'autre ne compte que la courbe d'un bras ou l'inclinaison d'une jambe. Mais cet instant s'évanouit.

« Nous sommes de deux mondes différents, pensa-t-elle. Selon l'ordre cosmique des choses, Rama ne devrait même pas se tenir suffisamment près de moi pour que je puisse apercevoir son visage. »

L'embrasser était inconcevable. Elle mit sa main devant sa bouche.

– Que se passe-t-il ? demanda Rama en voyant le geste de la jeune fille.

– Tu es un deux-fois-né, lui dit-elle en faisant allusion à sa haute caste, cette différence de statut qui mettait un gouffre entre eux.

– Oui, mais toi tu es deux-fois-bénie. Je ne suis qu'une relique du passé. Ta vie, elle, est dédiée à l'élévation de l'âme. Ton dharma, c'est de développer ton talent, de te réaliser dans la danse. Comme je t'envie... ajouta-t-il d'une voix brisée.

Parvati lui caressa la joue.

– Et quel est ton dharma à toi ? Ton père est plus qu'un simple fermier, c'est un chef spirituel. Si je suis née pour danser, tu es né pour régner.

Rama prit sa main et embrassa l'extrémité de ses doigts. Parvati laissa une sensation de douce chaleur l'envahir.

– Veux-tu partir en Amérique avec moi ? murmura-t-il.

Il tenait sa tête entre ses deux mains et la regardait dans les yeux, lui demandant d'examiner cette possibilité de bonheur.

– Je serais médecin et, toi, tu pourrais enseigner la danse aux enfants.

Et, pour la première fois de sa vie, Parvati ressentit son destin comme un terrible fardeau.

. 20

Soudain, ils entendirent un brouhaha dans le couloir et l'instant magique s'évanouit. Une cloche retentit et des cris résonnèrent juste derrière la porte. Le cœur de Parvati se mit à battre avec violence. Quelqu'un frappait.

Rama plongea dans l'armoire et la jeune fille arracha à la hâte les bijoux qui paraient ses cheveux, son cou, ses poignets, ses doigts et ses oreilles. Elle dégrafa les boutons qu'elle pouvait atteindre, ôta son costume comme elle put, puis elle attrapa son peignoir sur le tabouret en argent près du lit, l'enfila et fourra ses vêtements en vrac dans l'armoire, ainsi que ses clochettes de chevilles. Elle arracha de ses cheveux la guirlande de jasmin.

Puis elle jeta un coup d'œil à la chambre. Les bijoux ! il fallait absolument les cacher. Elle eut juste le temps de les déposer, avec la guirlande de fleurs, dans la profonde embrasure de la fenêtre et de fermer les volets avant que la porte ne s'ouvre.

– Voilà ! s'écria Kalpana en désignant les tisons qui achevaient de se consumer dans la cheminée.

Ses cheveux étaient défaits et elle semblait encore à moitié endormie. Le majordome qui l'accompagnait décrocha un extincteur rouge dans le couloir et aspergea l'âtre d'une giclée de mousse.

– N'as-tu donc pas senti la fumée ? J'ai eu peur que ta chambre ne soit en flammes...

– J'avais froid... bredouilla Parvati tout en réalisant que la soirée avait été plutôt chaude. Je n'arrivais pas à dormir, alors j'ai...

Kalpana inspecta les lieux. Les oreillers que Rama avaient mis sous les draps pour faire croire que quelqu'un dormait dans le lit n'avaient pas bougé et un bout du sari couleur de capucine dépassait de la porte de l'armoire. Parvati comprit que Kalpana, même si elle ne disait rien, avait remarqué ces détails.

– C'est bizarre, il n'y a pas de fumée ici, dit la jeune femme en respirant l'air de la pièce.

– Vous savez, c'est un très vieux palais, dit le majordome. Dans cette aile, toutes les bouches d'aération des cheminées doivent rester ouvertes si l'on veut que le système d'évacuation de la fumée fonctionne. Nous les fermons en période de mousson pour empêcher les moustiques de rentrer. Quand on allume un feu dans une pièce, la fumée se promène jusqu'à ce qu'elle trouve une voie d'évacuation ouverte. Un des serviteurs aura probablement laissé ces deux bouches ouvertes, sachant que les chambres allaient être occupées par des invités.

– Je suis désolée, marmonna Parvati encore sous le choc, je n'avais aucune idée...

– Ce n'est pas grave, coupa Kapalna. Quand ma chambre s'est remplie de fumée j'ai eu peur, j'ai cru qu'un grand malheur était arrivé.

– Grâce à Dieu, il ne s'est rien passé de grave, répondit la jeune fille, toujours aussi nerveuse. Veux-tu dormir dans ma chambre, si la tienne est enfumée ?

Kalpana s'assit en attendant que les serviteurs aèrent sa chambre, tout en regardant le lit, l'armoire et de nouveau son élève, comme si elle attendait une explication. Parvati envisagea un instant la possibilité de tout lui raconter, mais comment pourrait-elle présenter les choses sans que le guru la chasse du gurukulam ? Elle ne voulait pas faire honte à sa famille, ni causer de problèmes à Rama.

– Parvati, où es-tu allée ? demanda doucement Kalpana, pourquoi as-tu allumé un feu et pourquoi ton sari de danse est-il pris dans la porte de l'armoire ?

– J'étais... anxieuse, alors je suis sortie visiter le palais. J'ai mis mon costume et j'ai fait un feu... tu sais que j'ai toujours été fascinée par le feu. Comme il y avait du bois préparé à côté de l'âtre, j'ai pensé que cela ne posait pas de problème.

– Mais c'est un comportement plutôt étrange pour quelqu'un qui n'arrive pas à dormir. C'est probablement le récital de demain qui te met dans cet état...

– Probablement.

Parvati avait des remords de mentir ainsi à Kalpana, qui avait toujours été d'une extrême gentillesse à son égard. Elle prit la main de la jeune femme et la serra.

– Je suis désolée, sincèrement désolée !

Elle parlait du fond du cœur et Kalpana lui sourit.

– Tu me le dirais, si quelque chose n'allait pas ? si tu avais le moindre souci ?

Parvati aquiesca de la tête et se sentit encore plus mal à l'aise.

Quelqu'un frappa à la porte. C'était le majordome ; il venait prévenir Kalpana que sa chambre était prête.

– Votre chambre a été aérée, madame, et les draps ont été changés. Vous pouvez retourner vous coucher à présent.

La jeune femme se leva et prit congé de Parvati qui lâcha sa main à contrecœur.

– N'hésite pas à revenir si ça sent encore la fumée.

– Et toi, plus de feu !

Kalpana laissa son regard s'attarder sur le lit. Parvati se remémora la réprimande que lui avait faite sa mère le jour où elle avait dansé au milieu des flammes dans la cour de l'oncle Sathya.

– À présent, il faut dormir. La journée de demain sera bien remplie. Bonne nuit !

Parvati la salua en essayant de sourire et referma la porte derrière elle. Ses bras et ses jambes tremblaient et son cœur battait à tout rompre. Elle sortit son costume de l'armoire, dégrafa le reste des boutons, lissa le tissu et le replia soigneusement avant de le remettre sur l'étagère. Quand enfin elle se coucha, elle était toujours aussi agitée.

Elle avait tout risqué, tout : l'honneur de sa famille, la confiance du guru, le respect du maharajah et des siens et son avenir. Pour la première fois, Parvati comprit comment Nalini avait pu tout quitter pour suivre Mayappan. Le sentiment qu'elle ressentait pour le prince l'avait submergée comme une vague qui déferle subitement. Rama était devenu essentiel à sa vie. Mais l'était-il devenu au point d'abandonner sa carrière de danseuse ? Elle était incapable de répondre à cette question. Tout ce qu'elle savait, c'est qu'elle repartirait en expédition nocturne à travers le palais avec le yuvarajah si elle en avait de nouveau l'occasion. De là à tout abandonner comme l'avait fait Nalini, il y avait tout de même une différence puisque Nalini était entièrement dépendante d'un homme qui l'avait emmenée de force, sans se soucier de ses désirs et de son bonheur. Elle réalisa que la gitane qu'elle avait aperçue au marché pouvait très bien être son amie, car il était probable que la vie avec Mayappan l'avait endurcie.

Parvati savait que Rama se souciait de son bien-être. S'ils partaient ensemble, ils auraient besoin l'un de l'autre et se respecteraient mutuellement. Mais elle savait aussi qu'elle ne devait pas tourner le dos à la danse. Son devoir était d'aller au bout de ses possibilités.

Elle se mit à penser à ce que serait sa vie au gurukulam si elle ne devait jamais revoir Rama. La seule idée de le rencontrer le lendemain au milieu des fastes de la fête d'anniversaire de son père, tout en sachant que plus jamais ils ne se parleraient, ne s'amuseraient ni ne se toucheraient comme ils l'avaient fait la veille, lui parut soudain insupportable.

La jeune fille ne parvint pas à s'endormir et passa la nuit à se remémorer les instants passés avec Rama, imprimant dans son cœur chaque geste, chaque parole. Elle ne pouvait imaginer sa vie sans lui, mais ne pouvait pas non plus imaginer qu'elle ne danserait plus. Quand je serai une vieille femme, se dit-elle, je veux être sûre de pouvoir penser que j'ai fait le bon choix...

Le jour était déjà levé quand Parvati trouva enfin le sommeil. Elle fut réveillée par un rayon de soleil qui, s'étant insinué par l'une des fissures des persiennes, avait inondé son visage de sa douce clarté matinale. Elle pensa à la nuit précédente et son cœur se remit à battre la chamade.

Tout à coup, elle se rappela les bijoux cachés la veille. Elle sauta du lit et se précipita pour ouvrir les persiennes. Les bijoux avaient disparu ! Elle grimpa sur une chaise pour inspecter chaque recoin de l'embrasure, mais il ne restait que la guirlande de jasmin ! Elle posa sa tête sur les persiennes et une nausée lui tordit le ventre. Puis elle se pencha par la fenêtre. Il n'y avait personne sous le flamboyant. Pourtant, quelqu'un avait certainement grimpé à l'arbre durant la nuit. Mais qui pouvait imaginer trouver des bijoux sur le rebord d'une fenêtre ? Parvati pensa à ce visage familier entr'aperçu au marché. Nalini ! Mayappan était connu pour son audace et il était tout à fait capable de s'introduire dans un palais, même bien gardé. Une chose était certaine, quelqu'un s'était glissé dans sa chambre pendant son sommeil et avait dérobé les bijoux. Si c'était Nalini et Mayappan, ils étaient perdus à jamais.

La jeune fille s'assit et tenta de réfléchir. Ce fut pire. Elle se souvint des menaces d'Indira : au moindre écart, à la plus petite infraction, c'est le renvoi..., or la perte des bijoux n'était pas une petite infraction ! Et être renvoyée alors qu'elle venait d'être nommée professeur, quelle humiliation ! Parvati enfouit son visage dans ses mains.

On frappa à la porte. C'était Vilasini, suivie du majordome qui apportait sur un plateau de l'eau chaude citronnée, des fruits et des beignets de légumes. L'ayah salua la jeune fille et entra dans la salle de bains.

Les genoux de Parvati tremblaient et elle trouva étrange le regard en coin que lui décocha Vilasini en passant. Dès que la vieille femme sortit de la salle de bains, Parvati s'y précipita, ferma la porte derrière elle et se glissa dans l'eau parfumée. Ses yeux étaient gonflés par les pleurs et le manque de sommeil et la tête lui tournait. Jamais elle ne s'était sentie aussi mal : elle ressentait un vide atroce. Comment allait-elle trouver l'énergie pour faire bonne figure et danser lors du récital de ce soir ? Elle avait l'impression que la magie l'avait abandonnée.

Elle supposa qu'après la disparition des bijoux, elle n'avait plus guère le choix. Elle serait renvoyée du gurukulam et elle pourrait partir en Amérique avec Rama. Mais l'idée de renoncer à tout le monde – le guru, Kalpana, le rajah, et sa famille – lui ôtait toute joie. Peut-être un serviteur avait-il découvert les bijoux en ouvrant les persiennes et les avait-il mis quelque part, en sécurité ? Elle songea que, dans ce cas, il les remettrait à leur place pendant qu'elle assisterait à la célébration de l'anniversaire du rajah. Il fallait attendre.

Vilasini avait préparé le sari bleu, vert et or que la rani lui avait offert, ainsi qu'un collier de perles et d'émeraudes. Parvati eut un choc en le voyant. Puis elle se souvint que chaque bijou était rangé dans une pochette de velours ; Vilasini n'avait pas dû ouvrir les autres et ne s'était donc aperçue de rien.

Parvati s'habilla avec soin et tressa ses cheveux qu'elle enroula ensuite en chignon. Vilasini épingla dans sa chevelure des fleurs de frangipanes à l'odeur délicieusement sucrée, puis se retira quand Kalpana entra dans la pièce.

– Ce sari te va encore mieux que les autres !

Parvati leva la main, avec l'intention de tout lui raconter à propos des bijoux mais, après un instant d'hésitation, elle changea d'avis et décida d'attendre encore un peu. Elles traversèrent le palais pour rejoindre le grand hall. La cérémonie se déroulait traditionnellement à l'extérieur, dans le Darbar Hall, un pavillon où les maharajahs de Nandipuram avaient pris l'habitude de recevoir leur peuple depuis plusieurs générations. Une porte, à l'étage noble du palais, permettait d'accéder au pavillon qui donnait sur un terrain de manœuvres où une foule nombreuse s'était déjà rassemblée dans l'espoir d'apercevoir le rajah et sa famille, ainsi que les prestigieux invités conviés pour l'occasion. À l'autre extrémité du champ se trouvait le pandal, cette immense tente sous laquelle étaient dressées les tables du banquet.

Quand Kalpana et Parvati passèrent la porte qui menait au pavillon, elles furent terrassées par la chaleur et l'humidité qui régnaient à l'extérieur. Les palmes des ventilateurs suspendus au plafond voûté tournoyaient paresseusement tandis que des femmes aspergeaient les invités d'eau de rose et jetaient de pleines poignées de pétales à leurs pieds.

Sous le pavillon, chaque invité avait sa place attitrée. Une fois installée, Parvati chercha des yeux sa famille parmi la foule colorée, mais il y avait beaucoup trop de monde pour qu'elle pût reconnaître quelqu'un à cette distance. De chaque côté de l'estrade que l'on avait dressée devant le pavillon étaient disposées d'énormes lampes à huile, des palmiers en pots et de grands vases remplis de fleurs, ainsi que d'énormes photographies du père de l'actuel maharajah, mort trente ans auparavant. Le hall, décoré de guirlandes de fleurs, résonnait déjà d'une musique entêtante et la douceur de l'air était oppressante. Parvati se sentit de nouveau au bord de la nausée.

Une douzaine d'hommes vêtus de blanc montèrent sur l'estrade. La foule se tut quand ils portèrent des conques de nacre rose à leur bouche et commencèrent à jouer. Puis tout le monde se leva. La maharani entra la première, suivie de ses deux filles, Mira et Gita, et toutes trois prirent place sur des chaises en argent. Vint ensuite Rama. Parvati ne pouvait détacher ses yeux du jeune prince qui, pour l'occasion, arborait son air le plus hautain. La foule applaudit quand quatre serviteurs apportèrent une large chaise recouverte de velours rouge, sur laquelle était assis le rajah, dont la moustache était impeccablement recourbée et cirée. Il portait une robe de cérémonie brodée de soie et d'or, ornée de lourdes épaulettes brodées de médaillons de fil d'or et arborait des douzaines de rangs de perles autour du cou. Un homme au visage fin, portant un achkan à rayures blanches et grises, se tenait debout derrière le rajah.

– Tu le reconnais ? c'est le trésorier du rajah, murmura Kalpana à l'oreille de Parvati. Il était assis en face de nous hier soir, au dîner.

Mais la jeune danseuse n'avait pas le moindre souvenir de cet homme.

La fanfare entonna un nouvel air pour marquer l'arrivée sur l'estrade d'une énorme machine de teck et d'argent, montée sur roulettes : la fameuse balance, dont les deux plateaux étaient suspendus à de grosses chaînes. La robe du rajah était si lourde que deux hommes durent l'aider à se lever et à s'installer sur le coussin de velours rouge posé dans l'un des plateaux d'argent. L'homme au costume rayé s'avança, prit un sac de saphirs qu'il déposa dans l'autre plateau, puis un autre, puis une douzaine de sacs de pièces d'or, puis d'autres encore, jusqu'à ce que les deux plateaux s'équilibrent peu à peu ; le rajah montait dans les airs à mesure que le tas de pierreries et d'or grossissait. Quand la quantité d'or et de pierreries fut sensiblement équivalente au poids du rajah et de sa robe, un serviteur apporta une échelle,à laquelle le trésorier grimpa. Il consulta le niveau du mercure incrusté dans le teck et déposa une pièce supplémentaire pour atteindre l'équilibre parfait. Puis, lorsqu'il eut constaté que le poids était exactement le même dans chaque plateau, il inclina la tête et un murmure monta de la foule. Au même moment, on entendit un grondement de tonnerre et la pluie commença à tomber, obligeant tous les spectateurs à courir se mettre à l'abri. Beaucoup de gens sortirent du pandal avec de larges feuilles de bananes remplies de riz sucré, les enfants coururent sous les rideaux de pluie, les mains pleines de bonbons et de gâteaux, tandis que des adultes levaient la tête vers le ciel pour accueillir la pluie et la laisser dégouliner le long de leur cou et de leurs épaules.

Pendant que les habitants de Nandipuram se réjouissaient, Parvati devenait de plus en plus sombre. Elle songeait à son impossible amour pour Rama, aux bijoux disparus – et à Nalini.

. 21

La foule se fit plus dense et la sépara de Kalpana ; Parvati en profita pour s'éclipser. Il y avait tellement de bruit qu'il était impossible d'entendre quoi que ce soit. Elle tenta de se frayer un chemin et fut frappée par la profusion des couleurs qui tournoyaient devant ses yeux brûlants.

Quand enfin elle atteignit le couloir, elle courut jusqu'à sa chambre sans s'arrêter. Elle ouvrit la porte brusquement, alla droit à la fenêtre et ouvrit les persiennes. Puis elle grimpa sur la chaise afin d'inspecter de nouveau le rebord, mais constata à regret qu'il était toujours aussi vide.

Elle se laissa lourdement tomber sur la chaise. Dehors, la pluie s'était calmée. Il lui restait cinq heures avant le récital, et trois tout au plus avant de commencer à se préparer. Elle devait absolument tout raconter au guru et à Kalpana ; mais elle préférait ne pas penser à ce qui se passerait si Nalini était rattrapée.

Elle leva les yeux et vit Rama qui se tenait sur le seuil de sa porte.

– Où étais-tu ? J'étais inquiet ! dit-il en la regardant avec insistance. Que se passe-t-il ?

– Les bijoux de Lakshmi, ceux que je devais porter pour mon récital, ont disparu !

– Disparu ! Mais comment ?

Elle lui raconta ce qui s'était passé après son départ, la nuit précédente. Elle avait la gorge si serrée que parler était douloureux. Il la regarda, dubitatif.

– C'est impossible !

– C'est possible, puisqu'ils ont disparu !

– Tout le monde au palais est bien payé. Mon père se donne beaucoup de mal pour faire comprendre à ses employés qu'ils sont tous des hommes et des femmes de confiance et de grande valeur. Dans l'histoire de ma famille, il y a eu des meurtres, mais jamais de vols dans le palais !

– C'est peut-être différent cette fois, répondit Parvati, qui lui raconta comment elle avait cru apercevoir Nalini au bazar quelques jours auparavant. Si Mayappan et Nalini sont ici, alors tout est possible.

Rama tenta de la rassurer.

– Je vais aller chercher le chef de la sécurité du palais. Tu lui raconteras exactement ce qui s'est passé, tout, dans les moindres détails !

– Mais tu vas avoir des problèmes à cause de moi !

– Ne t'inquiète pas pour moi. Mon père apprendra enfin que je n'ai pas passé toutes ces années cloîtré dans le palais et la nursery, et ce sera peut-être une bonne chose. J'ai souvent pensé à le lui dire ; eh bien, c'est l'occasion ou jamais ! Peut-être me laissera-t-il un peu plus de liberté après cela !

La voix de Parvati tremblait.

– Te rencontrer, être ton amie m'a donné tant de bonheur... je ne voudrais pas que cela se termine ainsi !

– Nous retrouverons les bijoux. Tu dois faire ce que tu as à faire. Moi, je vais parler au personnel de la sécurité.

Le fait que Rama soit au courant redonna du courage à Parvati qui partit à la recherche de Kalpana et du guru. Elle les rencontra qui marchaient, bras dessus bras dessous, dans un couloir.

– Où étais-tu passée ? demanda la jeune femme.

– Il faut absolument que je vous parle. Venez dans ma chambre, s'il vous plaît.

Kalpana et son père se regardèrent, perplexes, et suivirent la jeune danseuse sans dire un mot. Elle les pria de s'asseoir, puis joignit les mains devant sa poitrine et tenta de rassembler ses esprits. Kalpana et le guru attendaient patiemment.

– Kalpana, je n'ai pas été sincère avec toi hier soir. Je me suis promenée dans le palais avec le yuvarajah et j'ai bien peur d'avoir fait quelque chose... d'irresponsable. Après, j'ai voulu danser pour lui, c'est pour cela que j'ai revêtu mon sari de danse et les bijoux. Quand j'ai entendu le vacarme dans le couloir, j'ai paniqué et je les ai cachés en vitesse derrière les persiennes. Dans la confusion, j'ai oublié qu'ils étaient là et quand je m'en suis souvenue, ce matin, à mon réveil, ils avaient disparu.

Kalpana mit sa main devant sa bouche. Le guru fixait le sol.

– Tous ? demanda-t-il.

Parvati lui fit signe que non et lui détailla les pièces qui manquaient. Il secoua la tête, l'air déconfit.

– Pourquoi ne pas l'avoir dit plus tôt ? nous aurions pu demander à la Sécurité de nous aider à les retrouver, demanda Kalpana.

– Rama, je veux dire le yuvarajah, est en train de leur parler. Il dit qu'il n'y a jamais eu de vol dans ce palais. Mais il y a autre chose.

Et Parvati leur raconta son étrange rencontre de la semaine précédente.

– Es-tu certaine que c'était Nalini ? interrogea Kalpana.

Parvati secoua la tête.

– J'ai juste croisé son regard ; je ne peux rien affirmer.

– La porte ne fermant pas à clé, n'importe qui a pu s'introduire dans ta chambre, fit remarquer la jeune femme.

– Mais je n'ai pratiquement pas fermé l'œil de la nuit ! Il faisait jour quand je me suis endormie. Si quelqu'un était entré, je l'aurais entendu.

– Qui que ce soit, il est venu de l'extérieur, ajouta Kalpana en se hissant sur la pointe des pieds pour regarder par la fenêtre.

La pluie tombait avec une implacable régularité ; Parvati ne put s'empêcher d'admirer les gouttelettes d'eau aux reflets argentés qui tremblaient sur le linteau.

– Quelqu'un a très bien pu grimper à l'arbre jusqu'à ta fenêtre sans que tu le remarques.

– Peut-être, mais qui a bien pu grimper jusqu'à ma fenêtre ? Personne n'était au courant que j'avais caché les bijoux à cet endroit !

– Vilasini ! s'écria soudain Kalpana. Peut-être a-t-elle vu ou entendu quelque chose ! Lui as-tu posé la question ?

Parvati fit signe que non ; la jeune femme se précipita chez l'ayah, laissant Parvati et le guru seuls.

– Je suis désolée, murmura la jeune fille. J'ai cru que si je me taisais, ils réapparaîtraient. Je suppose que je n'avais pas le courage de vous le dire. Vous m'avez fait confiance en me remettant ce que vous aviez de plus précieux, et moi, j'ai agi avec stupidité et je me suis montrée indigne de vous. Je comprendrais très bien que vous me demandiez de quitter le gurukulam.

Elle leva les yeux vers le guru, qui l'observait en silence.

– Tu as commis une grosse faute, c'est certain, finit-il par dire. Il est vrai aussi que ces bijoux ont beaucoup de valeur, sont irremplaçables même, mais ce n'est pas ce que nous avons de plus précieux au gurukulam. L'école elle-même et les étudiantes sont nos biens les plus rares, et tu es, de toutes nos élèves, celle dont on pourrait le plus difficilement se passer. Si je pensais que tu avais compromis l'institution ou les autres élèves, je t'aurais sûrement demandé de partir. Mais je ne le pense pas.

– Je ne sais pas quoi faire.

Le guru réfléchit un moment avant de répondre.

– Tu dois faire ce que ton cœur te dicte, dit-il. Tu n'es plus une étudiante à présent, et tu n'es plus tenue de te conformer au règlement du gurukulam. Tu es libre de tes choix, à présent. Aimes-tu ce garçon ?

– Je crois que oui, répondit Parvati.

– Si ton cœur te dit de l'épouser, alors c'est à toi, à lui et à vos familles respectives d'en décider.

– Mais comment être sûre que je fais le bon choix ?

Le vieil homme sourit et lui caressa la joue.

– C'est une des grandes faiblesses de l'être humain, mon enfant, de toujours vouloir savoir ce qui va arriver si l'on choisit une chose plutôt qu'une autre. Cette incertitude reste un des grands mystères de l'existence. Si tu te tiens tranquille quelque temps, tu entendras la voix de ton cœur te dicter ce que tu dois faire. Elle te dira quelque chose comme : Repose-toi, Parvati, et quand tu te lèveras, mange quelque chose de léger. Enfile ton sari de danse et les bijoux que Kalpana a choisis pour toi et danse comme tu n'as encore jamais dansé de ta vie. Le destin n'est pas si compliqué.

Kalapna revint, essoufflée.

– Vilasini dit qu'elle n'a rien remarqué d'anormal ou de suspect cette nuit.

À cet instant, on frappa à la porte. La jeune femme ouvrit. C'était Rama, accompagné d'un homme grand et svelte en uniforme kaki. L'homme ôta sa casquette.

– Je vous présente M. Prasad, le chef de la sécurité, dit le prince. Il peut certainement vous aider.

– Je vous en prie, restez assis, dit le soldat.

Parvati préféra rester debout.

– Dites-moi ce qui s'est passé.

Parvati exposa rapidement les faits.

– Nous n'avons jamais entendu parler de voleurs dans ce palais, commenta le chef de la Sécurité. Je serais très surpris que vos bijoux aient été dérobés par quelqu'un d'ici. Bien sûr, le palais est plein d'invités...

– Mayappan est intelligent et audacieux, fit remarquer Parvati. Il a déjà commis des centaines de larcins au nez et à la barbe de la police, sans jamais se faire prendre.

– J'ai entendu parler de lui. Cependant, pour autant que je sache, ce bandit n'a jamais opéré hors du Tamil Nadu et je serais surpris qu'il se soit aventuré jusqu'ici. Mais, bien sûr, tout est possible ; je vais vérifier.

– Pour être franc, il y a bien des voleurs dans ce palais, ajouta Rama à la surprise générale. Ce sont nos amis les singes. Ils traînent un peu partout et ne dédaignent pas les cuillères en argent ou tout autre objet brillant. Ça arrive même souvent. Le problème, c'est de savoir où ils cachent ce qu'ils ont chapardé.

– Je vais faire interroger les serviteurs. Peut-être que l'un d'entre eux a vu quelqu'un ou remarqué quelque chose d'anormal dans le couloir hier soir. Ou peut-être savent-ils où les singes cachent les cuillères en argent ! Je vous tiendrai au courant.

Il quitta la pièce, suivi de Rama.

– Je ne sais pas si je peux… danser ce soir, dit Parvati avec appréhension quand elle fut seule avec le guru et sa fille.

– Si tu *peux* ! s'exclama le guru, S'il y a quelque chose que tu *peux* faire, c'est bien danser ! Tu as du génie, tu le sais !

Il la regardait de ses grands yeux noirs dont il émanait une profonde bonté.

– C'est pour danser que tu es venue au monde. Je te laisse avec Kalpana, elle choisira les bijoux que tu porteras ce soir. Je reviendrai une heure avant le début du récital pour que nous puissions descendre ensemble jusqu'au hall. À présent, je vais faire une sieste. Je suis épuisé.

– Sois sans crainte, dit Kalpana après le départ de son père, nous allons retrouver les bijoux. Ce monsieur Prasad a l'air assez confiant.

Parvati approuva. La jeune femme ouvrit la cassette et fit une nouvelle sélection de parures : des boucles d'oreilles, un pendentif, des ornements de cheveux et des bracelets.

– Quand tu seras reposée, envoie Vilasini me chercher pour que je t'aide à te préparer.

Puis Kalpana l'embrassa affectueusement et se retira en lui répétant une dernière fois de ne pas s'inquiéter.

Parvati ferma la porte et s'appuya au battant. L'image du guru sortant de sa chambre d'une démarche lourde lui était pénible. Et cet éclair qu'il avait eu dans le regard quand il lui avait conseillé de manger légèrement avant de danser... Elle alla s'asseoir devant la fenêtre. Le gecko s'était installé sur le rebord et sa gorge gonflée devenait jaune tandis qu'il guettait les insectes venus s'abriter de la pluie. Parvati tendit la main. Le gecko se redressa et la regarda en secouant la tête, puis il disparut. Pas un singe, pas un oiseau en vue. Elle siffla en espérant que l'une de ces créatures amies viendrait à elle, mais nul animal ne se montra. « Quelle est donc cette magie qui va et vient ? » se demanda-t-elle. Il y avait tellement de questions sans réponse ! D'où provenait sa connaissance de la musique ? De quelle nature était cette magie qui avait toujours fait partie d'elle et qui aujourd'hui semblait l'avoir abandonnée ?

Elle s'allongea sur son lit et s'endormit aussitôt.

Un peu plus tard, de petits coups frappés à l'armoire la réveillèrent. Elle ouvrit la porte à Rama.

– Tu es née pour danser, Parvati, lui dit-il. Pour les gens comme nous, l'amitié rend les choses difficiles. Mais qui sait, peut-être qu'un jour, quand je serai médecin et toi une danseuse célèbre, nos routes se croiseront de nouveau. Nous savons tous deux quel est le bon choix. Danse comme Shiva à présent !

Parvati était incapable de parler. Des larmes coulaient sur ses joues. Rama prit son visage entre ses mains et l'embrassa deux fois, une fois sur chaque joue. Puis il partit comme il était venu.

D'autres coups, frappés à la porte de la chambre cette fois, obligèrent Parvati à se relever. Dans une brume de fatigue, elle alla ouvrir à Kalpana.

– Cela fait au moins cinq minutes que je frappe à ta porte ! Dépêche-toi, il faut te préparer, maintenant !

Vilasini entra et alla droit à la salle de bains pour faire couler l'eau. Il n'était pas question d'un bain tranquille ce soir ; les deux femmes, qui s'agitaient comme des abeilles dans leur ruche, entrèrent et sortirent de la pièce une bonne douzaine de fois.

Parvati songea à la visite de Rama. Ce qu'il disait était parfaitement sensé. Mais était-il réellement venu ou avait-elle rêvé ? Elle était calme et reposée à présent, comme si elle avait dormi toute une nuit. Mais elle se sentait étrangement vide, comme après une crise de sanglots. Elle enfila son peignoir et alla vers le lit ; les oreillers étaient encore humides de ses larmes.

– Tu auras tout le temps de dormir après le récital, lui dit Kalpana en la couvrant de talc.

La jeune femme était si nerveuse que l'on aurait pu penser que c'était sa première apparition en public, pensa Parvati. Une fois que la jeune fille fut habillée, les deux femmes la parèrent et épinglèrent des fleurs de jasmin dans ses cheveux. Puis elle s'assit sur une chaise pour se faire maquiller.

– Non, ne t'assieds pas !

La jeune danseuse avait l'impression qu'elles procédaient à d'étranges rituels sur quelqu'un d'autre. Elle vit cette autre personne, une enfant drapée dans le dhoti de son père, en train d'admirer une statuette du Shiva Natarajah et d'imaginer la danse cosmique qui détruit et crée le cycle des perpétuelles renaissances du monde.

Vilasini, qui avait maquillé Lakshmi pendant des années, demanda à Parvati de garder les yeux fermés un long moment, tandis qu'elle dessinait d'épais traits noirs sur ses paupières et peignait ses lèvres, ses mains et ses pieds en rouge.

L'heure avançait. On frappa de nouveau à la porte.

– On dirait Lakshmi, dit d'une voix douce le guru, en entrant.

Au même instant, Rama apparut derrière lui, suivi de M. Prasad.

– Vous les avez trouvés ? demanda Parvati en se hissant sur la pointe des pieds pour mieux voir le jeune homme, dont elle aurait voulu toucher le visage.

Il lui sourit en brandissant un petit sac de flanelle rouge.

– Où étaient-ils ?

Le guru ne dissimulait pas son soulagement et sa joie.

– Les singes qui batifolent dans la cour du palais pendant la journée passent la nuit dans les arbres derrière les écuries, dit Rama en s'avançant vers Parvati. Il manque peut-être encore quelques clochettes, car tout était dissimulé dans le creux d'un tronc. Tu peux danser tranquillement maintenant.

Et, se penchant vers elle, il murmura à son oreille :

– Et danser comme Shiva !

Puis il s'en alla.

– Tu es parfaite ! dit Kalpana. Maintenant, à toi de jouer !

Parvati ne garderait aucun souvenir du trajet jusqu'au hall de réception, ni de la foule impatiente, ni du son des instruments que les musiciens accordaient, ni de Rama, qui était assis au premier rang avec le guru et Kalpana. Elle pensait à ce qui pourrait la transporter dans la danse car, pour elle, la danse naissait des mouvements de l'âme autant que du corps. Elle pensait aussi que son apprentissage lui permettrait de faire bouger son corps mais que, pour atteindre l'âme, il lui faudrait prier.

Elle marcha comme si ses pieds ne lui appartenaient pas, comme si une force surnaturelle la poussait. Et, quand elle demanda la permission à la déesse de frapper le sol avec ses pieds, elle implora aussi la terre de tournoyer sous eux et de lui rappeler à chaque instant tout ce qui l'avait toujours fait tourner.

Elle leva les yeux, un bras, puis une jambe, exactement comme elle le faisait quand elle était tout enfant. Le son de la vina remplit la pièce, l'enveloppa, et les pulsations entêtantes du mridangam commencèrent à couler dans ses veines. Elle rassembla toute l'énergie produite par le feu cosmique qui brûlait au fond de son être et par les âmes présentes autour d'elle. L'air se mit à siffler et les vents de milliers de moussons fouettèrent son visage. Chaque pose se transforma en un instant d'éternité.

– C'est cela, murmura doucement une voix à son oreille – la voix de Shiva, elle le savait – tu es la magie des possibles.

Glossaire

Abhinaya : expressions corporelles dans la danse classique Bharata Natyam qui suggèrent pensées et sentiments (rasa), codifiés en neuf émotions (bhava) ou moments esthétiques : amour, désir, comique, pathétique, compassion, fureur, héroïsme, terreur, dégoût, émerveillement, paix.

Achkan: tunique à col rond boutonnée devant et tombant jusqu'aux genoux, portée par les hommes.

Alarippu : salutation aux dieux et au public qui marque la séquence d'ouverture du Bharata Natyam.

Amma : maman.

Arangetram : premier récital donné par un élève danseur à la fin de ses études, en l'honneur de son maître et de ses parents.

Ayah : servante chargée de veiller sur les enfants (nurse).

Bharata Natyam : danse classique hindoue originaire de l'État du Tamil Nadu dans le sud de l'Inde.

Bétel : plantes dont on mâche les feuilles.

Bhumi : divinité brahmanique hindoue, déesse de la Terre.

Brahma : la première des trois divinités de la trinité hindoue avec Shiva et Vishnu. On le représente avec quatre faces et deux paires de bras; son animal est une oie sacrée.

Bungalow : bâtiment sans étage avec véranda.

Churidar : pantalon ample resserré au niveau des chevilles.

Dacoït : nom hindi donné aux bandits de grand chemin.

Devadasi : servante de dieu, danseuse de temple.

Dharma : c'est l'ensemble des règles et des phénomènes naturels qui régissent l'ordre des choses, des sociétés et des hommes dans la philosophie hindoue. Cette « loi » morale et religieuse enjoint à tout homme d'observer son devoir de caste et d'honorer les dieux. Ainsi, le principal devoir d'un hindou est de se conformer à son dharma de caste et de ne pas tenter d'acquitter une tâche incombant aux membres d'une autre caste.

Dhobi : blanchisseur.

Dhoti : pièce d'étoffe de coton blanc tissé à la main porté par les hommes autour des hanches et dont un pan, passant entre les jambes, vient se fixer dans la ceinture, formant une sorte de pantalon très ample.

Dhurrie : tapis de sol, de coton ou de laine, tissé à plat et décoré de motifs géométriques et végétaux.

Dosai : crêpe plus ou moins épaisse à base de farine de lentilles, cuite à la poêle.

Drongo : petit oiseau noir à longue queue.

Durbar : audiences publiques des souverains moghols au cours desquelles ils expédiaient les affaires courantes en présence des hauts dignitaires du royaume.

Dussehra : fête religieuse hindoue commémorant les victoires des divinités hindoues sur les forces du Mal, et dédiée plus particulièrement à la déesse Durga. Elle se déroule en septembre-octobre, à la fin de la fête dite des « neuf jours » qui marque la fin de la mousson. Elle donne lieu à de grandes processions, des représentations scéniques des récits épiques traditionnels hindous et, dans certaines régions, à l'incendie de grandes effigies de bois ou de papier figurant les héros du Ramayana.

Ganesh : dieu hindou à tête d'éléphant, fils de Shiva et Parvati. Il est la divinité de la fortune et de la prospérité, celui qui « ôte les obstacles » et incarne le courage.

Ghi : beurre clarifié.

Guru : littéralement « celui qui ôte l'obscurité»; maître, professeur, guide spirituel.

Gurukula : système traditionnel d'enseignement, des arts en particulier, dans lequel les élèves, rarement plus de six à la fois, vivent auprès du maître durant de longues périodes, voire plusieurs années.

Gurukulam : école où les élèves étudient sous l'autorité d'un guru.

Idly : boulette de farine de riz cuite à la vapeur.

Jatka : carriole à cheval.

Ji : suffixe accolé au nom d'une personne en signe de respect (exemple : guru-ji).

Jibba : longue tunique de coton sans col.

Kajal: sorte de khôl utilisé pour maquiller les yeux.

Kathakali : danse

Krishna : huitième avatar (incarnation) de Vishnu. Il est connu pour ses exploits amoureux et pour avoir été le mentor de Pandavas, héros du *Mahabharata*, épopée classique hindoue.

Lassi : boisson à base d'eau et de yaourt mélangé, sucré ou salé.

Machan : sorte de plate-forme couverte, construite dans un arbre pour observer le gibier.

Maharajah : littéralement « grand roi »; nom donné aux souverains des royaumes indiens.

Maharani : épouse du maharajah.

Mahatma : littéralement « grande âme »; désigne le leader indien Mohandas Gandhi.

Mridangam : tambour de forme ovoïde à deux faces, utilisé surtout dans le sud de l'Inde comme accompagnement de la musique classique ou dans les danses du Bharata Natyam.

Mudra : gestuelles qui symbolisent des actions ou des sensations, des notions abstraites ou des états concrets et psychologiques. Plusieurs dizaines de mudra élaborées à partir des vingt-quatre positions de base sont couramment utilisées dans la danse classique.

Namaskar : formule hindoue de salutation qui se fait en joignant les mains devant la poitrine ou le visage. C'est également une formule d'invocation de la divinité pendant la puja; dans ce cas, le dévot joint les mains au-dessus de sa tête.

Nandi : taureau servant de monture ou véhicule (vahana) au dieu Shiva, dont il est le symbole. Il est très souvent représenté couché dans un pavillon érigé à l'entrée des temples dédiés à Shiva, et fait l'objet d'un culte particulier.

Natarajah : forme de Shiva en tant que roi de la danse cosmique. Représenté en train de danser, il écrase sous son pied droit le nain Mulayaka, symbole des passions humaines. Il est particulièrement vénéré par les danseurs et les gens du spectacle.

Natya Shastra : ancien traité sanskrit de danse et d'art dramatique englobant toutes les connaissances relatives à la danse, au chant, à la musique, à la poésie, à la récitation et à l'art du théâtre.

Odissi : danse classique originaire de l'État d'Orissa.

Paan : mélange de noix d'arec et d'épices enrobé dans une feuille de bétel, que les Indiens mâchent pour favoriser la digestion.

Pandal : construction temporaire en bambou et toit de palme, ou vaste tente érigée à l'occasion de la célébration de grandes cérémonies.

Pickles : petits légumes macérés dans de la saumure ou du vinaigre.

Pipal : *ficus religiosa*, arbre sacré de l'hindouisme, symbole de vie.

Puja : prière ou rite d'adoration, public ou privé, consistant à offrir des fruits, des fleurs, du beurre clarifié (ghi), des sucreries, du sindhur (pâte de vermillon) ou de l'encens à la divinité révérée, tout en récitant des paroles sacrées ou en chantant des hymnes.

Purana : « anciens textes » traditionnels sanskrits, de provenance et de dates diverses (rédigés du IXe au XIVe siècle), traitant de sujets aussi variés que les castes, la création du monde, la mythologie, la vie des hauts dignitaires.

Puri : grande galette frite.

Rajah : roi.

Rani : reine.

Rickshaw : taxi-triporteur généralement peint en noir et jaune, équipé d'un siège à l'avant pour le chauffeur et d'une banquette à l'arrière pour les passagers.

Sambhar : sauce épaisse et épicée que l'on sert avec le riz.

Sari : costume national féminin hindou composé d'une longue bande d'étoffe (de 6 m à 10 m) drapée autour des hanches de manière à former une longue jupe à plis, le pan resté libre étant jeté par-dessus l'épaule gauche.

Salwar kamiz : large tunique portée sur un pantalon bouffant par les femmes musulmanes.

Shikar : chasse, battue.

Shiva : l'une des divinités de la trinité hindoue (trimurti) avec Brahma et Vishnu; il est le dieu de la Destruction.

Shiva purana: textes religieux relatifs aux cultes de Shiva écrits aux IXe et Xe siècles.

Thali: large assiette circulaire en métal sur laquelle on dispose de petits bols contenant les curries, le riz, le yaourt et les sucreries. S'utilise parfois pour désigner le repas.

Upanayana: importante cérémonie d'initiation hindoue, au cours de laquelle on remet pour la première fois le cordon sacré au jeune brahmane (7 à 10 ans) qui devient alors un « deux-fois né ».

Vadai: boulette de légumes et de farine de lentilles frite.

Varnam: séquence de danse très complexe du Bharata Natyam.

Vina : instrument de musique à cordes, composé d'une caisse de résonance ronde en bois d'ébène d'environ trente centimètres de diamètre, à laquelle est adjointe une seconde caisse faite d'une calebasse, toutes deux fixées à un long manche en bois dont l'extrémité est généralement sculptée.

Vishnu: la seconde des trois divinités hindoues. Il est souvent représenté sur sa monture, l'aigle Garuda. Il possède quatre bras portant un disque, une conque, un lotus et une massue.

Yuvarajah: fils et héritier d'un maharajah hindou.

Titres déjà parus

La maison des Lointains
Pierre-Marie Beaude

Quand on est mort,
c'est pour toute la vie
Azouz Begag

Tête de moi
Jean-Noël Blanc

Junk
Melvin Burgess

Lady
Melvin Burgess

Cher inconnu
Berlie Doherty

A la vie à la mort
Paule du Bouchet

Voyage à trois
Deborah Gambetta

Septembre en mire
Yves Hughes

Mamie mémoire
Hervé Jaouen

Un papillon dans la peau
Virginie Lou

Bye-bye Betty
Jean-Paul Nozière

Mon nez, mon chat,
l'amour et... moi
Louise Rennison

Le bonheur est au bout
de l'élastique
Louise Rennison

Entre mes nunga-nungas
mon cœur balance
Louise Rennison

La guerre des rêves
Catherine Webb

Avez-vous vu
Zachary Beaver?
Kimberly Willis Holt

Loi n° 49-956
du 16 juillet 1949
sur les publications
destinées à la jeunesse
P.A.O : Françoise Pham
Imprimé en Italie
par G. Canale & C.S.p.A.
Borgano T.se (Turin)
Dépôt légal : Février 2003
N° d'édition : 96529

ISBN 2-07-054390-0